あなたには帰る家がある

山本文緒

角川文庫 18013

JN286868

プロローグ

毎週日曜日の朝、茄子田太郎《なすだたろう》は犬の散歩に出る。

私立中学で社会科の教師をしている彼にとって、日曜日は貴重な休日だ。いつもより二時間ほど朝寝坊をして、愛犬のゴブリンと共に家を出る。彼はその犬の名を気に入ってはいなかったが、息子達が勝手に付けてしまったのだ。ゴブリンとはロールプレイングゲームに出てくる、あまり強くない妖怪《ようかい》らしい。

茄子田家のゴブリンは雑種の小型犬だ。ちょうど二年前、息子達ではなく彼自身が駅前のショッピングセンターの里親コーナーで買ってきた。消費税込みで五十五円だった。

彼の家族達――太郎の父親と母親、太郎の妻とふたりの息子――は、その愛らしい新参者を歓迎した。息子達は競い合って子犬を抱き上げ、妻はいそいそとドッグフードの用意をした。手先の器用な父親は、休日を利用して立派な犬小屋を作った。

太郎は満足した。幸せとはこういうことだと胸が熱くなった。仲の良い家族達と可愛いペット。これが彼の夢だった。幸福の具体像だった。

何も問題はない、と彼は思っていた。仕事はまずまず順調だし、父も母も健康だ。妻はよく家のことをやってくれるし、ふたりの子供も活発でいい子達だ。些細《ささい》なことに文句を言いだしたらきりがない。我が家はよその家よりもかなり幸福だと彼は思った。

ゴブリンが電信柱の前に立ち止まって、くんくん匂いを嗅《か》いだ。彼もいっしょに立ち止まり何気なく空を見上げた。

「おはようございます。いい匂いですね」

女の声がして、太郎は後ろを振り返った。日曜日、犬の散歩に出ると必ずすれ違う若い女性が立っていた。以前、すれ違った大型犬に吠《ほ》えられて、ゴブリンが引き綱を振りほどいて逃げてしまったことがあった。その時、ちょうど通りかかった彼女がゴブリンを捕まえてくれたのだ。

「おはようございます」

彼は笑顔で応《こた》えた。

「もう春ですね。ほら、あんなに沈丁花《じんちょうげ》が」

言われて見ると、目の前の家の庭木に小さな白い花が咲き、甘い匂いを漂わせていた。しかし彼は、その木が沈丁花という名前であることを知らなかった。季節の移り変わりや花の名前になど、彼はほとんど興味がなかった。

「これが沈丁花なんですか」

「知らなかったんですか？」

「ええ。コーンフレークみたいな匂いがしますね」

太郎の答えに彼女はころころと笑った。二十三歳ぐらいかなと思っていたが、笑うともっと幼く見える。社会人一、二年生というところだろうか。清楚《せいそ》な感じのする小柄な女性だ。

じゃあ、と小首を傾《かし》げて、彼女は歩きだした。ショートカットの髪に、明るい色のスーツ。タイトスカートに包まれたその丸いヒップと、すんなり伸びた足を太郎は見送った。

今日は少し話せたな。太郎はひとりでにやけた。彼が日曜の朝の散歩を面倒がらずに続けている理由は彼女にあった。大抵は会釈をするぐらいだが、たまにこうして言葉を交わすこともある。何であれ、若くてきれいな女性と口がきけるのは楽しい。来週あたり、どこに勤めているのか聞いてみようかと太郎は思った。そして反応がよければ、食事にでも誘ってみようか。

彼はもう一度、満開の花を見上げた。確かにいい匂いがする。朝の空気が清々《すがすが》しかった。

家に戻って玄関の戸を開けると、中からまた沈丁花の匂いがした。と思ったら、テレビの前で長男がコーンフレークを食べていた。

「お父さん、お帰りなさい」

声をかけてきたのは、長男ではなく次男だった。今は春休み中で、新学期になると長男は小学校の四年生、次男は二年生になる。教師である太郎も春休みだが、雑事に追われて日曜日ぐらいしか休みが取れなかった。

「ああ、ただいま」

「お父さん、ご飯にする？　パンにする？」

母親の声色を真似て次男がそう聞いてきた。

「朗《あきら》はどっちを食べたんだい？」

「パーン」

「じゃあ、お父さんはご飯だ」

「どうして？」

「朗が食べなかったから、ご飯が余ってるんだろう？」

そう言いながら、彼はテレビの前の長男の隣に腰を下ろした。

「慎吾《しんご》。食べる時は台所のテーブルで食べなさいと言っただろう？」

長男は答えない。牛乳とコーンフレークの入った皿を抱え、テレビを見ながらスプーンを口に運んでいる。

「それに食事をする時は、テレビを消しなさいと言ったはずだよ」

「まあ、いいじゃないか。太郎」

奥の台所から太郎の父親が顔を覗《のぞ》かせる。

「慎吾は将棋が好きなんだ。漫画を見てるわけじゃないんだからいいだろう」

「録画して後で見なさい」

「そーだ、そーだ」

ふざけて朗が茶々を入れる。大人ふたりが何を言っても顔を上げなかった長男が、次男の声に突然立ち上がった。

「うるせえな。テレビが聞こえないだろう」

小学校の四年生では、怒鳴ってもそう凄味《すごみ》がなかった。

「慎吾。その口のきき方は」

太郎が全部言い終わる前に、彼は持っていた食器を力任せに床に叩《たた》きつけた。鈍い音がして皿が割れ、牛乳が床に飛び散った。

「慎吾、待て」

止めるのも聞かず、彼は玄関の外へ飛び出して行く。

「あなた、帰ったの？　おばあちゃんの部屋の雨戸が開かないのよ。あら、どうしたの、これ」

そこへのんびりした口調で、妻の綾子《あやこ》が入って来た。

「慎吾だよ」

「なあに、またヒステリー？」

「お兄ちゃんヒステリーなんだよ」

口を挟む次男を太郎が目でたしなめると、彼は唇を尖《とが》らせた。

「テレビを見ながら食べてたんだ。録画して後で見なさいと言ったらこの有り様だ」

「もしかして、将棋？」

「ああ」

「だったら今、朗がアニメ番組を録《と》ってたんじゃない？　同時には録れないから慎吾は見てたのよ」

「……なんだ、そうだったのか」

　綾子は台所から雑巾《ぞうきん》を持って来る。食器のかけらを注意深く片付けると、丁寧に床を拭《ふ》いた。背中のエプロンの結び目を太郎はぼんやり眺めた。

　ふと顔を上げると、朗の姿はもうなかった。そこにいれば自分が怒られることが分かっていたので逃げだしたのだ。

　要領がいいのも悪いのも困るな。太郎はそう胸の内で呟《つぶや》いた。

「子供ってのはゴブリンだな」

「え？　何か言った？」

　妻の問いかけには答えず、太郎は縁側から庭を覗いた。外に飛び出した慎吾が、庭の隅で犬の頭を撫《な》でていた。次男の朗は、ゴブリンが成長して子犬でなくなると急に興味をなくしたが、長男の慎吾は以前と変わらず可愛がっていた。ふたりはまったく性格の違う兄弟だが、いくつかの共通点があった。ゲームが好きなこと。女房に顔が似ていること。最近親に逆らうようになったこと。

ついこの間まで、息子達は素直ないい子だった。反抗期と言ってしまえばそれまでだが、どうも最近ふたりの態度に何か苦々しいものを感じる。大人四人がよってたかって甘やかしたからだろうかと太郎は思った。

そこで遠くから「綾子さん、綾子さん」と母親が妻を呼ぶ声が聞こえてきた。

「あ、いけない。雨戸」

と妻が立ち上がる。

「俺が行こう」

「すみません。あ、あなた朝ご飯はパンにするの？　それとも」

「ご飯にするよ」

苦笑いで答えて、太郎は母の部屋へ向かった。彼の父親と母親は、それぞれ別の部屋を持っている。父親は書斎のベッドで、母親は四畳半の和室にふとんを敷いて寝ている。

「雨戸が開かないって？」

太郎が障子を開けると、母が自らうんうんと雨戸を押しているところだった。

「ああ、太郎」

「無理だよ。俺がやるから」

「はいはい。頼みます」

彼は母の部屋の、半分開いた雨戸に手をかけた。力を入れて押してみてもまったく動かない。どうやら窓枠が歪《ゆが》んでいるようだ。

「こりゃ、建具屋を呼ばないと駄目かな」

そう呟いてから、彼は思い切り雨戸を押した。いやな音と共に何とか戸袋に押し込んだ。試しにそれを引っ張ってみると、案の定びくともしなかった。

「閉まらなくなっちゃったなあ」

「ぼろだからね」

つまらなそうに言うと、母親はよろよろと部屋を出て行く。母は一昨年、庭先で転んで右足を骨折した。からだは健康なのだが、足が以前ほどうまく動かなくなってしまった。

その時母の横をすり抜けて、朗が太郎の所へ走って来た。驚いた母がよろけて畳に尻《しり》餅《もち》をつく。

「こら、朗」

「お父さん、お兄ちゃんが僕の靴隠した」

「おばあちゃんに謝りなさい」

「僕は悪くないもん」

イーッと猿のように歯を見せて、朗はまた廊下を走って行く。窓の外を見ると、庭に走り出た朗が犬小屋の前にいた慎吾に拳《こぶし》を振り上げたところだった。息子達のヒステリックな声が家中に響く。ふたりを宥《なだ》める綾子の声。

「騒々しいこと」

母がぽつんと呟く。太郎は腕を組んで大きく息を吐いた。

生まれ育ったこの家に、綾子を嫁として迎え、ふたりの子供が産まれた。最初、二部屋しかなかった平屋の家に増築を繰り返し、今では小さいながらも五部屋ある。

それでも、この辺が限界なのかもしれない。太郎はそう思った。

この家を建て直そうか。

立て付けは悪いし、あちこち隙間風も入る。父親は定年になって、今は嘱託で働いているが、そう何年も働けはしないだろう。建て直すとしたら、今のうちかもしれない。

子供達には勉強部屋を、父親と自分には新しい書斎を、母親と妻には広い台所を。

新しい家を建てる。その、ひとつの目標に家族が全員で心を合わせる。そうすれば、我が家はもっと幸福になるに違いない。

太郎に新しい夢が生まれた。家を建て直そう。そう決心すると、太郎はひとりで何度も頷《うなず》いた。年老いた母がそんな息子を、また何やらひとりで悦に入っているなと、呆《あき》れた様子で見上げていた。

1

料理は愛情と言うけれど、それは真実だろうかと佐藤真弓《さとうまゆみ》は考えた。

ある面ではそれは本当のことだと彼女は思った。味噌《みそ》汁ひとつとっても、ちゃんと鰹節《かつおぶし》で出汁《だし》を取ったものと、インスタントの粉末出汁を使うのでは雲泥の差がある。けれど、食事の度にいちいち出汁を取るのは面倒臭い。それでも、結婚したばかりの頃は夫においしいものを食べさせてあげたくて、料理に手間をかけた。「おいしいよ」と言ってもらえるその瞬間のために、夕飯の支度に三時間も四時間もかけた。

真弓が午後をまるまる費やした夕飯を、夫の佐藤秀明《ひであき》はたった十分で食べてしまう。彼は下戸なので、晩酌をしながらゆっくり食事をするという習慣がない。喫茶店でランチを食べるペースで妻の手料理を黙々と平らげる。

きんぴらごぼうに夫が少ししか箸《はし》を付けないので、彼はきんぴらが嫌いなのだと考えていたら、ある日「君の作るきんぴら、辛いよ」と夫がぽつりと漏らした。そういうことは最初に言ってくれればいいのにと思った。作ってもあまり食べてくれないメニューが他にもいろいろある。知り合ったばかりの頃、僕は食べ物にはうるさくないから何でもいいよと言っていたのに嘘つきね、と真弓は思う。

そうやって時間をかけて作った料理を、夫は「おいしいよ」どころか、食べてくれなかったりもするので、次第に真弓はやる気をなくしていった。

もともと真弓は食事に対して、そう真摯《しんし》な気持ちは持っていなかった。彼女の両親は共働きで、母親は買ってきた惣菜《そうざい》やインスタント食品を真弓に与えていた。だからと言って、母親の愛情が薄かったわけではない。

適当なものを適当に食べて育ったせいか、真弓には三度の食事など、そう重大なことではなかった。おいしいものを食べたかったら、レストランへ行けばいい。普段の食事はお腹がいっぱいになりさえすればいいのだ。

だいたいね、と真弓は胸の内で独りごちた。私はコックさんじゃないのよ。

結婚をして一年半、毎日毎日食事のことばかり考える日々が続いた。朝ご飯といっしょに夫に持たせるお弁当を作り、お昼は自分だけなので適当に残り物を食べ、それが終わるとすぐ夕ご飯の献立を考える。夕飯を終えると、また明日《あした》の朝ご飯とお弁当のことを考えている。

それでも、子供が産まれる前はまだよかった。娘が産まれてからは、食事を作ることが本気で面倒になった。最近はもう娘も大人の食べるものをいっしょに食べる。娘にだけは栄養のバランスが取れたものを食べさせたいと思うが、とにかく献立を考えるのが億劫《おっくう》でしょうがない。

これから一生、朝ご飯と昼ご飯と夕ご飯のことだけ考えて生きていくのね。そう考えると、ばったり床に倒れてしまいそうだった。

自分がこれほどまで料理が嫌いだということに、真弓は結婚するまで気が付かなかった。独身時代はほとんど包丁など握ったことはなかったけれど、まわりの友人達もそうだったし、世の中の人妻が皆やっていることなのだから、自分にもきっとできるだろうと簡単に考えていたのだ。

「私には向いてないのよ」

そう呟《つぶや》きながら、真弓はスーパーで買ってきた酢の物のパックを開けた。小鉢に移し換えて冷蔵庫に入れようとした時、娘の麗奈《れいな》が声を上げた。

エプロンで手を拭《ふ》きながら、真弓は麗奈を寝かせてある寝室に入った。ダブルベッドの真ん中に寝ころがった娘が、ぱっちり目を開けて真弓を見ていた。

「あら、起きちゃったの？」

来月には一歳の誕生日を迎える娘を、真弓は抱き上げた。麗奈は起き抜けはとても機嫌がいい。にこにこ笑っている娘を見て、真弓も微笑んだ。

娘を連れて、真弓はリビングの絨毯《じゅうたん》の上に腰を下ろした。麗奈はお気に入りのおもちゃを持って部屋の中をぺたぺた歩き回った。その足取りは日に日にしっかりしてくる。

しばらく娘の相手をしてから、真弓は新聞に折り込まれていた求人案内のチラシを広げた。

職を捜し始めて一ヵ月ほどたった。折り込みの求人紙にも女性用の就職雑誌にも、読むだけで疲れてしまうほどたくさんの求人があった。それなのに、真弓が考える条件に合う仕事は少ない。

子供を保育園に預けて働くのならば、保育料よりも稼がなければ意味がない。公立の保育園ならば安いのかと思ったら、そういう所では収入によって保育料が決まるので一概に安いとは言えなかった。それ以前に、公立は順番待ちをしている人が大勢いて、いつ入園できるか分からない。

すぐに入れてくれるのは、やはり無認可の保育園だった。そういう所は一時間いくらで子供を預かってくれる。そのお金より、高い時給の仕事を見つけなければならなかった。

高い時給となると、やはり夕方から夜にかけての仕事が多かった。どうせ夫は毎日遅いのだからそれでも構わないと思ったが、塾の講師はできそうにないし、閉店後のレストランの清掃などは気が進まない。せっかく商社に四年も勤めたのだから、できれば事務職に就きたかった。ただの下働きではなく、何か将来のためになるようなことをしたいと思った。

求人広告をしばらく眺めてから、溜《た》め息まじりに床に放った。それを娘が拾いあげる。笑い声と共に、その紙は子供の手でくしゃくしゃに丸められた。

笑う気にも怒る気にもなれず、真弓は壁に掛けた時計を見上げた。九時を少し過ぎたところだった。

佐藤秀明は、モデルハウスの壁掛け時計を見上げた。今日こそ早く帰ろうと思っていたのに、もう九時を過ぎてしまった。

彼は中堅のハウジングメーカーで営業マンをしている。以前は映画配給会社の契約社員だったが、結婚を機にこの職に就いた。

仕事は予想外にしんどいわけでも楽なわけでもなかった。一年半勤めたが、我慢できないほどつらいことはまだなかった。

営業所にいる時間よりも住宅展示場にいる時間が長い今の就業体制も、わりと気に入っていた。モデルハウス付きになると、日が暮れてから客の家を訪問したり資料の整理をするので、連日残業になってしまう。それでも、狭い営業所で上司や先輩達に囲まれているよりは気が楽だった。

腹が減ったな、と秀明は思った。早く帰って晩飯が食いたい。妻の料理は決して上手ではないが、彼は外食するのがあまり好きではなかった。独身時代、一人暮らしをしていた時も、定食屋でひとりわびしく食事をするぐらいなら、同じわびしくても弁当を買ってアパートで食べた方がまだ落ちつけた。

そんなことを考えている秀明の横で、女が泣いていた。

新入社員の森永祐子《もりながゆうこ》だ。新入社員と言っても、翌週にはもう四月になり、彼女も社会人二年目ということになる。

新人なら誰でも一度はやるポカをちゃんとやり、客と課長に怒られたのだ。当の課長は泣かすだけ泣かして逃げるように営業所へ行ってしまった。ここに秀明ひとりしかいない限り、彼が慰めるより他に手がなかった。

その慰めの言葉も、もう三十分前には尽きていた。いくら彼が優しい言葉をかけても、彼女は泣き止む気配をみせなかった。私にはセールスなんてできないんです、と繰り返すだけだった。

女はいいよな、女は。秀明はそう思いながら首をぽきりと鳴らした。泣けば誰かが慰めてくれる。泣かした人間に、罪悪感を植えつけることができる。

秀明は二十六歳なので、彼女とは同世代と言えるだろう。けれど、彼の目には彼女が十も年下に感じられた。

祐子はそう美人ではないにしても、いっぱしにスーツを着こなして、まあまあ人目を引く方だ。ショートカットの髪は秀明の好みではないが、リスのような小振りな顔は可愛いと思う。もし、これがまったく違う状況であれば、もっと熱心に慰めて、あわよくば手を出していたかもしれない。

けれど、彼はまったくそういう気にはなれないでいた。目の前で泣く三歳年下の女が、うっとうしくて堪《たま》らなかった。

秀明は、結婚して子供が産まれたとたんに、独身の同年代の人間が妙に子供っぽく感じられるようになった。人生の選択肢をまだ持っている自由。選ぶ必要に迫られていない自由。そういうものを目の当たりにすると、すでに道を選んでしまった自分が、彼らとは別の世界に来てしまったような気がした。うらやましくもある反面、向こう側にいる人間とはもう話が合いはしないのだという、ほんのちょっとした優越感もある。もし、これがまだ独身の頃で、彼女が職場の後輩でなどなかったらどうだろうと彼は考えた。そしてゆっくり耳たぶを掻《か》いた。そう言えば、妻は結婚する前からよく泣く女だったなと思った。泣いている女には注意しなければならない。注意一秒ガキ一生だ。

「こんな時間まで、すみませんでした」

声をかけられて、秀明はもの思いから引き戻された。いつの間にか彼女は泣き止み、赤く泣き腫《は》らした目をこちらに向けていた。

「あ、ああ。いいよ、いいよ。少しは元気が出た？」

「ええ。いつまで泣いててもしょうがないし」

秀明は苦笑いをして立ち上がり、椅子の背に掛けてあったスーツの上着に袖《そで》を通した。

「そろそろ帰ろう」

「あの、よかったら少し飲んで行きませんか。お詫《わ》びに奢《おご》ります」

「うーん」

森永祐子は、秀明が曖昧《あいまい》に返事をして背中を向けるのを、しまったと思いながら見上げた。確か彼は下戸だと聞いた。飲みに、ではなくて夕飯と言えばよかったと後悔する。

「お詫びなんていいよ。それに申し訳ないけど、子供を風呂《ふろ》に入れないといけなくてね」

「……いいお父さんなんですねえ」

「やらないと、奥さんが恐《こわ》いんだよ」

はははと笑って秀明はブリーフケースを取り上げた。早く帰りたそうなその様子に、彼女は肩をすくめる。

「私は日報を書いてから帰ります。佐藤さんはお先にどうぞ」

「明日にしてもう帰ったら？　今日は疲れただろう？」

「いいえ、大丈夫です。本当にいろいろすみませんでした」

「そんなのいいんだよ。僕だって最初は何度も泣いたんだから」

「えー？　佐藤さんでも？」

「トイレでこっそりね」

お疲れさまと言ってドアを出て行く秀明を、祐子はにっこり笑って見送った。彼の姿が消えたとたん、顔が素に戻る。

「何が、子供をお風呂に入れないとよ」

涙声で呟いて、彼女はどさりと腰を下ろした。

「あーあ、やんなっちゃうなあ」

窓の外に目をやると、向かいのモデルハウスにもまだ電気が点《つ》いていた。彼女は立ち上がり、ガラス戸を開けてベランダへ出た。夜の住宅展示場を眺めると、まだほとんどの建物に明かりが点いている。もう十時近いというのに、どこも熱心なことだと彼女は思った。

ふと見ると、下の道を佐藤秀明が歩いて行く姿が見えた。彼女がベランダに立っているのに気が付いて彼が片手を上げた。小さく手を振り返してから祐子は「鈍感」と呟《つぶや》いた。

就職して一年、この展示場に配属になって八ヵ月。祐子は就職先を間違えたことをひしひしと感じていた。

給料と人事担当者の口車に乗せられて、営業を希望した私が馬鹿だったと彼女は思った。ひとつ何千万もする商品を扱う仕事が、自分になど務まるわけがなかったのだと肩を落とした。

今日、課長に叱られた時は、明日《あした》にでも辞表を出そうと思っていた。けれど、泣き続ける彼女を辛抱強く慰めてくれた秀明を思うと、もう少し頑張ってみようかという気もしてきた。

最初に会った時から、優しそうな人だと思っていた。どちらかというと童顔で、髪型にもまだ学生っぽさが残る彼が一児の父親だと聞いた時は本当に驚いた。けれど、かえって彼がただ優しいだけでなく、頼り甲斐《がい》のある男に見えた。

「家を売る仕事はもちろん簡単な仕事じゃない。だけど、自分のした仕事が何十年も、そこに残っているっていうのはいいもんだと思うよ」

佐藤秀明は会社を辞めたいと泣く彼女の肩に手を置いてそう言った。その台詞《せりふ》に心を動かされたわけではなかったが、肩に置かれた手の温かさが彼女を引き止めた。

「いいなー。私も結婚したいなー」

夜空に向かって祐子は言った。秀明の妻だけでなく、世の中の主婦全員が祐子にはうらやましく感じられた。


秀明がマンションのチャイムを押すと、しばらく間があってから玄関のドアが開かれた。パジャマ姿の真弓が、眠そうに目を擦《こす》りながら「お帰りなさい」と言った。

「寝てたの？」

「麗奈を寝かしつけてたら、いっしょに寝ちゃって」

秀明は軽く頷《うなず》きながらリビングへ入って行く。真弓は「寝ててもいいよ」という答えを期待して夫の後に続いたが、彼はそんなことは言わなかった。

「あー、腹減った」

「食べて来なかったの？」

「だって、作ってくれてたんだろう？」

そう聞き返されて、真弓は唇を尖《とが》らせる。それでは作らなければ、外で食べてきてくれるのだろうか。

秀明はネクタイを解《ほど》きながら、すやすやと寝息をたてている娘を眺めた。

子供を風呂に入れないといけないというのは、彼が飲みに誘われた時の逃げる口実だった。実際は夕方のうちに妻が入れている。そう言えば角を立てずに逃げだすことができるので、便利に使っているのだ。

スウェットに着替えてキッチンへ行くと、テーブルの上に夕飯が並んでいた。真弓が背中を向けてご飯をよそっている。そういえば、最近パジャマ姿しか見ていないなと秀明は思った。朝出掛ける時彼女はまだパジャマだし、帰って来るともうパジャマを着込んでいる。

「まさか、一日中パジャマでいるの？」

秀明がそう声をかけると、真弓は不思議そうな顔で振り向いた。

「いや、最近その姿しか見てないから」

「ヒデの帰りが遅いからじゃない」

不満そうに彼女は答え、ご飯を盛った茶碗《ちゃわん》を彼に渡した。

「どうしてそう、毎日毎日遅いの？」

秀明の向かいの椅子に座って、真弓が聞く。

「たまには早く帰って来て、麗奈をお風呂に入れてよ。全部人に任せきりでずるいわよ。ヒデの子供でもあるんですからね」

彼は曖昧に頷いて箸《はし》を持った。出来合いのトンカツに、たぶん切って売っているのだろう千切りキャベツ。酢の物も漬物もきっとスーパーで買ったものだろうと秀明は思った。けれど彼は文句を言ったりしない。もしかしたら、妻が作るよりおいしいかもしれないと思ったし、第一こちらが文句をひとつ言うと、十倍になって返ってくるのが目に見えていたからだ。

「今週の水曜日はお休みできるの？」

「たぶんね」

「じゃあ、麗奈のこと見ててくれないかしら。ちょっと出掛けたいんだけど」

「お茶下さい」

そこで秀明は食事を終えて箸を置いた。真弓はだるそうに立ち上がると、お茶を淹《い》れに行く。その背中に秀明は聞いた。

「それで、どこ行くの？」

「言わないといけないの？」

刺《とげ》のある真弓の返事に、彼は首をぽきぽき鳴らした。

「何を怒ってんだよ。ただ聞いただけだろ」

そう言いながら、彼は手元にあった新聞を広げた。

結婚してからというもの、ゆるやかな坂を徐々に下りていくように真弓は不機嫌になっていった。人と喧嘩《けんか》をしたり、議論をするのが苦手な秀明は、そのせいで居心地の悪い思いをしていた。自分の妻に対して、そう多くのものを望んでいるつもりはない。普通にしていてくれればそれでいいのに、何故ほがらかでいられないのだろうと彼は思った。

「面接に行くの」

小さく真弓の声が聞こえて、彼は新聞から顔を上げた。

「え？　面接？」

「仕事に行きたいのよ。もう毎日家にいるのは嫌なの。私も働きたいの」

堰《せき》を切ったようにそう言うと、真弓の目に涙の粒が膨らんだ。秀明は慌ててそこにあった布巾《ふきん》を彼女に渡す。

「泣くなよ。頼む。泣かずに話して」

「これ、台拭《ぶ》きよ」

「ああ、ごめん」

真弓はティッシュの箱を引き寄せると、しばらく涙を拭《ぬぐ》ったり洟《はな》をかんだりしていた。彼女が話しだすのを待っているうちに、秀明は眠くなってきてしまった。腕を組み、考え事をしている振りで目をつぶる。

「今日、誰とも口をきかなかったわ」

唐突な真弓の言葉に、秀明ははっと我に返る。

「え？」

「毎日、食事と子供のことだけ考えて、誰ともちゃんとした話をしてないのよ。そんなことがもう一年近く続いてるわ。あなただったら耐えられる？　こんなの牢屋《ろうや》に入れられてるみたいよ。投獄よ。幽閉よ」

彼はテーブルに拳《こぶし》をのせて力説する妻を、しばしばする両目で眺めた。

「誰かと話せばいいだろう？　そんなこと禁止した覚えはないよ」

「誰かって誰よ」

「近所の人とか、友達とかいるだろう。ほら、よく公園に子供連れで集まって楽しそうにしてるじゃない」

「ヒデは何にも知らないのよ」

真弓は頬を膨らませる。

「楽しそうに見えたから、私だって行ってみたわよ。だけどね、公園に集まってる人達は、子供の話しかしないの。毎日毎日雨でも降らない限り、公園に集まって子供の話をしてるのよ。それ以外の話って、旦那《だんな》の悪口かスーパーの安売りの話よ」

「別にそれでいいじゃないか」

「そうやって、みんなおばさんになっていくのよ。そうやっているうちに、社会のことにどんどん興味がなくなって、自分の生活のことしか見えなくなるのよ。それにヒデだったらどう？　あなただったらそういう集まりの中に入っていって楽しい？」

妻の「どうだ」とばかりに上げた眉《まゆ》を、彼は黙って見た。彼女が何をそんなに不満に思っているのか、秀明にはよく分からなかった。

都心から一時間ほどの所にある3DKのマンションは、彼女の父親に頭金を出してもらってローンを組んだ。ボーナス時の払いは少々きついが、普段はアパートの家賃並みの払いで済む。まわりに緑は多いし、バスで十分ほどの所に私鉄の大きな駅がある。駅前にはその私鉄が経営しているデパートや映画館の入ったショッピングモールもある。もちろん駅まで行かなくても、マンションの目の前にも大きなスーパーマーケットがあり、買い物には不自由ない。文句のない環境だ。

結婚してここに新居を構えた時の、真弓の恍惚《こうこつ》とした表情を秀明は覚えていた。引っ越しの荷解きをする手を止めて、彼女はうっとりと天井を見上げていた。おなかの子供が動きでもしたのかと思って声をかけると、彼女は微笑んで首を振った。

「ヒデと結婚して本当によかった」

と真弓は言った。何もかも彼女の望んでいたものだった。満員の通勤電車に駆け込む必要もなく、連日の残業や複雑な人間関係に頭を悩ますこともない。望み通り子供を産んで、この日当たりのいい清潔な部屋でのんびりと暮らしていけばいいのだ。

秀明は給料を全て妻に渡していた。真弓が専業主婦である以上、日常の家計は彼女に任せておけばいいと思ったからだ。

ところが、彼女から渡される毎月の小遣いがあまりにも少なかったので、秀明は抗議をした。確かに彼は酒を飲まないし、賭《か》け事をするわけでもない。金の使い道といったら、飲み物や雑誌を買うぐらいだ。けれど、妻のくれる金額では昼飯さえろくに食べられなかった。そう抗議すると、彼女はお弁当を作ると言いだしたのだ。秀明は考えた末にそれを承諾した。きっと、続きはしないだろうと思ったし、もし本当に必要な金ならば、自分の口座に入った自分の金なのだから、勝手に引き出せばいいやと思ったのだ。

あんなに望んでいた結婚をして子供も産み、環境のいいマンションを手に入れ、自動的に金の振り込まれる財布も手に入れた。それなのに、どうして今更働きたいなどと言うのだろうかと彼は首を傾《かし》げた。

妻の肩越しに壁掛け時計が見えた。スポーツニュースが始まる前に風呂《ふろ》に入りたいなと秀明は思った。

「麗奈は？　どこかに預けるのか？」

「保育園に預けるわ」

「君のお母さんは預かってくれないの？」

「んー、聞いてはみるけど」

「保育園になんか預けたら、それだけで君の稼ぎなんかなくなっちゃうんじゃない」

彼の言葉に真弓は答えなかった。

「面接って、どういう会社なのさ」

「保険会社よ。リーフ生命」

「事務？」

「ううん、外交員。でもすごくお給料がいいの。普通の事務じゃ、確かに保育園代さえ稼げないもん」

無理だろうな。聞いたとたん、秀明はそう思った。そしてちょっと笑いたくなる。彼女にセールスなどできるわけがない。きっと半年もたたないうちに音を上げるに違いなかった。

「分かったよ」

「本当？」

真弓の不機嫌な顔が、秀明のその一言でぱっと明るくなった。

「働きたいなら働けばいいよ。働くのを許すとか許さないとか、そういう時代じゃないだろう？　好きにすれば」

そう言って彼は立ち上がる。すれ違い様に真弓の頬に軽くキスをすると、秀明は急いで風呂場に向かった。


真弓は面接の日の朝、着て行こうと思っていたスーツのスカートが入らなくて呆然《ぼうぜん》としていた。

勤めていた商社を辞めてから、まだ二年たっていない。少し太ったかなとは思ったけれど、当時ゆるかったウエストのジッパーが、きちきちで半分しか上がらなかった。

仕方なく彼女は、就職活動をした頃買った紺のスーツを押入れの奥から捜し出した。確かそのスカートはウエストの両サイドがゴムになっていたはずだ。

「ずいぶん地味じゃない。ご自慢のプラダ、着てくんじゃなかったの?」

紺のリクルートスーツでキッチンに現れた真弓を見て、秀明はからかうように言った。

「あんな派手なの面接には着ていけないわよ」

「そりゃまあそうだ。どうだい、麗奈。ママがパジャマじゃないとこ久しぶりに見ただろー」

腕に抱えた娘に、秀明はそう言った。真弓は反論しようとしたけれど、せっかく彼が機嫌良く娘を見てくれているので我慢することにした。

「じゃあ、悪いけど行ってきます」

「ママー、あたちを置いてかないでー」

子供の声色で茶化す夫を無視して、真弓は玄関を出た。エレベーターで一階まで下りマンションを出ると、目の前に青空が広がった。

真弓はすっかり春になった空を口を開けて見上げた。抜けるようなコバルトブルーの空の下に、ほころびはじめた桜の薄桃色がずっと道の先までアーチを作っている。風がうなじの髪を持ち上げた。久しぶりに得た解放感に、彼女は泣きたいほど嬉《うれ》しくなった。

真弓は歩きだした。四センチのヒールもタイトスカートも久しぶりだ。彼女はわざと早足で桜並木を歩いてみた。ひとりきりで歩くというただそれだけの行為が、彼女には心底嬉しかった。自分のペース、大人のペースで歩くことがこれほどまでに心地よいとは、子供がいない人間には分からないだろうなと思った。

秀明と結婚してよかった。真弓は改めてそう思った。仕事をしたいなどと言ったら、きっと反対されると思っていた。せめて子供が幼稚園に上がるまで家にいてほしいと言われると思っていた。それが案外簡単に真弓の話を聞き入れてくれた。その上、面接に行く自分を快く送りだしてくれた。なんていい人なんだろうと真弓は思った。

秀明は真弓より、ふたつ年下だった。年下の男性と結婚することに、真弓は抵抗はなかった。年上の人と結婚したら、何でも夫の言うことを聞かなければならないような気がしていたのだ。見下されるより、対等な関係でいたいと思っていた。

秀明を選んだのは間違いではなかったのだ。真弓はそう思うと誇らしい気分になった。

年下だから多少頼りない面もある。優柔不断なところもある。けれど、何よりも秀明は優しい人間だと真弓は思った。声を荒らげることもないし、自分の話をちゃんと聞いてくれる。もう少し早く帰って来て、子供の面倒を見てくれるといいけれど、そこまで望むのは贅沢《ぜいたく》かもしれない。

バスに乗って駅まで行くと、真弓は急に緊張してきた。たかがパートの面接に緊張なんかしないと思っていたのだが、いざとなると心臓が高鳴った。ごくりと息を飲んで、真弓は改札口に向かった。

真弓が面接を終えて家に戻ったのは、夕方の六時を回ったところだった。もちろん、面接はもっと早い時間に終わっていたが、ひとりで街を歩くのは久しぶりだったので、デパートを見たりお茶を飲んだりしていたのだ。

マンションの下から見上げると、自分の部屋の電気が点《つ》いていない。悪い予感がした。

「ヒデ？　いないの？」

鍵《かぎ》を開けて玄関を入り、電気を点けると壁にメモが貼ってあるのが見えた。

『お客からクレームが入ったので会社へ行きます。麗奈はお義母《かあ》さんの所へ預けます』

メモを読むと、真弓はそれを丸めてゴミ箱に放った。自分が悪いわけではないのに、母親に小言を言われなければならないのかと思うとうんざりした。

真弓は脱いだばかりの靴を履き、実家へ急ごうとしたが、ドアを開けたところでふと立ち止まった。考えてみれば、母の所に預けてあるのなら安心だ。どうせなら、ゆっくりお風呂でも入ってから行こう。真弓はそう考え直すと、靴を脱いで部屋へ上がった。


「何時だと思ってるの、あんたは」

実家に着いたとたん、真弓は母親からそうどやされた。

「そんなに怒らなくてもいいじゃない」

「会社の面接が、どうして夜の八時までかかるのよ」

玄関に立って赤ん坊を抱いたまま、真弓の母親は娘を睨《にら》みつけた。

「はいはい、ごめんなさい。お父さんは？」

「今日は宴会で遅いそうよ」

「ラッキー」

「何がラッキーですか」

真弓はまだ小言を言っている母をおいてリビングに入った。育った家の、昔からあるソファにどすんと腰を下ろす。

「ほら、これはあなたのでしょ」

　後から入って来た母が、真弓に赤ん坊を渡した。

「もう少し持っててよー」

「何だと思ってるの。ねえ、麗奈ちゃん。悪いママだわねえ」

　真弓は仕方なく自分の娘を抱いた。眠いせいか機嫌が悪い。彼女の腕の中で、赤ん坊は声を上げてもがいた。

「麗奈、おねむなの？　まだ八時よ」

「もう八時でしょう？　あんたのとこは何時に寝かせてるの？　あんまり宵っ張りの癖つけちゃ駄目よ」

「分かってるわよ。いちいちうるさいなあ」

「突然人に子供を押しつけに来て、なんて言い草なの？」

「私がやったんじゃないわよ。ヒデが見ててくれるって言うから頼んで出掛けたのに」

「まったくあんた達は、人の親になった自覚がないんだから」

　ぶつぶつ文句を言いながら、母は台所へ入って行く。

「お茶飲むでしょう？　お腹は空《す》いてるの？」

「何か食べるものあるの？」

「秀明さんが持って来たケンタッキーのチキンがあるけど」

「あ、それちょうだい」

母親は急須《きゅうす》とフライドチキンの箱を持ってリビングに戻って来た。真弓の向かいに腰掛けると、湯飲みに番茶を注ぐ。チキンを見て麗奈が「あー」と声を上げた。

「この子、夕飯に何か食べた？」

「ご飯をちょっとと冷凍のグラタンを半分ぐらいかしら」

「それはどうもすみません」

「どういたしまして」

母親の顔からやっと苛立《いらだ》ちが消えたのを見て、真弓はほっとした。

真弓の母親は、若い頃からずっと看護師をしていた。三年程前にからだの調子を崩して病院を辞めるまで、若い看護師と同じ勤務体制で働いていた。最近はもう体調も戻ったので、どこかの開業医で昼間だけ働こうかと思いはじめていた時だった。

真弓はチキンを小さく千切り、娘の口に入れてやった。冷ました番茶を少し飲ませると、ネジが切れたようにあっけなく娘は眠りに落ちた。

「あなた、働くつもりなの？」

赤ん坊が眠るまではにこにこ笑っていた母親が、急に真面目な顔をして聞いた。

「まあね」

「よく秀明さんが許したわね」

「許すとか許さないとか、そういうのはもう古いのよ」

「古くて悪かったわね」

ふんと鼻から息を吐いて母親が言う。

「なあに、反対なの？」

「あんたには無理よ」

「どうしてよ」

「あんたみたいな甘えた根性の人間に、仕事と家庭の二本立てができるわけないじゃない」

「失礼ねえ。お母さんだって共働きだったじゃないの」

母親は真弓の言葉に、ぎろりと目をむいた。

「あんたね、じゃあどうして前の会社辞めたのよ。働きたいなら、あのままいればよかったじゃない。育児休暇もあったんだから、できたはずよ」

真弓は母親の言葉に唇を尖《とが》らせる。

「もう働くのは嫌だ。秀明さんの奥さんになって幸せな家庭を築きたいって泣いたのは誰だったっけ？」

「それって厭味《いやみ》なわけ？」

「厭味よ」

真弓は反論する材料を見つけられずに黙り込んだ。

二年前の秋、真弓は秀明と結婚した。彼と交際を始めてから一年で、子供ができてしまったのだ。

真弓は必死だった。秀明をどうしても放したくなかった。秀明は頼むから今回の子供は諦《あきら》めてくれと頭を下げたが、子供を堕《お》ろした後うまくいったカップルを真弓は知らなかった。ここで結婚に持ち込まなければ、もうその後はないと思った。

恥も外聞も捨てて、彼女は両親に泣きついた。子供ができたから結婚したいと。母親は呆《あき》れていただけだったが、さすがに父親が顔色を変えた。

秀明に父親のことを告げると、彼は案外簡単に観念した。戸惑いもあったようだが、彼は自分と結婚することを、思ったよりも快く承諾してくれた。

慌てて結婚式を挙げ、新居を捜した。妊娠、退社、結婚、出産という、嵐のような人生の転機が去ると、そこには日常生活が待っていた。子供の成長以外、変化のない日常がはじまった。

結婚を機に、映画配給会社を辞めてハウジングメーカーに転職した秀明は、慣れない仕事を覚えようと必死で、毎日の生活に疑問を持っている暇はなさそうだった。真弓とて暇なわけではなかった。赤ん坊というものは、これほどまでに手のかかる生き物なのかと呆然《ぼうぜん》とした。ほんの少しも目が離せず、自分の時間を持つことなど不可能だった。

だが同じ忙しくても、社会と係《かか》わっていないという不安が真弓に焦りと孤独を植えつけた。気を紛らわせようとテレビを見たり、近所に住む同じように子供を持った主婦と話すと、余計その焦燥感は強くなった。

「会社辞めた時は、つわりがあんまりひどくて、ものが考えられなかったのよ。式の準備も大変だったし、ヒデは会社休めなかったし」

むっつり黙ってしまった母親に、真弓は言った。真弓自身も今となっては会社を辞めたことを後悔していた。けれど、済んでしまったことは仕方ない。

「お母さんだって、働きながら私のこと育てたじゃない。お母さんがあんまり家にいなくて淋《さび》しいって思う時もあったけど、よその家のお母さんより生き生きして見えたから、私はお母さんが自慢だったのよ。私もそういう風になりたいのよ」

「おや、そうですか」

母親はまんざらではない顔をした。真弓はやっと笑った母に重ねて言う。

「だから、麗奈のこと預かってくれない？　仕事は四時までだから、五時前には絶対迎えに来るから。お母さんだって、できれば身内に預けた方がいいって思うでしょ？　お願いよ」

母親は懇願する真弓の顔を見つめた。化粧をして耳にピアスをつけ、結婚して子供を産んだ自分の娘の顔を、母親は久しぶりにじっと眺めた。大人になったのは外側だけで、目だけがいつまでも子供の時のままだった。

甘える時、わがままを通したい時、真弓は世にも可愛らしい顔をする。何度、この濡《ぬ》れた瞳《ひとみ》に騙《だま》されただろうかと母親は思った。おもちゃを与え、ドレスを与え、海外旅行を与えた。それはそれでよかった。騙されてあげることも、母親として一種の快感だった。

孫は可愛かった。手元に置きたい気持ちもあった。けれど、そうしては誰のためにもならないことを母親は知っていた。本当に預からなければならない事態ならば、頼まれなくても預かるだろう。けれど、今回のことはどう考えても真弓のわがままに感じられた。

「駄目よ。お母さんにはお母さんの時間があるの。私はあなたよりずっと早く死ぬのよ。残り少ない時間を、孫の世話なんかで潰《つぶ》されてたまるもんですか」

「なあに、その言い方」

「こっちの台詞《せりふ》よ。そんなに働きたいなら保育園に預けなさい。私は知りません」

真弓は母親がそう答えることは予想していた。乳母扱いされることを喜ぶタイプではないことぐらい、二十数年もいっしょに住んでいたのだからよく知っていた。

「ただとは言ってないわ。ちゃんとお金も払うわよ」

「そういう問題じゃないの」

しらっと言われて、真弓はとうとう癇癪《かんしゃく》を起こす。

「どうしてそんなに冷たいのよ。どこの家でもみんな、保育園に預けるぐらいならって、お母さんが預かってくれてるわよ」

思わず声を荒らげると、母親はすかさず聞いてくる。

「みんなって、誰よ」

「……さっちゃんとか、のりちゃんとか、とにかく、そういう人が今は多いのよ」

「みんなが、みんながって。あんたは本当に子供の時から変わらないわね」

厭味に笑って母親は言う。

「みんなが持ってるからジェニーちゃん買ってくれ。みんながサイパン行くから旅費を出してくれ。あんた、そんなにみんなと同じがいいの？　みんなと同じじゃないと不安なの？」

母の言葉に、真弓は何も反論できなかった。いつでもそうだった。真弓は母親と口論して勝ったことは一度もない。子供の頃は最後の切り札として泣きわめいたが、さすがにこの年になってそうするわけにもいかない。

「分かったわよ。どうも失礼しました」

真弓はそう言い捨てた。母親が口を開く前に立ち上がってバッグから携帯を取り出した。秀明はメールをしてもあまり返信してこない性質なので電話をかけた。なかなか出ないので、三度ほど続けて発信ボタンを押す。それでも夫は電話に出なかったので真弓はあきらめてソファに戻った。

「秀明さんにかけたの？」

「そう」

「お仕事中なんじゃないの？」

「いいのよ。しつこくかけないと折り返してこないのよ」

そこで真弓の携帯が鳴り出した。

「あ、ヒデ？　うん、実家。今どこにいるの？　え？　ごめんって。分かったわよ。仕事中にはもう電話しない。麗奈寝ちゃったし迎えに来てくれない？　お願いよ。うん。ねえ、あさって休めない？　うーん。また面接なのよ。お母さんは預かってくれないって言うしさ。え？　はいはい。じゃあ、待ってるからね」

自分の夫と話す、真弓の不機嫌そうな横顔を母親は眺めた。結婚したばかりの頃は、こちらが恥ずかしくなるほどベタベタしていた娘が、一年余りでこんな口をきくようになったかと母親は呆れた。よく秀明は我慢しているなと思った。

「あさっても面接なの？」

真弓が電話を切ると、母親は尋ねた。

「うん。今日は支部長って人と面接したんだけど、次は本社まで行って役員面接っていうのがあるんだって」

力なく真弓は言う。

「あなた、採用されそうなの？」

「たぶん平気よ。だって、保険会社の外交員だもん。人手不足みたいだし」

「あなたが保険のセールス？」

「どうせ、無理だと思ってるんでしょ」

真弓の言葉には元気がなかった。傍らに眠る赤ん坊の髪を撫《な》で、深い溜《た》め息をつく真弓を母親は複雑な思いで眺めた。

「採用が決まったら、すぐ働くの？」

「……そうね。急いで保育園を捜さないと」

肩を落とした娘から母親は目をそらす。頭の中で「だめだめ」と思いながらも、勝手に口が開く。

「保育園、見つかるまで預かってあげるわよ」

「え？」

「仕方ないでしょ。秀明さんだって、そうそう休めないんだし、他に当てもないんでしょう」

こちらを見る真弓の顔に、ぱっと花のような笑顔が広がった。その顔は認めたくはないけれど、抱きしめてやりたいほど愛らしかった。母親は眼鏡を外して眉間《みけん》を指で揉《も》んだ。ああ、またこの子のわがままを聞いてしまったと、母親は自己嫌悪に陥った。

秀明が真弓を迎えに来たのは、十時を過ぎていた。彼は会社の営業車に乗って真弓の実家に現れた。その軽自動車で彼は通勤しているのだ。

真弓が赤ん坊を抱いて助手席に座ったとたん、秀明が文句を言った。

「緊急の時以外、何度も電話するなって言っただろう」

「だから、さっき謝ったじゃない」

むっとして言い返す真弓に秀明は重ねて言った。

「商談中だったんだぞ」

「分かったって言ってるじゃない。男のくせにしつこいわねえ」

そこで両親の喧嘩《けんか》を非難するように、赤ん坊がふにゃふにゃと寝言を言った。ふたりは同時に娘を見下ろし、それからお互いの顔を見た。

「ま、とにかく帰ろう」

「そうね」

気を取り直して秀明は車を出した。運転をしながらちらりと妻の顔を見ると、鼻唄《はなうた》を歌いながら娘の髪を撫でている。珍しく機嫌がいいようだ。

「面接、どうだったの？」

秀明が聞くと、真弓はにっこり笑った。

「楽しかったわ」

「何だよ、それ。遊びに行ったんじゃないんだからさ。採用されそうなの？」

「うん、たぶんね。今日は支部長って人と面接したんだけど、四十歳ぐらいの女の人でね、すっごく感じのいい人なの。優しそうなんだけど、仕事できるぞーって感じなの」

「ふーん」

「やっぱり保険の仕事する人って、子供がいる人が多いんだって。だから子供がいることをデメリットに思うことは全然ないんだって言ってくれてね。しばらくは子供を連れて来てもいいって言うのよ。すごいわよね。そんな会社があるなんて思わなかった。なーんか私、やる気出てきちゃった。あさっては本社まで行って役員面接をするの。そうしたら採用が決まるみたい」

真弓はそう言って夫の方を見る。彼は前を向いたままカーステレオに合わせて鼻唄を歌っていた。

「ちょっと、聞いてるの？」

「聞いてるよ。それであさって何だって？」

「もういい」

真弓は頬を膨らませた。どうせ秀明は自分の話など真面目に聞きはしないのだ。

秀明は自分を馬鹿にしていると真弓は思っていた。知り合ったばかりの頃は、どちらかというと真弓の方が大人で、彼に意見することが多かったのに、いつの間に立場が逆転してしまったのだろうと思った。

秀明にしても両親にしても、身近な人間は皆真弓を半人前扱いしていると彼女は感じていた。大学を出て、商社に四年以上勤め、結婚をして子供も産んだ。それなのに何故こんな扱いを受けるのか真弓には分からなかった。

面接をした支部長を真弓は思った。

少々太めではあるものの、とにかく素敵だった。子供もいると言っていたのに所帯臭さがなく、穏やかな話し方をしていた。ちょうど用事で来ていた本社の男の人が『この人はこう見えても、地域でトップの営業成績なんだよ』と支部長を褒めていた。優しそうな彼女の物腰から、その仕事振りが想像できず真弓は驚いた。仕事ができる中年女性というと、肩で風を切る感じの人ばかり想像していたけれど、ああいう人もいるのだなと真弓は認識を新たにした。

支部長のような人になりたい。真弓はそう思った。中年の女性に憧《あこが》れたことなど、今まで一度もなかった。先程は母親に「お母さんみたいになりたい」と言ったがそれは方便だった。真弓は母のようになりたいと思ったことなどなかった。仕事を持っていて、充実した生活を送っている点では尊敬できるし、さっぱりした性格は好きだった。けれど、母には潤いや女らしさのようなものが欠けているように思えた。

「あ、そうだ。採用が決まったら、お弁当作るのやめていい？」

真弓の問いに、秀明は片頰で笑う。

「明日《あした》からやめていいよ」

「何よ、その言い方」

「面倒だってずっと思ってたんだろ。その代わり、昼飯代はちゃんとくれよな」

秀明の言葉に真弓はしばし考える。

「一日いくら？」

「千円でいいよ」

「えー、お昼なんだから五百円ぐらいで食べなさいよ」

「君ねえ」

ちょうど目の前の信号が赤に変わる。ブレーキを踏むと秀明は真弓の顔を見た。

「自分が働いてた時のこと思い出しなよ。そりゃ五百円で済む日もあるけどさ。誰かとお茶飲んだり、後輩に奢《おご》らなきゃいけない時だってあるだろ。どうしてそうケチなんだよ」

「そんなの、ヒデの給料が安いからいけないんじゃない」

頬を膨らます真弓に、秀明はもう何も言う気が起きなかった。せっかくの休みに女房は子供を押しつけて外出し、それならゆっくりDVDでも見ようかと思うと、子供は泣くしオムツはどこにあるか分からないし、終《しま》いには客からクレームだと会社に呼び付けられる。女房の母親に子供を預けに行けば、頭を下げているのに厭味《いやみ》を言われるし。

その上商談中にくだらない用事でしつこく電話を鳴らされ、帰ってくれば給料が安いあなたが悪いと言われる。

離婚したろか。

秀明の頭にちらりとそういう思いがよぎった。

そこでクラクションの音が頭に割り込んだ。はっとすると信号が青になっている。慌てて彼は車を出した。

「あーあ、車があったらなあ」

隣で真弓が、そう呟《つぶや》いた。

「今乗ってるだろう」

「こんなんじゃドライブに行けないもん」

前を走っている真っ赤なアウディを恨めしそうに眺めて真弓は言った。秀明が会社の営業車を自家用車代わりにしていることが真弓は気に入らなかった。ドアにでかでかと『グリーンハウジング』と書かれた車で買い物やファミリーレストランへ行くのが恥ずかしいと言うのだ。

「ねえ、車買おうよ。中古でいいからさ」

「車買う金があるなら、昼飯代下さい」

溜め息まじりにそう言うと、真弓はさすがにもう何も言わなかった。

俺はこの女のどこが好きで結婚したんだっけ。秀明は胸の内でそう呟いた。わがままなのは知っていた。ないものねだりをする癖も知っていた。気に入らないことがあると泣き落としに出る性格も分かっていた。それなのに何故だろう。

初めて秀明が真弓に会ったのは三年前、都内の映画館だった。その日は秀明の会社が主催した試写会で、彼がロビーで雑用をしていると、女の子が声をかけてきた。秀明の高校時代のガールフレンドだった。お互い東京に出て来ているのは知っていたが、連絡先までは知らずその偶然に驚いて喜んだ。その彼女の連れだった〝会社の先輩〟が真弓だった。

　秀明の元ガールフレンドは、高校時代とほとんど変わっておらず、あいかわらず化粧っ気がなくボーイッシュな恰好《かっこう》をしていた。顔は大人っぽいのだが、見かけと違って性格が男まさりだったため、秀明と彼女の交際はそう深いものにならず自然消滅していった。

　それに引き換え、真弓はファッション雑誌から抜け出たようだった。スーツにハイヒール、金のイヤリングに絹のスカーフ。きれいな女《ひと》だなとは思ったが、年上ということもあり秀明は多少怖《お》じ気《け》づいた。丸の内の商社に勤める美人OLと映画配給会社のアルバイトでは、あまりにも世界が違うなというのが最初の印象だった。

　嬉《うれ》しい偶然ということもあって、試写が終わったら食事に行こうと秀明は元ガールフレンドを誘った。当然いっしょにいた真弓も彼は誘ったが、真弓は「水いらずで行ってらっしゃいよ」と、大人っぽく微笑んだ。

　試写が終わると、ふたりはロビーで後片付けをする秀明の所へやって来た。その時の真弓の顔を見て、秀明はぽかんとした。彼女は真っ赤な目をして、小さく洟《はな》をすすっていた。その映画はアメリカのノスタルジー映画だったが、泣くほど感動的な映画ではなかったのだ。けれど秀明はその映画が好きだった。盛り上がりもなくただ淡々と流れていくその映画を、大抵の人は退屈だと言ったが、秀明は映画館の暗闇でこっそり涙ぐんだのだ。

「真弓先輩って本当に涙もろいのねー」

とかから元ガールフレンドに、真弓は「テレビの時代劇見ても泣いちゃうの」と潤んだ瞳《ひとみ》で笑った。

それが見るからに弱々しい女の子なら、そう魅力は感じなかったかもしれない。秀明は年上の女性の弱い一面に強く惹《ひ》かれた。遠慮して帰ろうとする彼女を彼は強引に引き止めた。

真弓の電話番号を聞き出し、かつてないほどの熱心さで秀明は真弓をデートに誘った。彼女は最初ためらった感じを見せていたが、デートを重ねるごとに恋人らしく振る舞うようになってきた。

秀明は真弓とデートをする度に、第一印象と彼女が少しずつずれていくのを感じた。真弓の大人っぽさは外見だけで、内面は案外子供っぽいのだと秀明は感じた。けれど、気持ちが冷めたわけではなかった。見た目と中身のアンバランスが可愛いと、その時は確かに思ったのだ。

子供ができなかったら結婚しなかっただろうな。秀明は密《ひそ》やかにそう思った。秀明は今でもその夜のことを覚えていた。ふたりで食事をしている時、さっきまで上機嫌だった真弓が突然泣きだしたのだ。どうやら、秀明が結婚なんて三十歳ぐらいまでしたくないと軽く言ったのが気に入らなかったようだった。

それまでの交際の中で、秀明が真弓を泣き止ませる方法はひとつしか会得していなかった。彼女を抱くことだった。あの晩、真弓は安全日だから大丈夫だと言った。秀明も飲めない酒を少し飲んでいたこともあって、それを信用してしまった。

真弓から妊娠したことを打ち明けられた秀明は、その場で今回の子供は諦《あきら》めてくれと彼女に頼んだ。欲しくて作った子供ではない。真弓が今日は大丈夫だと言うから避妊しなかったのだ。口に出しはしなかったが、もしかしたら騙《だま》されたのではと秀明は思った。そんな心の内が態度に出たのかもしれない。真弓は秀明の返事を聞くと、そこが喫茶店であることなど忘れたように泣き叫んで嫌がった。

普段はかっちりしたジャケット姿でデートに現れ、秀明を子供扱いしていた真弓が、案外弱い面を持っていることは秀明も承知していた。だから泣かれるだろうと覚悟はしていたが、完全に他人の目を忘れ「絶対産むわ」と泣き叫んだ彼女に秀明は狼狽《ろうばい》した。話し合いなどできる状態ではなかったので、秀明は翌週また会う約束をして彼女をタクシーに乗せた。

数日後、秀明は彼女から「子供ができたことを父親に話した」と聞いて青くなった。真弓のことは好きだった。好きだからこそ付き合っていたのだ。けれど結婚など、まだまだ先のことだと思っていた。

だが、すっかりやつれた真弓の顔を見ると胸が痛んだ。堕《お》ろしてくれと簡単に言ったが、そのことがどれほど女性に負担をかけるかぐらいは彼も知っていた。泣き叫んだ時の真弓よりも、目の前でじっと涙をこらえて座っている彼女の姿が胸を打った。

秀明はまわりの友人達に比べて、それほど異性に執着のある方ではなかった。人並みに女性は好きだが、デートの計画を練ったり、プレゼントでご機嫌を取ったりするのは常々面倒なことだと思っていた。これまで、ひとりの女に死ぬほど惚《ほ》れ込んで苦しい思いをしたということもなかったし、ぜひそういう恋がしてみたいと思ったこともなかった。

だから、彼は真弓と結婚することにした。こんな形で結婚するつもりはなかったが、一生独身でいようと思っていたわけではなかった。早いか遅いかの違いだけだ。それに一度結婚してしまえば、もう二度と同じことで頭を悩ませる必要はないのだ。

秀明から結婚の承諾を受けた真弓は、まるで無罪判決をもらった被告のように、涙を流して喜んだ。数ヵ月後には子供が産まれるのだから、式は出産が済んで落ちついてからにしようと言う秀明に、真弓は首を振った。こちらで準備をするから、どうしても子供が産まれる前に式がしたいと言った。

秀明は真弓の意見に逆らわなかった。式も披露宴も面倒で堪《たま》らなかったが、結婚式というものは、花嫁と花嫁の家族のものである。面倒だからという理由だけで、彼らの長年培ってきた夢を壊してはいけない。

結婚を決めてから、秀明が一番迷ったことは仕事のことだった。彼は子供の頃から映画が好きだった。けれど秀明はそれを撮る方に回る情熱も、評論をするような厳しい目も持ち合わせてはいなかった。それでもどうせ働くのなら、何らかの形で映画に係《かか》わりを持ちたいと思い、二流私立大の経済学部を出ると、映画配給会社に契約社員として入った。正社員で入るには、彼にはコネも学歴も足りなかったのだ。

待遇はアルバイトと同じだったが、仕事は正社員と同じように忙しかった。だから月々の給料は一人暮らしをするには十分な金額を貰《もら》うことができた。

ところが子供ができてしまい、その責任を取らなくてはならなくなって、秀明は自分の収入に不安を覚えた。真弓は最初、産休を取って会社には勤め続けるつもりだと言っていたのに、つわりがひどく、そのうえ式や新生活の準備もしなければならなかったので、会社を辞めたいと言いだしたのだ。

自分の給料で、人間三人が食べていけるのだろうかと秀明は思った。何とか食べていったとしても、それこそぎりぎりの生活をしなければならない。群馬にある自分の実家に帰れば家賃は浮くが、都会育ちでひとりっ子の真弓が同意するとは思えなかった。そうなると、真弓の家に同居ということになるのだろうか。そんな重い気持ちを引きずりながら、彼は初めて真弓の家を訪れた。

秀明は真弓の父親に一発ぐらいは殴られるのではないかと覚悟していた。ひとり娘を妊娠させたのだ。責任を取るとは言え、歓迎されるわけはないだろうなと思っていた。

ところが真弓の両親は、秀明に対してとても親切に接した。彼らにしてみれば、娘を妊娠させた男と言うよりは、心配の種だった娘を引き取ってくれる奇特な男、という気持ちの方が強かったのだ。

秀明が畳に手をついて「お嬢さんを必ず幸せにします」と言うと、真弓の父親も同じように手をついて「わがままな娘ですが、どうかよろしくお願いします」と頭を下げた。そんな彼らを「テレビみたい」と母親と娘は笑った。

真弓の父親は女ふたりを部屋から追い出した。秀明とふたりきりになると、彼は大変失礼だが、と前置きをして話を始めた。同居の話かなと思っているとそうではなかった。

父親は秀明に転職を勧めた。アルバイト待遇でボーナスもないのでは、これから子供を養っていくのは困難だろう、よかったら職を世話させてくれないかと言った。父親は慎重に言葉を選んで話していたが、要は頼むから真っ当な仕事に就いてくれということだった。

反発がないわけではなかった。正社員でないとは言え、自分で選んで好きな仕事をしていたのだから、はいそうですかと転職するのも癪《しゃく》だった。けれど、真弓の父親が言うことはいちいちもっともだった。どちらにしろ、今のままでは食べていけないのは確かなのだ。このまま今の会社に勤めていても、正社員になれるかどうかは分からない。この話を断っても、数年のうちには転職しなければならないだろう。

真弓の父親は建築資材の会社で部長をしており、そのコネで住宅販売会社を紹介できると言った。家のセールスマンか、と秀明は思った。自分にできるだろうかと不安がよぎった。けれど、同居してくれと言われるよりはよかった。それどころか、サラリーマンになるのなら、新居のマンションの頭金も出すと父親は言った。秀明は断る理由を見つけることができなかった。

あの時子供ができなかったら、きっとずるずると長く付き合い、結局お互いの短所を認めることができずに別れたに違いない。真弓があっさり他の男と結婚するか、秀明が浮気をしてそれがばれるとか、そういう展開だったに違いないと彼は思った。

では子供が邪魔かというと、そうではなかった。自分の子供というものは、想像を遥《はる》かに超えて可愛いものだった。おもちゃ屋や子供服の店の前を通れば、自然と足が止まる。買ってやったら喜ぶだろうなとごく自然に思える。

ただ単にちょっと嫌になったぐらいでは、離婚はできないのだなと秀明はぼんやり思った。子供には母親が必要だし、第一別れたいなどと言いだしたらどうなるか、考えただけでもうんざりした。

真弓の両親はいつも「うちのわがまま娘が迷惑をかけて」と口では言っているが、いざとなったら娘の味方に付くだろう。泣きわめく真弓になじられ、娘と慰謝料を取られることは目に見えていた。

秀明はそこで首をぽきぽき鳴らした。これ以上考えることが恐くなったのだ。つまらない人生だと本気で思ってしまったら、あまりにも自分が哀れになってしまう。

「ヒデ、飴《あめ》食べる?」

そこで助手席の真弓が話しかけてくる。

「うん」

「のど飴と梅キャンディーとどっちがいい？」

真弓はいつもバッグに飴玉やらチョコレートやらを入れている。それが可愛いと思った時もあったなと秀明は思った。

真弓の顔をちらりと見ると、掌《てのひら》にキャンディーをのせてにこにこ笑っている。秀明は溜《た》め息をついた。嫌いではない。この女を俺はまだ好きなんだろうなと彼は思った。

「梅の方下さい」

「はい、口開けて」

包み紙を開けて、真弓が彼の口に飴を放り込んだ。甘酸っぱい味が食欲を刺激する。

「あー、腹減った」

何気なしに秀明が言うと、真弓が驚いた声を上げた。

「え？　ヒデ、夕飯食べてないの？」

「ないよ。ずっと仕事してたんだから」

「うそー。何も買い置きないわよ。どうして食べてこないのよ」

秀明は喉《のど》まで出かかった文句を飲み込み、また首を鳴らした。

「あれー、佐藤さん、最近お弁当じゃないんですねー」

出前のかつ丼の蓋《ふた》を開けたところで、森永祐子がすっとんきょうな声を出した。

「そんなに驚かなくてもいいでしょ」

パチンと箸《はし》を割って、秀明は力なく言う。

「奥さん、ご病気ですか？　それとも実家に帰っちゃったとか？」

興味津々という感じで聞いてくる祐子に、同じくかつ丼を前にした竹田課長が文句を言った。

「昼飯ひとつできゃんきゃん言うな。さぼってないで掃除でもして来い」

「……はーい」

不貞腐《ふてくさ》れた返事をすると、祐子はモデルハウスの一室を使った事務所から出て行く。その後ろ姿が見えなくなったとたん、竹田課長は秀明の顔を覗《のぞ》き込んだ。

「で？」

「は？」

「どうしたの、愛妻弁当は」

「はあ。別に」

「別にじゃ分かんないよ」

「だから別に深い意味は……」

「なんでそんなに隠すの？　素直に言えばいいじゃないの」

ふざけているのか真剣なのか、まったく分からない課長の顔を秀明は見つめた。彼はこのモデルハウスの責任者で、仕事の面では皆の頼りにされている。だが何を考えているか分からないところがあって、扱いやすい人間とは言えなかった。

「女房がパートに出はじめたんで」

秀明はしばらく考えてから本当のことを言った。適当なことを言って、また昼飯ひとつであれこれ詮索《せんさく》されるのではかなわない。

「ああ、なるほどねー。分かる分かる」

課長の怒ったような顔が、突然くしゃりと笑顔に変わる。

「今時、おとなしく専業主婦してる女なんかあんまりいないよな」

「そうですね」

「うちもアレよ、デパートで売り子やってんだけどさ。ひどいよ。掃除はしない、飯は作らない、子供はほったらかしでさ、文句言えばフグみたいに膨れやがって。月に八万ぽっちの稼ぎでいっぱしに働いてるつもりになってるんだから」

かつ丼を食べながら、秀明は適当に相槌《あいづち》を打つ。

「八万稼げば立派じゃないですか」

「それがお前、家計の足しにするんならご立派だけどよ。カラオケ行ったり若い男に注ぎ込んだりしちゃうんだから」

「若い男がいるんですか？」

「いるよ、あれは絶対いる」

「確信してますね」

「俺のことハゲ親父って言いやがるんだ」

秀明は竹田課長の、額から頭の頂上に向かうつるっとしたスロープを思わず見た。

「じろじろ見るなよ。失礼な奴だな」

「す、すいません」

「そんなこと言う女じゃなかったんだけどなあ。なんかこう、憎しみがこもってんだよな。ハゲって言葉にさあ」

どう返答したらいいか分からず、秀明は黙ってかつ丼を平らげた。

「課長、お茶飲みます？」

「おお、サンキュー」

ポットのお湯を使ってお茶を入れていると、課長が後ろで呟《つぶや》いた。

「役割分担だよなあ」

「え？」

「最近しみじみ思うんだよ。役割分担ってこと。お前がお茶を入れる、俺があとで湯飲みを洗う」

「いいですよ。僕が洗っときます」

「いやいや。何でもそうやってうまく分担すりゃあいいんだよ。お前がポカをやる。俺や部長が尻拭《しりぬぐ》いをする」

秀明はあえて反論はせず、課長の前に湯飲みを置いた。

「家庭でもそうだよ。俺が働いて金を稼ぐ。女房は家のことや子供のことを面倒みる。どこがいけないのかねえ」

「そうですね」

しみじみ頷《うなず》いて秀明は食後のお茶を飲んだ。

その午後、客のいないモデルハウスの階段に腰掛け、秀明は竹田課長の言っていた役割分担ということについて考えた。

真弓の働きに出たいという気持ちは、まあ分からないでもなかった。自分の子供というのは確かに可愛い。けれど、一日中相手をするとなると結構つらいものがある。何せ相手はまだ本能でしか動けない、人間よりも動物に近い存在なのだ。こちらの都合もお構いなしに、理由もなく長い時間泣いたりする。目を離すとどんな危険なことをするか分からない。かと言って鎖で繋《つな》いでおくわけにはいかない。もうまる一年、真弓は赤ん坊の世話をひとりでしてきたのだ。鬱憤《うっぷん》が溜まって当然だとは思った。

けれど、それは彼女の役割ではなかったのだろうか。鬱憤が溜まっているのは秀明も同じだ。家族三人の生活が少しでも楽になるように、懸命に働いているのだ。それが自分の役割であるからこそ、安い小遣いで我慢し、嫌な客にも頭を下げている。それどころか、たまの休みも真弓の買い物に付き合い、子供の面倒だってみている。

真弓が働きたいというのは、自分の役割から逃げ出したいだけなのだ。子供と夫の面倒をみるのがつまらなくなっただけなのだ。共働きというスタイルに持ち込んで、今以上に自分の役割をこちらに押し付けたいだけなのだ。

秀明は急に子供の頃を思い出した。そう言えば、秀明はよく学級委員や文化祭の委員などをやったが、考えてみればあれはまわりに押し付けられたのだったと思い当たった。

人に対して面と向かって怒ることができない優柔不断な彼は、面倒なことを押し付けられることが多かった。こうやって一生、損な役回りをして生きていくのかと思うと、秀明は虚《むな》しくなった。

こんなことでいいんだろうかと思いながら立ち上がった時だった。モデルハウスの玄関が開くのが見えた。

入って来たのは家族連れだった。いらっしゃいませと秀明が頭を下げると、先頭に立った小太りの男が、顎《あご》だけでうんと頷いた。

家族は全部で五人だった。たぶんもう引退しているのだろう白髪の老人と小学生らしき男の子がふたり、そしてその両親。平日の昼間に子供が来たということは、まだ春休みなのだなと秀明は思った。父親は平日休みの仕事なのだろうか。

「見せて頂いていいでしょうか」

子供の母親が秀明にそう言った。にっこり笑ったその顔に秀明は思わず見入った。なんて優しそうな顔をした人だろうと彼は思った。

「どうぞ。ご覧になって下さい」

「お邪魔します。ほら、朗。ちゃんとスリッパを履きなさい」

いかにも言うことを聞かなそうな小さい方の息子に母親は優しく言った。彼らはぞろぞろとリビングに向かって歩いた。

「申し訳ありませんが、こちらのアンケート用紙にご記入頂けますか」

一番後からリビングに入って来た老人に秀明は言った。すると子供の父親らしき男が振り返る。

「あ、父さん。俺が書くから」

そう言って彼は秀明からアンケート用紙を受け取った。

「こちらでどうぞ」

秀明が示したソファにどすんと腰を下ろすと、彼はボールペンを持って名前を書き始めた。

茄子田太郎。

変な名前だと秀明は思った。

「珍しいお名前ですね」

軽い気持ちで言うと、茄子田太郎はぎろりと秀明の顔を見る。「まあね」と冷たく答えると彼は黙って続きを書き始めた。

秀明はもう余計なことは言わず、目の前に座った客を観察した。ずんぐり太ったからだに、いかにも安そうなジャケットを着ていた。髪は普通に七三に分けている。年は四十ぐらいか、いや案外三十代かもしれない。

茄子田の手元を覗《のぞ》き込むと、名前の後ろに年齢が見えた。三十三歳。こいつ、そんなに若いのか。老けてるなあと思いながらその奥を覗くと、職業の欄に『教員』と書いてあった。秀明は何となく納得した。服のセンスの垢抜《あかぬ》けなさも、大きな態度も確かに学校の教師にありがちだ。

仕事でなければ口をききたくないタイプだなと秀明は思った。けれど、素直にアンケート用紙を書いてくれる客というのは脈のある客だ。まったく購入の意志のない客は、頼んでも住所や名前など書いてはくれない。

笑い声が聞こえ、秀明は顔を上げた。対面式のキッチンの向こうで、母親と子供達が楽しそうに話している。明るくてきれいな女の人だと秀明は再び思った。あんな感じのいい人がどうしてこんな男と結婚したのだろう。

「あんた」

「え？　は、はい」

「これ全部書くの？　予算とか坪数とか」

「あ、簡単で結構です」

不機嫌そうに鼻を鳴らし、茄子田はボールペンを走らせた。いきなり「あんた」と呼ばれて秀明はむっとした。思った通り嫌な奴だなと思っていると、茄子田が顔を上げた。

「あんた」

「佐藤と申します」

秀明は背広から名刺を出して、目の前の客に渡した。茄子田はそれを受け取ると、裏にしたり表にしたり、しみじみ名刺を眺めた。

「あんたさ」

それでも茄子田は秀明を「あんた」と呼んだ。

「この仕事始めて何年？」

「……一年半ほどです」

「ふーん。新人さんかあ」

何とでも言えと秀明が内心不貞腐《ふてくさ》れると、急に茄子田は笑顔になった。

「二世帯住宅を建てようと思ってね、あちこちモデルハウスを見て研究してるんだよ。なんせ素人だから分からないことばっかりなんだ。いろいろ教えてくださいよ」

突然温和になった茄子田の顔を、秀明はぽかんと眺めた。

「こちらこそ、よろしくお願いします」

秀明は慌てて頭を下げた。

2

若造が。

茄子田太郎は、正面に座ったハウジング会社の営業マンを見てそう思った。

「ご新築はいつ頃の予定でございますか？」

佐藤秀明というその男が質問してくる。

「今すぐじゃなきゃ困るってわけじゃないんでね。じっくり考えてからだな」

「そうですね。一生のお買い物ですから、納得がいくまでご検討なさった方がいいかと思います」

太郎は鼻で笑った。若造が何を偉そうに。ついこの間まで学生だったような男に何が分かるかと彼は思った。商店街でサンダルを買うのと訳が違うのだ。

「じゃあ見せてもらおうかな」

「はい。ご案内いたします」

太郎が立ち上がると、佐藤も慌てて立ち上がった。

リビングに対面式のキッチン、庭に面した和室、セミダブルのベッドがふたつ置いてある広い寝室、明るい壁紙のトイレ。妻の綾子は佐藤の説明に、いちいち「きれいねえ素敵ねえ」と応《こた》えている。

ピンクのタイルと黒く大きな浴槽があるバスルームを見て、太郎がソープランドのようだなと思っている時、

「お父さん、これ何？」

と長男が話しかけてきた。風呂《ふろ》場の脱衣所に置かれたサウナを指さしている。

「サウナよ。箱の中が真夏みたいに暑くなるの」

妻の綾子が質問に答えた。

「そんな物がどうして家の中にあるの？」

「慎吾もサッカーしたり野球すると汗をかくでしょう。汗をかくとどう？　気持ちいいでしょ？」

「うん」

「大人はなかなか運動する暇がないから、これに入って汗をかくの」

「へええ。ねえ、お父さん。新しいお家にもサウナ付けようよ」

そう言う長男に、太郎はちろりと目を向けた。

「そんな物はうちは買わないよ」

太郎は子供達を住宅展示場に連れて来たことを少し後悔していた。朝から何軒かモデルハウスを見たが、どの家にも子供部屋にテレビや天体望遠鏡などが置いてあり、それ

が子供達の目を輝かせていた。家を新築すれば、そういう自室を貰《もら》えると思ってしまったようだ。太郎は子供達にそんな贅沢《ぜいたく》をさせる気はなかった。

「お母さん、一番最初に見た家が一番かっこよかったね」

太郎の横で次男が無邪気にそう言った。綾子は息子の台詞《せりふ》に曖昧《あいまい》に笑ってみせている。

住宅展示場の入口にあった二世帯住宅は、三階建てでエレベーターまで付いている巨大な家だった。あの家を最初に見てしまったせいで、確かにどの家を見ても見劣りがした。しかし太郎が持っている土地と金では、手に入るようなものではないだろう。息子がふたりもいるのだ。大学まで出し、結婚をさせるまでの費用を考えると、あまり苦しいローンを組むわけにはいかないと思った。

「エレベーターのあるお家にしようよ、おじいちゃん。そうしたら、おばあちゃんも喜ぶよ」

二階への階段を上がりながら、次男が祖父にそう言った。おねだりをする時は、お父さんにではなくおじいちゃんにするのだ。

「そうだなあ」

彼はねだる孫に優しい声を出す。

「あったら便利だけど、たぶん高くて買えないと思うよ」

「うちって貧乏なの？」

「貧乏じゃないさ。だけど、お金があったって、贅沢すぎることはいいことじゃないんだよ」

太郎は背中でその会話を聞く。そうだ、そうだ。贅沢はいけない。

「今日はおばあさんは来なかったの？」

営業マンの佐藤が次男に話しかける声がした。

「おばあちゃんは足が悪いの」

「そうなんだ」

「あんまり早く歩けないし、階段なんかはうまく上がれないんだよ」

「いや、大したことはないんですよ。前にちょっと転んで骨折してね。もう年だから」

孫の話に祖父が付け加える。

「ホームエレベーターは決してお安いとは言えませんけれど、そういう方がご家族にいらっしゃるなら、決して高いお買い物ではないと思いますよ」

佐藤の台詞に、茄子田はちらりと振り返る。

「二世帯住宅と言うと、単純に下が親世帯と決めてしまう方が多いのですけど、人の出入りが激しい子世帯を一階にして、親世帯は二階にした方が静かにくつろげるという場合もありますから」

「あら、そうよね。二階に私達が住んだら、この子達がばたばた駆け回って、下のおじいちゃん達はうるさくて仕方ないものね」

綾子が感心したようにそう言った。

若造が。もう一度太郎はそう思い、露骨に佐藤の顔を睨《にら》みつけた。彼は太郎の視線を感じて、気まずそうに口を閉ざした。

二階へ上がると、大きな子供部屋があった。子供達は喜んで、そこら中の扉を開けてみていた。太郎の父親はベランダへ出て外を眺めている。綾子と営業マンの佐藤が、子供部屋の扉に付けられたガラス窓について話をしていた。

「これなら中の様子が分かっていいわ」

「ええ。お子様は独立した部屋を欲しがりますけれど、密室にしてしまうのは問題がありますからね」

太郎は子供部屋のベッドに腰を下ろし、ふたりが話すのを横目で見た。

佐藤秀明は一目で高級品と分かるスーツを着ていた。学生っぽさが抜けない髪型に流《は》行《や》りの細いネクタイ。笑い顔など子供のようだ。こういう奴程、不思議と女にもてるのだ。

どうせ少ない給料で、ローンで無理して高いスーツを買うのだろう。自分が着飾ることや女とのデートには金を注ぎ込むくせに、小汚いアパートに住んでいるに違いない。そんな奴に家のセールスなどされても説得力がない。

綾子と佐藤は先程からずっと楽しそうに話をしている。妻が他の男と話しているところなど、太郎は初めて見たような気がした。

太郎は妻の綾子を愛していた。新婚当時に比べて若々しさはなくなったが、子供をふたりも産んだのに体型が変わらない。愛想と人の面倒見が良く、それでいてでしゃばらない。家族を大切にして、決して声を荒らげることのない心優しい女だ。人生最大の幸福は、この女と結婚できたことだと太郎は思っていた。

佐藤が何か話すのを、綾子は子供の話を聞くように優しく頷《うなず》いて聞いている。ほらみたことかと太郎は思った。綾子でさえ、あの男を子供扱いしている。綾子が好きなのは、一人前の男なのだ。お前がいくら目尻《めじり》に皺《しわ》を寄せてでれでれしても、綾子はお前のような男には洟《はな》も引っかけないのだ。そう思うと、太郎は愉快な気持ちになった。

「よし、そろそろ行こう」

太郎がそう言って立ち上がると、綾子や子供達がそちらをさっと向いた。さっさと歩きだした彼に皆は急いでついて行く。

太郎が階段を下りて行くと、後ろから佐藤が声をかけてきた。

「お客様、今晩はご在宅でいらっしゃいますか？」

「あ？」

「もしよろしければ、資料などお持ちしてお伺いしたいのですが」

「……そうだなあ」

太郎は曖昧に答える。今日は行きつけのスナックへ顔を出そうかと思っていたところだったのだ。

そう考えながら階段を下りきった時、リビングの入口で家具に雑巾掛《ぞうきんが》けをしている女の後ろ姿が目に入った。形のよいヒップと短い髪から覗《のぞ》く健康そうなうなじに、太郎は足を止めた。どこかで見たことがあるようなと思った時、その女が振り返った。

「あら、もしかしたら」

先に口を開いたのは、森永祐子だった。

「あ、あなたは日曜日の」

太郎は満面に笑みを浮かべて、彼女に近付いた。日曜日、犬の散歩の時にすれ違う例の女だったのだ。

「偶然ですね。ここにお勤めなんですか」

近寄って行って、太郎は彼女の両手を取った。笑顔だった彼女がびっくりした顔に変わる。

「いやあ、世間は狭いですね。ここの社員さんなんですか？」

「え、ええ……」

森永祐子は日曜の朝だけすれ違う中年の男に、ばったり職場で出会った上、急に手を握られて動揺した。これが外でなら思い切り振り払っただろうが、お客様ではそうもいかない。

「森永さん、お知り合いなの？」

そこで追いかけて来た秀明が口を挟む。

「え、ええ。ちょっと」

「名刺、お渡しすれば」

「あ、はい。そうですね」

そこでやっと彼が祐子の手を離した。祐子は秀明が助け船を出してくれたことに、ほっと息を吐いた。

「森永祐子さんか。ふうん。君はここで事務をやってるわけですか」

名刺を受け取った彼がそう聞いてくる。祐子はぎごちなく笑顔を作った。

「いえ、私も営業をやってます」

「え？　女性なのに？」

「ええ。なかなか至りませんけれど、よろしくお願いいたします」

太郎はふんふんと頷いて、祐子の名刺をポケットにしまった。そこで玄関から息子達の呼ぶ声がした。彼は軽く舌打ちをする。

「じゃあ、どうも。ええと祐子さん、また伺わせてもらいます」

そう言って差し出された彼の手を、祐子はぎょっとして見つめた。この男はまだ人の手を握るつもりなんだろうか。けれど相手はお客様だ。気を悪くさせてはいけない。

祐子は仕方なく、差し出された丸くてドラえもんのような彼の手に恐る恐る触れる。

そのとたん、ぎゅっと力を入れて握り返された。

客でなければ殴ってやるのにと、祐子はひきつった笑顔の下で思っていた。

「あら、茄子田さん。いらっしゃい」

スナック『レイナ』の重いドアを押し開けると、暗い店の中からママの声がした。軽く頷いて茄子田はテーブル席のソファに腰を下ろす。まだ時間が早いせいか、常連の男がひとりカウンターにいるだけだ。

「ほーらね、茄子田さんは絶対月曜日には来るのよ」

ホステスが甘ったるい声で言いながら、アイスセットとボトルを持って茄子田の所へやって来た。

「アイちゃんが目当てなんでしょ。あたしやママみたいな年増《としま》には用がないってことよねー」

「そんなことないよ」

渡されたおしぼりを使いながら、茄子田はそう答える。

「そうだよ、エリちゃん。茄子田さんは選《え》り好みなんかしないよ。女なら誰でもいいんだ。守備範囲が広いんだよな」

カウンターに座っていたカーディガン姿の男が振り返って笑った。近所の電気屋の店主だ。毎晩のように、この店に入り浸っている。

茄子田の家から最寄りの私鉄の駅『みどりヶ丘』まではバスで十分ほどかかる。その駅の裏に『レイナ』がある。二年ほど前に開店し、その時から週に二、三回は足を運んでいた。

店はそう広くないが、カラオケのステージもあるし、ホステスも四人ほどいる。ママの教育がいいせいか、キャバクラにいる馬鹿丸出しの女共に比べて品があった。懐具合によってではキャバクラなどには行かないのかというと、そうではなかった。給料は、彼はキャバクラやファッションマッサージやソープにも行くことがあった。給料は全部妻に渡しているが、知人のやっている学習塾で、アルバイトにテストの問題などを作っているのだ。その副収入は、ほとんどそういう遊びに注ぎ込んでいた。

彼が風俗の味を覚えたのは、社会に出てからだった。大学を出るまでは、女性とすんなり口がきけないほどシャイで、男同士の飲み会にも顔を出すことは少なかった。授業をさぼることもなく、レポートはいつも期限の三日前には提出していた。それで成績が良かったかというと、特に優の数が多いわけではなかった。要領が悪く、冗談が通じず、女性とは目を合わせることもできない。そんな彼には当然親しい友人などいなかった。

そんな茄子田が豹変《ひょうへん》したのは、教師になってすぐだった。世話好きで酒好きの先輩教師に彼は気に入られた。嫌がる茄子田をその教師は行きつけらしい店に連れて行った。

彼はそこで初めてホステスという職業の女と口をきいた。かちかちになっている彼に女達は笑顔で話しかけ、茄子田のつまらない話に大袈裟《おおげさ》なぐらい笑い声をたてた。そして彼女達は気軽に彼の肩や背中に手を触れた。二十三年間、フォークダンス以外で女性の手に触れたことのなかった彼は、それが心の底から嬉《うれ》しかったのだ。

その晩、彼は先輩教師に連れられてソープランドへ行った。彼は幸運だった。童貞だった彼に心優しいソープ嬢は、料金以上の真心とテクニックを駆使してくれたのだ。

「あら、茄子田さん。いらっしゃいませ」

店の奥の更衣室から、若い女が現れて茄子田に向かってそう言った。

「よう、アイちゃん」

「今日は早いんですね」

「まだ春休みだからな」

彼女がこの店に勤めるようになってまだ二ヵ月ほどだ。二十三歳と言っているが、きっともう二十五歳は超えているだろう。それでも、他のホステスに比べれば若くて初々しい。

茄子田は一目で彼女が気に入った。けれど、常連達は誰でも若い彼女と話したがった。彼女は火曜と水曜は休みを取っている。週末は客が多いので、茄子田は毎週月曜日、なるべく早い時間にこの店に来るようにしていた。そうすると、店が混み始める時間まで、彼は〝アイちゃん〟を独占することができるのだ。

茄子田は向かいのソファに腰を下ろそうとした彼女に、隣に座れと指をさした。やれやれという顔で、アイは茄子田の隣に腰を下ろす。

「あら、これは何？」

茄子田の手元にあった大きな封筒を彼女は持ち上げる。

「住宅展示場のパンフレットだよ」

「まあ、お家建てるの？」

厚化粧の目をぱちくりさせて、アイが茄子田に聞く。

「まあね。うちもそろそろ古くなったから、建て替えようと思ってね」

「あら、奥さん幸せねえ」

「そうだろ」

「わたしにも、お家買って下さいよ」

「お尻《しり》も触らせてくれない女に、家なんか買ってたまるか」

大きく笑って茄子田はそう言った。他のホステスやママも彼に合わせて笑い声をたてた。しかし茄子田の手は、しっかりアイの腰のあたりをさすっている。

茄子田は自分の鼻先にある、ホステスの髪の匂いを嗅《か》いだ。香水のきつい匂い。それにパーマをかけた長い髪は、よく見ると枝毛ができて傷んでいる。

彼はホステスの頬紅を塗った横顔を見ながら、モデルハウスで会った森永祐子のことを考えていた。

きめの細かい透明な肌。濁りのない瞳《ひとみ》。何より石鹸《せっけん》のいい匂いがした。ホステスの肩を抱きながら、茄子田は祐子の名刺が入ったポケットを掌《てのひら》で押さえた。

彼は初恋の人のことを思い出した。中学一年生の時、前の席に座っていたショートカットの女の子に茄子田は憧《あこが》れていた。白い襟が高く、明るくて勉強ができ、学年で一番足が速かった。もちろん茄子田はその子と話をしたりはできなかった。ただそっと、彼女のしゃんと伸びた背中を見ているしか術《すべ》がなかった。

森永祐子からも、初恋の人と同じ清潔な匂いがした。彼女と話してみたい。食事をしてみたい。並んで歩いてみたい。若い頃にはできなかったけれど、今の自分ならば女性を楽しませることができると茄子田は思った。

デートに誘ってみよう。そう思うと胸が苦しくなるのを彼は感じた。


佐藤真弓は、リーフ生命みどりヶ丘支部の会議室で、研修の授業を受けていた。

支部は、小さな雑居ビルのワンフロアーにある。東京の大手商社に勤めていた真弓は、最初その狭さと汚さに戸惑った。壁にはでかでかと営業成績の棒グラフが貼ってあるし、誰の机の上も書類で溢《あふ》れている。支部にいる人間は全員女性だというのに、整理整頓《せいとん》とはほど遠い状態だ。

その狭い支部の片隅にある、間仕切りだけの小さな会議室で真弓は研修を受けていた。真弓の三日前に入社した、ひとつ年上の女性といっしょである。

ホワイトボードの脇に立って、愛川支部長が自社の商品について説明していた。真弓は支部長の話を聞きながらせっせとノートを取る。隣に座ったもうひとりの新入社員、保坂やよいは、シャープペンは手にしているが、何もノートに書いたりはしていない。

真弓は支部長が熱心に説明をする姿を見つめた。色白でふっくらしていて、お面の〝おかめ〟をもう少し美人にしたような顔だ。声が鈴のように可愛らしい。その柔らかい声で、支部長は顧客獲得のテクニックを話す。純真そうな容姿からは想像もつかないような、口八丁を新入社員に教え込む。その落差が、支部長をより魅力的に見せた。

保坂やよいは、真弓の横でお尻をもぞもぞ動かしていた。そろそろ夕方の四時になる。午後の一時からぎっちり三時間、休憩もなかったので彼女はすっかり飽きてしまっていた。

「愛川支部長、お電話です」

そこで会議室の間仕切りの向こうから、事務の女性が声をかけてきた。

「どなたから？　本社？」

「いえ。お客様だと思います」

「じゃあ出るわ」

冗談めかして支部長は言った。彼女が姿を消すと、やよいはあーあと伸びをした。

「疲れたわねえ」

「そうね」

「真弓さんってすごい熱心。そんなにノート取って」

半分あきれたように、やよいは真弓のノートを覗《のぞ》き込んだ。

「やっぱり自分で応募してきた人は、やる気が違うわね」

「そんなんじゃないわよ」

やよいの言葉に、真弓は曖昧《あいまい》に笑ってみせた。

保坂やよいは、勧誘されてこの仕事をはじめることにした。結婚をしてから数年間、近所の会社で事務のパートをしていたのだが、先月不況という理由で解雇された。新しいパートを捜す気にもなれず、ぶらぶらしていた時、家に来たセールスレディーに勧誘されたのだ。

昼間の空いている時間にちょっと仕事をするだけでいいお金になりますよ。辞めたくなったら辞めてもいいですよ。一度仕事を覚えれば、お子さんが産まれて手が離れてからもう一度はじめることができますよ。そう言われて、保坂やよいはその気になった。

来年あたり、そろそろ子供を作ろうと思っていたところだった。その前に一度夫と海外旅行にでも行きたい。その資金ぐらい自分で稼ぎたいと思った。夫に相談すると、研修だけ受けてその間だけ給料をもらって辞めちゃえばいいじゃないと言った。そこまでずるいことをする気はなかったが、最初から子供ができるまでとは思っていた。

だから研修にもあまり力が入らない。それに引き換え、いっしょに入社した佐藤真弓はすごいと彼女は思った。

生命保険のセールスレディーのほとんどは、同じセールスレディーに勧誘されて仕事をはじめる。真弓のように、自分から応募してくる人間は少なかった。勧誘された者は、大抵その勧誘してきた人間の下につく。けれど真弓のように、自分から進んで応募してきた人間は、支部長の直属となるのだ。やはりやる気のある人間には会社も手をかけるのだろうと彼女は思った。

離婚でもしたのだろうか。やよいは真弓の横顔を見ながら思った。真弓の真面目さは、きっと生活がかかっているからだろうと彼女は考えた。

「愛川支部長って、若い頃離婚なさったんですってね」

やよいはそう言って真弓の顔を見た。

「そうらしいわね」

「お子さんがふたりもいるって聞いたわ。養育費も貰《もら》わずに、ひとりで育ててきたって話よ」

「まあ、そうなの」

簡単に真弓は返事をする。実は私も、という台詞《せりふ》が続くのではないかと思っていたやよいは少々がっかりした。

「私なんかには、とてもできないわ。年収三千万なんですって。そんなに稼げれば、確かに亭主はいらないわ」

「三千万？　本当に？」

お金の話をしたとたん、真弓がやよいの方を向いた。

「本当らしいわよ。補佐の内田さんが言ってたんだって」

ふうんと真弓は口の中で呟《つぶや》く。そして急に興味をなくしたような顔をして言った。

「きっと、やらなきゃならなくなったら、誰でもそのくらい稼げるのよ」

「そうかしら」

「真弓さんは、やらなきゃならない事態なの？」

やよいが何気なくそう聞くと、真弓はうっすら笑って首を傾《かし》げる。そこへ愛川支部長が戻って来た。

「お待たせ。もう少しで四時だし、今日は終わりにしましょうか」

それを聞いて、やよいはさっさと机の上を片付けだした。

「どう？　疲れた？　でも研修のうちはまだ楽よ。本格的に仕事がはじまったら、そうやって椅子に座ってる余裕なんかないわよ」

「気が重いです」

あっけらかんと笑ってやよいが答える。支部長は手に持ったケーキの箱を上げてみせた。

「頂き物なんだけど食べない？」

ふたりは顔を見合わせる。やよいが先に口を開いた。

「すみません。嬉《うれ》しいんですけど、今日は主人が早く帰って来るって言ってたので」

「あら、残念ね。真弓さんは？」

「私は六時に人と待ち合わせをしてるので、それまで大丈夫です」

お先にと言ってやよいが消えてしまうと、真弓はケーキの箱を開ける支部長に言った。

「お茶を淹《い》れてきましょうか」

「そうよ」

「あら、ありがとう。ついでにお皿とフォークもいいかしら」

「はい」

真弓は会議室を出ると、事務所を突っ切って給湯室に歩いた。ここで働くほとんどのセールスレディーの定時は四時までだ。けれど、まだ外出先から戻っている人は少ない。真弓は本格的に仕事が始まったら、とても四時には帰れないのだということを悟った。同期で入った、あの保坂やよいという女性は、四時に帰れないと知ったらどうするだろうと真弓は思った。きっと、あの人はすぐ辞めてしまうだろうと真弓は感じた。では自分はどうだろう？

結論を出せないまま、真弓はお茶を淹れ、お皿とフォークを持って会議室に戻った。

「ありがとう。真弓さんは気が利いて助かるわ」

支部長に言われて、真弓はうっすら頰を染める。気が利くなどと言われたのは久しぶりだった。

「待ち合わせって、ご主人とお食事でもするの？」

ショートケーキを口に運びながら、支部長が聞いてくる。

「いいえ。学生時代の友達です。たまには子供抜きで、飲みに行きたいなって思って」

「あら、いいわね」

支部長はそれを聞いてころころ笑う。

「たまにはそういうのもストレス解消にいいわよ。旦那様《だんな》はいつでも飲んできてよくて、奥様はいけないってことはないものね」

「そうですよね。でもうちの主人は下戸なんですよ。だから、たまには一杯やりたいって気持ちを分かってくれなくて」

「それは困ったわね」

支部長は真弓の話に楽しそうに相槌《あいづち》を打った。笑顔の支部長を見ているうちに、真弓は先程やよいと話していたことを思い出す。

「あの、支部長。失礼なことを聞いていいですか？」

真弓は声を落として、支部長の顔を覗き込んだ。

「何かしら。恐いわね」

「支部長の年収が、三千万だって本当でしょうか？」

ふっくらした唇にフォークの先をくわえたまま、支部長は目をぱちくりさせた。

「誰がそんなこと言ったの？」

今にも吹き出しそうな顔をして、彼女は真弓に尋ねる。

「今、やよいさんが」

「ふうん、そういう噂がたってるのね」

「本当なんですか？」

真弓は重ねて尋ねた。

「いくらなんでも、そんなには貰ってないわよ」

そんなには、という台詞が意味深だった。真弓の複雑な表情を読み取ってか、支部長は片手を口許《もと》に上げて「その半分ぐらい」と囁《ささや》いた。

真弓はそれを聞いて目を見開く。絶句してしまった真弓に支部長は真面目な顔で言った。

「そういう金額を聞いて、あなた達は自分には叶《かな》えられない夢だと思うかもしれないけど」

微笑んだ両目が、真弓を正面から見た。

「私だって最初は、あなたと同じパートのセールスレディーだったのよ」

「え？　本社採用の正社員さんだったんじゃないんですか？」

「他の保険会社では、そういう人が支部長をしたりするけど、うちは違うの。セールスレディーをやっていた人がなるケースがほとんどよ。どうしてだか分かる？」

真弓は小さく首を振った。

「自分にもできるかもしれない、と思わせるためよ」

湯飲みを両手で持って支部長は、上品なしぐさでお茶を飲んだ。

「支部長とその下の支部長補佐になると、血眼になって契約を取ってこなくても済むし、お給料が全然違うわよ」

「そうなんですか？」

「そりゃ、長と付けば普通にセールスしてる時とはまた違う厳しさはあるけど、でも、びっくりするほどお金は貰えるわ」

真弓は淡々と話す支部長の顔を見つめた。

「会社はわざと役付きには高い給料を与えてるのよ。そうしなきゃ、みんな頑張り甲斐《がい》がないじゃない。成績さえ挙げれば、夫より年収が取れるのよ。そう思えば少々つらいことも乗り越えられるでしょ？」

真弓はゆっくり頷《うなず》いた。

「悪く言うつもりはないけど、あのやよいさんって人は早く辞めていく典型的なタイプね。あなたもそう思ったでしょ？」

「ええ、まあ」

「真弓さんなら、きっとすぐ補佐になれると思うわ。目の輝きが違うもの」

支部長に正面から見つめられて、真弓はどぎまぎと下を向いた。

「本当に、年収三千万ぐらい取る人もいるらしいわよ」

真弓の話を聞いた結城一美は、驚きもせずそう簡単に答えた。

「えー、本当？」

「雑誌でそういう人のインタビュー読んだことあるし、パパのところに来る保険屋の女の人なんかクリッツィア着てたもん」

カクテルグラスを口に運びながら、一美はそう言う。真弓は我を忘れてぽかんと口を開けた。

真弓と一美は中学・高校と同じ私立の女子校に通っていた。お嬢様が多いその学校で、真弓は中の下、一美は上の下ぐらいのお嬢様だった。

仲良しだったふたりのお嬢様は、高校を出ると違うレールの上を走ることになった。真弓は共学の私立大学へ、一美は花の名前がついた女子大へと進学した。大学を出て、さらに二本のレールは遠く離れて行く。真弓は商社に就職し、一美は家事手伝いをしながら英会話を習ったり母親とボランティアの真似事をしたりしていた。

一美は順調にいけば、二十五歳になる前に見合いで結婚をする予定だった。けれど、彼女は生まれて初めてあらかじめ敷かれていたレールを下りた。普通の、それも高卒のサラリーマンと恋に落ちたのだ。

数年にわたった両親との抗争の末、一美はそのサラリーマンと、この冬結婚をすることになったのだ。

「でも、三千万も年収取ってどうするのよ。まさか九時五時週休二日で三千万のわけないじゃない。命かけなきゃ無理よ」

「それはそうね」

一美の言葉に真弓は頷く。

「ケンちゃんなんか、年収三百万よ」

「でも、パパに援助してもらえるでしょ」

半分厭味《いやみ》で真弓は聞いた。すると一美は笑って首を振る。

「援助なんてしちゃくれないわよ。今でも本当は反対なんだから。駆け落ちされたら困るからしぶしぶ認めてくれたんだもん」

「それにしても、一美って絶対お金持ちの人じゃないと結婚しないと思ってたのになあ。ケンちゃんのどこがそんなにいいの？」

真弓は以前一美に紹介された〝ケンちゃん〟の顔を思い出した。建築会社に勤めているという彼は、一美よりほんの少し背が低かった。ただ、肩や腕にがっちり筋肉がつき、よく日に焼けていた。厳しそうな顔が笑うととても人懐っこく見えた。

「自立してるよ、ケンちゃんは」

「えー？」

一美から自立という言葉が出るとは思わなくて、真弓はびっくりした。

「一人暮らしが長い人だからね。掃除も料理もちゃんとできるし、親が買ってくれたマンションなんかに住みたくないって」

でれっと笑って一美はのろけた。

「親が買ったマンションで悪かったわね」

「あ、真弓のところはそうなんだっけ？」

「頭金だけね」

「ローン払ってんなら立派じゃない」

取って付けたように彼女が言う。

「それにしても、真弓が生命保険のセールスねえ」

親にも夫にも言われた台詞《せりふ》を、真弓は親友にも言われてしまった。真弓は勢いよくカクテルを飲み干した。

「できるわけないって思ってるんでしょう」

「うーん。そうねえ」

「いいわよ、別に」

こうなったら絶対やってやる。真弓は胸の中で呟《つぶや》いた。

愛川支部長を見ているうちに、真弓はだんだんその気になってきていた。聞けば彼女は特にいい大学を出ているわけでもない。驚くほど頭がいいというわけでもなさそうだ。もちろん、そこまで仕事ができるということは、何か人と違うものを持っているのだろうが、真弓は自分とそう資質が違うようには思えなかった。

何も年収三千万が目標だなどとは思っていない。ただ、頑張りようによっては、夫と同じぐらい稼げるかもしれないと真弓は思った。

もし自分が、夫と同じかまたは彼より多い金額を稼げるようになったら、どうなるだろうと真弓は考えた。今は夫の秀明が生活費を稼いでいる。だから真弓は黙って家事と育児をしていた。

でももし、自分が夫よりお金を稼げたら？

真弓は空になった華奢《きゃしゃ》なグラスを見つめた。今飲んだカクテルは一杯千円する。千円といったら夫の昼食代だ。それをもう真弓は三杯飲んでいた。目の前に置かれた生ハムもチーズも、カクテル以上の値段だ。

結婚する前は、よく会社の人や友達とこういう店に飲みに来たなと真弓は思った。あの頃はメニューを見ても値段なんか見なかった。食べたいものを食べ、飲みたいものを飲んでいた。お財布の中にはいつも一万円札が何枚も入っていて、全部なくなる頃にちゃんとお給料日がやって来た。

そういう贅沢《ぜいたく》な生活が再びしたいというわけではなかった。ただ、今日の払いは独身時代の貯金を崩して払うつもりでいる。夫の給料だけでは、こうして古い友達とお酒を飲むお金さえも払えないのだ。せめて月に二回ぐらい、いや一回でいい、お金のことを気にせず外で食事がしたかった。子供が騒がないか、人に迷惑をかけないかと、そわそわしないでゆっくり人と話がしたかった。仕事をすればそれが可能なのだ。仕事をすれば〝たまには憂さ晴らしをする権利〟が与えられるのだ。

「今日は、麗奈ちゃんは？」

一美に質問されて、真弓は我に返る。

「実家に預けてきたから大丈夫」

「仕事に行く日は、お母さんに預けてるの？」

「今はね。保育園探してるところ」

「ふうん」

一美は何か言いたげに鼻を鳴らした。

「何よお」

「真弓さあ、どうしてそんなに働きたいわけ？」

「どうしてって……」

「子供欲しがってたのは、真弓じゃなかった？」

一美に言われて、真弓は絶句した。

「商社で高いお給料貰《もら》うより、秀明さんと幸せな家庭を作りたい。子供を産んで、いいお母さんになりたいって言ってたのは真弓じゃなかった？」

特に意地悪な口調ではなかったが、その言葉は真弓の胸に深くささった。

一美の言う通りだった。確かに真弓は秀明と交際を始めてから、ほとんど強迫観念に近いほど、結婚をして家庭に入りたいと願っていた。

真弓が就職した会社では、女性であっても仕事ができれば、ある程度の責任を持たせられた。

同期で入った女の子達の中では、真弓は仕事ができる方だった。大きなものではないが企画も任せられ、責任も負うようになった。

直属の上司に気に入られ、接待の場にも連れて行ってもらえるようになった。明らかに真弓は他の女性達と差をつけた。わざとやらないのではなく、コピーをとったりお茶を汲《く》んだりしている時間などなくなってしまった。

嬉《うれ》しかったのは、営業アシスタントという肩書の入った名刺を貰った時だけだった。愛読していたキャリア雑誌のグラビアのような女性になれたのだと有頂天だったのは、ほんの少しの間だけだった。

連日の残業、苦情の処理、上司の怒鳴り声、女の子達の視線。そういうものに、驚くほどの重圧を真弓は感じた。真弓が「男の人に負けないように頑張りたい」と言ってしまったばかりに、上司はどんどん仕事を回してくる。ミスをすれば、自分で取引先に頭を下げに行かなければならない。謝りに来るのに女ひとりだけか、と罵声《ばせい》を浴びせられたこともあった。それでも真弓は誰からも同情されなかった。それが真弓の望んだことであったからだ。

それでも真弓は、何とか数年は持ちこたえた。会社の名前と、普通の女の子は貰えない〝名刺〟を頼りに、石のように固くなって何とか仕事をこなしていた。会社の人間も真弓の家族も、彼女が精神的に追い詰められていることなど、まるで気が付かなかった。

秀明と知り合って、その張り詰めていたものが切れた。結婚退職という四文字が、蜘《く》蛛《も》の糸のように天から下がってくるのが見えた。冷静になっている余裕が真弓にはなかった。基礎体温を計り、一番危なそうな日に真弓は秀明に安全日だと告げたのだ。

そうやって、がむしゃらに手に入れたはずの「家庭」は、真弓にとって天国ではなかった。灼熱《しゃくねつ》地獄から極寒地獄へ移っただけだった。

もちろん子供は可愛かった。誰よりも愛《いと》しい。ずっとそばにいてあげたい気持ちはある。母親に預けて仕事に出る時、娘が泣き叫ぶのを見ると、世界一悪い母親になった気持ちがする。何もかも放り出して、ずっと娘と家にこもっていた方がいいのではないかと真剣に思う瞬間がある。

けれど、真弓はもう退屈で孤独な日常が我慢できなかった。何故働きたいと思うことがそんなにいけないことなのだろうか。専業主婦も立派な職業だとは思う。けれど、自分には向いていない。二本の足があるのに、歩くのを禁止されているような、そんなフラストレーションを真弓は感じていた。自分には能力があるのだ。その能力を使いたかった。

独身の頃は、確かに一度失敗した。けれど、今度はちゃんとできるはずだ。真弓は自分にそう言い聞かせた。私にだって、できるはずだと。

「真弓？」

「え？」

呼ばれて顔を上げると、一美の心配そうな顔があった。

「考え込んじゃってどうしたの？　私、ちょっと言いすぎたね。ごめんね？」

しゅんとしてしまった一美に、真弓は慌てて首を振った。

「そんな、違うのよ。ちょっと他のこと考えてただけだって」

「そう？」

「もう一杯飲もうか、ね？」

一美はほっとした顔でウェイターに手を上げた。真弓は今日自分が払わなくてはならない勘定を計算しながら、もう一度心の中で呟いた。

働こう。働いて、お金を稼ぐのだと。


秀明は車を下りると、しばらく茄子田家の前に立って、その古い二階建ての家を眺めた。

もう暗くなっているのでよく見えないが、木の壁はあちこち色が変わっている。土地も四十坪ぐらいだろうか。思ったよりも狭かった。北側にも同じような古い住宅が見える。たぶん三階建てにすると、裏の家には日が当たらなくなるだろう。

家に比べて庭木は立派だった。きちんと刈り込まれ、庭先にいくつも花の鉢植えが見える。庭に面した窓からは、明かりと煮物のいい匂いが漏れていた。

秀明が玄関への踏み石に足を進めた瞬間、オン、と犬が吠《ほ》える声がした。ふいをつかれて秀明は小さく声をあげてしまった。

「ゴブリン？」

するりと窓が開いて、昼間モデルハウスで会った、茄子田の妻の綾子が顔を覗《のぞ》かせる。

秀明と彼女の目が合った。

「あら、あなたは」

「どうも。グリーンハウジングの佐藤です。先程はどうもありがとうございました」

「まあ、こちらこそ。今開けますので」

彼女の姿が消えると、すぐに玄関が開かれた。秀明はまだ吠え続ける犬に一瞥《いちべつ》をくれてから、玄関へ向かった。

「こんな時間にお邪魔してすみません。お食事中でございますか？」

「いえ。これからなの」

「では、すぐに引き上げます。これを皆さんで」

秀明は途中で買ってきたクッキーの箱を綾子に差し出す。

「まあ、そんな。見学に行っただけなのに」

「モデルハウスに来て頂いたお客様には、皆さんにお配りしてるんですよ。どうぞ」

「そうですか。どうもありがとうございます」

綾子は遠慮がちに菓子の箱を受け取った。

「ええと、ご主人様は？」

「それが、ちょっと出掛けてしまって」

「あ、そうなんですか」

秀明は何故か少しほっとした。鞄《かばん》からパンフレットの束を取り出すと彼女に渡す。

「また改めまして、お伺いさせて頂きます。よろしくお伝えくださいませ」

秀明は深く頭を下げた。そのとたん、おなかがキュウと鳴った。慌てて言い訳しようとした彼に、綾子は笑って言った。

「もしよろしければ、お夕飯食べていって下さいな」

「い、いえいえ。とんでもない」

秀明は赤くなって掌を振る。

「遠慮なさらないで。突然主人が出掛けちゃったから一人分余ってるの。それにお家の話も伺いたいし」

エプロン姿の綾子はそう言ってにっこり笑った。秀明が口を開く前に、来客用らしいスリッパを揃えて置いた。

「おじいちゃん、昼間のモデルハウスの方が見えられたの。お夕飯食べて行ってもらっていいでしょ」

レースののれんを手で分けて、彼女は家族にそう言った。遠慮する秀明の手を綾子は無邪気に摑《つか》んで引っ張った。仕方なく彼は靴を脱いでスリッパを履く。訪ねたお客の家で、こんな歓迎を受けたのは初めてだった。

その日の茄子田家の夕餉《ゆうげ》は、鯖《さば》の味噌煮《みそに》だった。古い台所に置いた大きな丸いテーブルの上には、焼き豚、ひじきや漬物、残り物らしいサラダ、煮豆、海苔《のり》などが所狭しと置いてある。小さい方の息子の前にだけ、魚の代わりにハンバーグが置いてあった。

具が沢山入った味噌汁を啜《すす》りながら、秀明は実家での食事を思い出していた。母親は特に料理上手というわけではなかったが、とにかく細かいものをいろいろ作った。洋風和風おかまいなしに、あるものを全部テーブルに並べて食べるのだ。茄子田家の食事もそうだった。

秀明は綾子の背中にある、巨大な冷蔵庫に目を向けた。きっとあの中には、ありとあらゆる野菜が詰め込まれ、肉や魚が冷凍され、ドアポケットには真っ白な卵が並んでいることだろう。脱臭剤のそばには、タッパーに入れて忘れ去られたキムチや、去年のチョコレートが眠っていることだろう。いつ開けてもスカスカな、うちの冷蔵庫とは違うのだと秀明は思った。

「佐藤さんは、おいくつなのかね。ずいぶん若そうに見えるけど」

ひとりだけ晩酌をしている、茄子田の父親が話しかけてくる。秀明は先程彼に酒を勧められた。車ですからと言うと、彼はあっさり引き下がった。その態度に秀明はとても好感を持った。たいがいの人は「ま、いいじゃないか」と言う。こちらが三回は断らないと、引いてはくれないのだ。

「二十六です」

「あら、もっと若く見えるわね」

綾子が少し驚いたような声を出した。

「お勤めはじめて一年半だっておっしゃってたから、もうちょっと若いのかと思ってたわ」

「あ、転職をしたんですよ」

「ほう。前はどんなご職業で？」

うっすらと頬を赤くして、茄子田の父が尋ねた。

「映画の配給会社にいたんですけど、結婚することになって辞めました。とにかく給料が安くて、それじゃ女房子供を養えなかったんで」

「あら、お子さんもいらっしゃるの？」

再び綾子が驚いた声を出す。

「ええ、もうすぐ一歳になります」

「まあ、そうなの。独身なのかと思ったわ」

「お母さん、がっかりした？」

下の息子が生意気そうに言った。

「そうね、ちょっとがっかり」

「お父さんに言っちゃおう」

綾子と息子ふたりはそこで笑ったが、舅《しゅうと》と姑《しゅうとめ》は笑わなかった。秀明は魚の骨を取りながら、ふたりの老人を盗み見た。

舅の方は、お客には当たりが柔らかいが、家族には厳格そうな感じに見えた。この父親と、息子の茄子田、どちらがこの家の実権を握っているかは、まだ秀明には分からなかった。だいたいこの家に金があるのかないのか、判断がつきかねる。家がみすぼらしくても、金を持っている家は沢山ある。

足が悪いという母親の方は、ただ皆が話すのをうっすら笑って聞いているだけだ。邪魔にされている感じはないが、誰も必要以上には話しかけていない。まだ現役、という感じの舅に比べて姑の方はどこから見ても〝おばあちゃん〟だった。背中も少し曲がっているし、顔も皺《しわ》が多い。箸《はし》で豆をつまむしぐさなど、昨年死んだ秀明の祖母にそっくりだ。

「新築はいつ頃とお考えなんですか？」

ほろ酔いですっかり機嫌を良くしている舅に、秀明は仕事の話をはじめた。

「そうだなあ。太郎はすぐにでもやりたいようだがね」

他人事《ひとごと》のように彼は言った。もしかしたら、この家で決定権を持つのは、あの小太りの教師なのかもしれないと秀明は思った。

「あたしは別に、建て替えなくたっていいって言ってるんだけど」

初めて姑が口をきく。秀明の顔を見ないようにして、愚痴っぽくそう言った。

「おばあちゃんは見てないからだよ。今度いっしょにモデルハウス行こうよ。すごいんだよ。エレベーターまであるんだから」

次男が祖母に言う。孫にそう言われて老女は困ったように笑った。

「ねえ、お兄ちゃん。あの家、いくらするの？」

長男が秀明にストレートに聞いた。

「いくらぐらいだと思う？」

「一億？」

「そんなにしないよ。その半分以下だ」

「なーんだじゃないよ、慎吾。そんなお金、おじいちゃんだって、お父さんだって持ってないんだぞ」

舅が口を挟む。

「じゃあ、買えないじゃないか」

「いえ。親子二代ローンというのもありますから」

秀明の言葉に、長男は分かったような分からないような顔をした。

「天井からお空が見えるやつがいいな」

次男がハンバーグのたれを口のまわりにつけて、そう言った。

「あの天窓ね。素敵だったわよね」

「ねえ、お兄ちゃん。お家買ったら、望遠鏡も付いてくる？」

子供部屋にあった、大きな天窓と天体望遠鏡。次男はそれが印象に残っているようだ。

「いいよ。付けてあげる」

もちろん、そんなものは付いてはいないけれど、契約が取れればそれぐらいのお礼はしてもいいと秀明は思った。どうせエアコンだの布団乾燥機だのをサービスするのだ。その経費で買える。

「ねえ、サウナは？　僕、あれ欲しいな」

嬉《うれ》しそうな顔で長男も聞いてくる。秀明はちょっと考えた。

「あれはお父さんが反対してたからなあ」

冗談のつもりで言ったのに、家族はそれを聞いて皆黙ってしまった。秀明はその雰囲気におや？　と首を傾《かし》げる。

「さ、お茶にしましょうか。佐藤さんがクッキー持って来て下さったのよ。みんなで食べましょう」

綾子が明るく言って立ち上がった。秀明は舅と共に居間へ行く。八畳ほどの和室は、古い家らしく、物が溢《あふ》れていた。どこかの土産物の人形がのったテレビ、整理箪笥《だんす》、花柄のカバーがかかったダイヤル式の電話機。冬は炬燵《こたつ》になるのであろうテーブルの前に、秀明は座布団を勧められて腰を下ろした。

「お兄ちゃん、将棋できる？」

座ったとたん、長男がそう言いながら将棋盤を出して来る。

「いつも相手がおじいちゃんばかりじゃ、つまらないもんな」

舅がそう言って笑った。秀明は少々困って頭を掻《か》く。最後に将棋をさしたのはいつだったか思い出せなかった。たぶん、高校を出てからは駒に触れたこともなかった気がした。

「ええと、君は何年生？」

「四年」

小学校四年生が相手なら、何とか勝てるだろう。仕方なく秀明は自分の側の駒を並べた。

ふたりが将棋をさす横で、舅が秀明が持って来た二世帯住宅のパンフレットをめくっている。

「二世帯住宅といっても、いろんな形があるんだねえ」

老眼鏡の中の目を細めながら、舅が言う。

「ええ。玄関の数や階段の位置などで、大きく分けて四つのタイプに分けられますね。ひとつめは共用タイプです。玄関がひとつで中で住み分けるタイプのものです。外見的には一軒の家に見えます」

秀明は舅の見ているパンフレットを覗《のぞ》き込みながら説明した。

「ふたつめは内階段タイプで、ふたつの玄関を設けて、内階段を使って二階の子世帯へ上がります。三つめは一階と二階にそれぞれ玄関を設けて、上下で完全に住み分けるものです。今はこのタイプを建てられる方が一番多いですね。四つめが連棟タイプです。両世帯に一・二階があって、隣接しているタイプです。長屋のようなものですね」

ふうんと舅は唸《うな》った。

「どのタイプでも、大切なのは共用スペースを作ることだと思います。茄子田様では、今こうして三世代が仲良く同居なさっているわけですから、今更私が言うまでもないのですが」

「うん。まあ、そうだね」

「ふたつの家族が快適に同居するためには、親世帯、子世帯、共有部分の三つのスペースをはっきり分けることなんです。ですから、まずどの部分を共用スペースにするか考えていくといいですね」

舅は表情を変えずに頷《うなず》いた。そこで綾子がお茶とクッキーを持ってやって来る。

「一階に大きなサンルームを作りましょうよ。おじいちゃんの盆栽や鉢植えをいっぱい置くの。お休みの日はそこでピクニックみたいにご飯を食べるの」

綾子の少女趣味な発言に、舅は「いいねえ」と笑った。

「佐藤さんが昼間おっしゃってたけど、もし上下に住み分けるとしたら、おじいちゃん達と私達とどっちが上に行った方がいいのかしらね」

「僕は二階。絶対二階。お星様見たいもん」

天体望遠鏡に心を奪われたらしい下の息子は強くそう言った。

「そうですねえ」

秀明は将棋盤に目を落としながら言った。いつの間にか四年坊主の飛車がこちらの陣地を脅かしている。

「茄子田様ではお車は？」

「近所の駐車場を借りているの」

「そうですか。もし駐車スペースをお作りになるのでしたら、ご人数の少ないお父様達が一階にお住みになって、空いた土地に車を入れることもできますね」

「そうねえ。でも私達は夜が遅いから、二階でお風呂《ふろ》に入ると、一階で寝てるおじいちゃん達がうるさいんじゃないかしら」

「風呂はひとつにして、一階で入ればどうだい」

小首を傾げて考え込む綾子に、舅《しゅうと》が軽く意見を言った。秀明は家族からちょっと離れ、ひとり掛けのソファに座って新聞を読む姑《しゅうとめ》の姿をちらりと見た。姑は話に参加しようとしていない。

「お兄ちゃんの番だよ」

強く言われて、秀明は顔を上げた。

「いつまで考えてんのさ。早くしてよ」

「慎吾。お客様になんて口きくの」

綾子が長男をたしなめる。秀明と目が合うと、慎吾という名の長男は苦笑いで肩をすくめた。

駒を進めながら、秀明はちょっと楽しい気分になった。あの小太りの教師とはまったく似ていない利発そうな男の子だ。口許《もと》が母親にそっくりで、いかにも女の子にもてそうな可愛らしい顔をしている。

男の子も悪くないなと秀明は思った。二人目がほしいなどと真弓に言ったら、どうするだろうと秀明は思った。いや、自分の給料ではこの生活がぎりぎりなのだ。二人目など作る余裕はない。

「もし、よろしければ敷地調査をさせて頂けませんか。法的なことや土地の性質などもみて検討させて頂きたいですし」

「うん、そうだな」

「その後お見積を出しますので、もちろん他社のものとじっくり比較なさって下さい」

秀明が言うと、舅は照れ臭そうに笑った。秀明は先程、整理箪笥の上にある他社のパンフレットを見たのだ。自分より先に、他社の営業マンも茄子田家を訪れたようだ。けれど、こちらは夕飯までご馳走《ちそう》になった。親しくなっただけ自分に分があるぞと秀明は思った。

「お兄ちゃん。詰んじゃったよ」

長男に言われて、笑顔のまま秀明は子供の顔を見た。にんまり笑って慎吾は将棋盤を指さしていた。


秀明がマンションに戻ったのは、十時少し前だった。下から自分の部屋を見上げると、電気が点《つ》いていない。秀明は嫌な予感がした。

エレベーターに乗って八階まで上がる。暗い蛍光灯に照らされたコンクリートの廊下を歩いて行くと、どこからか電話の音が聞こえてきた。ドアの前に立つと、その音が部屋の中からだと分かった。秀明は慌てて鍵《かぎ》を取り出しドアを開けた。暗闇の中で電話が鳴っていた。

「出掛ける時は、玄関の電気を点けて行けって言っただろうが」

手探りでスイッチを探し、彼は玄関の電気を点けた。暗いリビングに置いてある電話を彼は急いで取り上げた。

「はい。佐藤です」

「秀明さん？　ああやっと帰って来た」

真弓の母親の声だった。秀明はそれだけで事情の半分を飲み込んだ。

「真弓はまだ戻らないんですか？」

母親に質問される前に、秀明が聞いた。

「そうなのよ。お友達と会うけど、八時前には迎えに来るって言ったのに、まだ帰って来ないの。麗奈ちゃん、もう寝ちゃったわよ」

「す、すみません」

「秀明さんが謝らなくてもいいけど。とにかく起こしたら可哀相だから、今日はうちに泊まらせるわね。真弓がそっちに帰って来たら、ちょっと強く言ってやってくれる？本当に母親になった自覚がないんだから」

「どうもすみませんです」

「だから、あなたが謝らないでもいいってば。じゃあね」

真弓の母親はそう言って一方的に電話を切った。発信音が虚《むな》しく響く受話器を持ったまま、秀明は釈然としない思いを抱えてそこに立っていた。

「俺が何したって言うんだよ……」

ぼそっと呟《つぶや》き、秀明は電話を置く。リビングの電気を点けると、秀明は足元に現れた惨状を見て絶句した。

脱ぎ散らかしたパジャマ、広げたままの新聞紙、麗奈の靴下、テーブルの上には、卵の黄身がこびりついた皿がひとつ。出掛けに時間がなくなって、片付ける間もなく飛びだして行ったのだろう。

怒りよりも、情けなさが秀明を襲った。せめてもの救いは、茄子田家で食べさせてもらったおいしい鯖《さば》の味噌煮《みそに》だった。もし空腹だったら、秀明は帰って来た真弓の首を絞めかねないと思った。

その頃、茄子田家は夜の中で静まり返っていた。

二段ベッドの下で、朗はもう寝息をたてている。上段の慎吾は、布団の中で漫画を読んでいた。舅は書斎で本を広げ、姑はぴったり閉めた襖《ふすま》の中で何をしているのか分からない。

綾子は台所の椅子に座って、パッチワークをしながら夫の帰りを待っていた。テレビもラジオも点いていない、しんと静かな部屋の中で綾子は深く溜《た》め息をついた。

「秀明さん……」

小さくそう呟いてから、綾子は首を振った。縫いかけのパッチワークをテーブルに置くと、綾子は何かを振り切るように立ち上がる。

ゴム手袋をはめると、綾子は戸棚から鍋《なべ》を取り出した。汚れていないその鍋にクレンザーをかけ、彼女はたわしでごしごしと擦《こす》った。酔った夫がチャイムを押した夜中の一時まで、綾子は鍋を磨き続けた。

3

「リーフ生命の佐藤と申しますが」

真弓がそう名乗ったとたん、応対に出て来た若いOLは露骨に困った顔をした。真弓はそれでも笑顔を崩さず名刺を差し出した。

「新しくこちらの担当となりましたので、ご挨拶《あいさつ》に伺いました」

「あ、そうですか」

紺の事務服とソバージュの髪がちぐはぐなその女の子は、愛想笑いも浮かべない。

「総務課の西村さん、いらっしゃいます？」

真弓とコンビを組んでいる、年配のセールスレディーが横からそう尋ねた。そのOLはぐるりと事務所を見渡し、

「ええと、今昼食に出て……あ、すみません、いました。少々お待ちください」

彼女は奥の机で新聞を広げている男を呼びに行った。その四十がらみの男は、ちらりとこちらを見ると、いかにも億劫《おっくう》そうに立ち上がる。

「西村さん、こんにちは。樺木《かばき》です」

真弓の横で、先輩セールスレディーが普段より一オクターブ高い声を出した。

「やあ、お世話様です」

「お昼はもう食べられました？」

「いやいや、こんな時間じゃ混んでるからね。一時過ぎたら行こうと思って」

「また、そのまま四時ぐらいまでお昼休み取る気でしょ」

「ひどいなあ。僕がいつそんなことをしました？」

そんなくだらない会話で、ふたりは声をあげて笑っている。しかし、その西村という男は、しぶしぶという感じで出て来たのに愛想が良かった。男の人の方が、女の人よりも感情を表に出さないのかもしれないと真弓は思った。

「うちの新人です。これからちょくちょく顔を出しますから、西村さん、よろしくお願いしますね」

樺木にバンと背中を叩《たた》かれて、真弓は慌てて頭を下げた。

「佐藤と申します。よろしくお願いします」

「ああ、やっぱり新人さんは初々しいねえ。佐藤さん、樺木さんみたいな図々《ずうずう》しいおばちゃんになっちゃ駄目だよ」

「ひどいわねえ。でも、こんな商売図々しくなきゃやってられないのよ」

そう言って、彼らはまた弾《はじ》けるように笑った。真弓は笑っていいのか悪いのか分からなくて、曖昧《あいまい》に微笑みを作る。

先輩の樺木と西村という男がそのまま世間話をしている隙に、真弓は事務所の中を見回した。

雑居ビルの四階にあるその会社は、入口のガラス戸に株式会社レニーと書いてあった。事務所の隅にいくつか段ボールが積んであるが、中身は分からない。社名からも見た様子からも、いったい何をしている会社なのか真弓には分からなかった。樺木に確認しておけばよかったと後悔した。

そこで、お弁当の包みを持って通り過ぎようとしたOLと目が合う。真弓が会釈しようとすると、その子は視線をそらし、逃げるようにして行ってしまった。

真弓は仕方ないかと思った。自分も商社に勤めていた頃、昼休みにやって来る保険のおばさんを邪魔者扱いした覚えがあった。

研修を終え、外交員の試験にも受かり、真弓は三日前から本格的にセールスの仕事をはじめた。本格的と言っても、まだ先輩について得意先を回っているだけだ。

「佐藤さん。ご挨拶にでも回ったら？」

真弓の存在など忘れたように喋《しゃべ》っていた樺木が、急に顔を向けてそう言った。

「……え？」

「名刺でも配っていらっしゃいよ。ほら、あそこで女の子達がお昼食べてるから」

樺木が指さした先に、休憩室と書かれたドアがあった。

「あの、いいんですか？」

「いいの、いいの。まずは顔を覚えてもらわなくっちゃしょうがないでしょ」

真弓は社員の西村に聞いたつもりだったのだが、当然という顔で樺木が答えた。嫌だと言うわけにもいかず、真弓は休憩室に向かう。

ノックをすると、どうぞと女の子の声がした。真弓がドアを開けると、六人ほどの女性が一斉に真弓の方を見た。

「あの、お食事中すみません。リーフ生命の佐藤と申します」

言ったとたん、全員の顔が面白いように曇った。それで少々むっとして、真弓は部屋の中へ入って行く。

「今度新しくこちらの担当になりました。よろしくお願いいたします」

真弓は名刺といっしょにキャンディーを配った。女の子達はおざなりに礼を言う。

何の会社かも知らない真弓は、どう世間話をはじめたらいいか分からなかった。それでも何とか会話の糸口を摑《つか》もうとした。

「お昼はいつも、ここで食べているんですか？」

「保険ならもう入ってますから」

一番手前にいた女の子が、ピシャリとそう言った。真弓は絶句する。そんな風に返事をされた時の応対の仕方を、確か研修で習った気がしたが、いざとなるとまるで言葉が出てこなかった。

「あ、いえ。それは、結構なんですけど」

しどろもどろになってしまった真弓に、彼女達はもう顔も向けなかった。横顔が固く拒絶している。

真弓は仕方なく休憩室を出た。そこで樺木が「行きましょう」と明るく声をかけてくる。

目尻《めじり》に浮かんだ涙を拭《ぬぐ》って真弓は歩きだした。そのとたん、ゴミ箱にけつまずく。咄《とっ》嗟《さ》に横を歩いていた男性が、真弓の腕を支えてくれた。

「大丈夫ですか？」

「す、すみません」

真弓は恥ずかしさに、助けてくれた人の顔も見ず、床に散らばった紙屑《かみくず》を慌てて拾った。その手がふと止まる。

先程、受付の女の子に渡したはずの真新しい自分の名刺が、ゴミ箱の中に入っていたのだ。

その会社を出て、樺木と真弓は次の得意先に向かうためにバスに乗った。二人掛けのシートに並んで座ると、樺木は手帳を取り出し何やら書き込んでいる。真弓は窓の外に流れる街並みを見ながら、唇を嚙《か》んでいた。

やっぱり甘くないのだ。真弓はすっかり自信をなくして、そう思った。

試験で真弓は満点を取った。百点をもらったのは高校生の時以来だった。愛川支部長にも褒めてもらえたし、とにかく嬉《うれ》しかった。私にもやればできると思った。

二ヵ月間の研修も人一倍頑張り、分厚いマニュアル集をマスターした。ありとあらゆるケースが想定されたそのマニュアル通りにすれば、大抵のことは楽に運びそうな気がしていたのだが、現実はやはりそう簡単にはいかないのだ。

保険会社のセールスレディーが、歓迎される存在であるとはもちろん思っていなかったが、ここまで邪険に扱われるとは思っていなかった。

真弓は小さく首を振った。いや、自分が商社に勤めていた時、自分もそれをやっていたのだ。その頃は、保険のおばさんを見る度に、何故人から嫌がられる職業にわざわざ就いているのか理解できなかったし、考えようともしなかった。

愛想笑いも浮かべず、話も聞かず、まるで相手にしなかった。そうされたら、どんなに相手が傷つくか、保険のおばさんも人間である、ということすら忘れていたような気がした。人にしたことは、自分に返ってくるのだ。

「元気出しなさいって。どうぞどうぞよくいらっしゃいました、なんて保険のおばちゃんに言う会社があると思う？　どこもあんなんだって。気にしてたらきりないわよ」

真弓の横で、樺木が手帳に目を落としたまま突然そう言った。真弓は女性社員に相手にされなかったことも、名刺を捨てられていたことも樺木に話さなかった。けれど、重い空気が伝わったのだろう。

「そうですね」

真弓は無理に笑ってみせる。

「ああた、くよくよするタイプ？」

彼女の質問に、真弓はしばし考える。

「くよくよはするんですけど、そういう自分が嫌で、衝動的に行動しちゃう方かもしれないです」

「そ。じゃあ続くかもね」

簡単に樺木は感想を言った。それっきり彼女は口を閉じた。

真弓はその横顔を窺《うかが》い見る。最初会った時は、苦手なタイプだと思った。太っているし、髪には強いパーマがかかっていて、てろてろな生地の花柄のスーツを着ている。実家のそばに住んでいたPTAの会長がこういうタイプだった。無遠慮で口うるさいに違いないと真弓は思っていた。

カバキという名前を最初に聞いた時、真弓は吹き出すどころか困ってしまった。横に広がった鼻といい、大きな口といい、冗談のように容姿と名前が釣り合っていた。けれど、事務所の人達は彼女を遠慮なく「カバちゃん」と呼んでいる。どうやらこのカバおばさんは人気があるようだ。

「樺木さんは、この仕事をはじめてどのくらいなんですか？」

「あたし？　ええと、もう十年ぐらいかしら」

「やっぱり最初は、あの、落ち込んだりしました？」

真弓の質問に、樺木はぷっと吹き出す。

「今だって落ち込むことばっかりよ」

「……そうですか」

「でもね、本当につらいのは最初だけよ。あたしだって十年やってんだから、ああただってできるわよ」

その台詞《せりふ》は説得力があった。真弓は失礼とは思いつつもこっくり頷《うなず》いた。そうだ、このおばさんにできることなのだから、きっと自分にもできるだろうと。

そういえば子供を産む時もそうだったなと真弓は思った。あんなに嬉しかった妊娠なのに、臨月になって急に恐くなったのだ。想像を絶するという痛みが、これから自分を襲うのだと思うと、泣き叫びたいほど恐かった。けれど〝女ならほとんどの人ができることなのだ〟と自分に言い聞かせて乗り越えた。皆がやっていること。それは自分にもできることなのだと。

「次は中学校でしたよね。普通の会社じゃなくて、そういう所にも行くんですね」

真弓は元気を出そうと、精一杯明るくそう言った。

「そうよ。人間が働いてる場所は、会社だけじゃないんだから。デパートにも工事現場にもお寿司《すし》屋さんにもお客さんはいるの」

カバおばさんは、にっこり笑う。

「そういうところが、この商売の楽しいところよね。いろんな職場を見ることができるでしょ。世の中の人って、本当にいろんなこととして働いてるのよねえ。感心するわ」

「そうですよね」

真弓は素直に頷く。

「ああたは、あれなの？　この仕事ずっと続けていくつもりなの？」

「ええ。そのつもりです」

「あのさ、こう言っちゃ失礼なんだけど、何か事情でもあんの？　もっと楽な仕事も世の中にはあるじゃない。結婚してお子さんもいるんでしょ。もっと楽なパートの仕事とかあるじゃない」

樺木の言葉に厭味《いやみ》は感じられなかった。真弓は微笑んで首を振る。

「私、お金が欲しいんです」

「そりゃ誰だってそうだけどさ」

「夫と同じぐらい稼いでみたいんです。そうすれば、自由になれる気がして」

真弓の台詞に、樺木はしばらく眉間《みけん》に皺《しわ》を寄せて考えていた。

「でもね、ああた、それは」

「一人前だと認めてもらいたいんです」

彼女の言葉を遮って、真弓はきっぱり言った。樺木はそんな真弓の顔を見て、溜《た》め息まじりに微笑んだ。

「なるほどね。分かったわ」

「生意気言ってすみません」

「いいわよ。いくらでも生意気言いなさい。でも、この仕事は数字挙げてなんぼよ。いくら真面目に努力しても、契約取れない人はお金にならないわよ」

「でも契約が取れれば、お金が貰《もら》えるんですよね」

樺木は苦笑いをする。

「ああた、おとなしいのかと思ったら、結構自信があるみたいじゃない」

「自信なんかありません。でも私、愛川支部長みたいになりたいんです」

それを聞いて、樺木の表情が一瞬固まった。

「ふうん。確かにあの人はすごい人よね」

「なれるとは思わないけど、頑張ってみたいんです」

真弓がそう言うと、樺木が何か言いたげな顔をした。真弓があれ？　と思ったところで目的地にバスが止まる。

「あ、ほら。下りるわよ」

樺木に続いて真弓はバスを下りた。バス停の前に、私立緑葉《りょくよう》学園という名前が書いてある校門があった。今日は午前中で授業が終わりなのか、制服姿の中学生がぞろぞろ校門から出て来ていた。梅雨入り前の空は、夏のような澄んだ青だ。

樺木と並んで、真弓は校舎へ続くゆるやかなスロープを上がった。職員と来客用らしい入口を入り、樺木は慣れた様子で事務の受付に声をかける。

樺木がまた事務のおじさんと一オクターブ高い声で世間話をはじめたのを見て、あたりを見回した。

目の前に階段があり、上から教師らしい男が下りて来たところだった。目が合ったので、真弓は軽く会釈をする。するとその男もにっこり笑って頷いた。

ぽってり太り、背が低い。安っぽいゴルフズボンのようなパンツと、これまた行楽帰りのパパのようなカラーシャツを着ている。反射的に〝オタク〟という言葉が頭をよぎった。どうして学校の先生というのは洋服のセンスが悪いのだろうと思っていると、後ろから樺木がぽんと肩を叩《たた》いた。

「行きましょう」

「あ、はい」

真弓がそこにあった来客用のスリッパを手に取ると、先程の男が立ち止まってこちらを見ていた。樺木はその男にぺこりと頭を下げると、早く行こうとばかりに真弓の腕をつついた。

その男と真弓達は廊下の右と左に分かれる。スリッパをぺたぺたいわせて歩きながら、真弓は小声で樺木に聞いた。

「ご存じなんですか、あの人？」

「ご存じよ。嫌な奴でさあ。ああたも気をつけなさい」

真弓は小さく頷く。なるほど、どこに行っても嫌な奴というのはいるのだろう。

「これから、この学校はああたに任せてあげる」

「え？」

突然樺木にそう言われて、真弓はきょとんとした。

「稼ぎたいんでしょう？」

「……ええ」

「だったら、ふたり組なんかで回ってちゃ駄目よ。ふたりで取った契約は、成績も半分こなんだから」

真弓は思わず立ち止まった。

「あたしの得意先をいくつか回してあげる。あとは自分で飛び込みして、得意先を作りなさい」

樺木はふっくらした人差し指を立てて、真弓の鼻先に向けた。

「数字が全て。手段はどうでもいい。それが支部長の考えよ」

「……樺木さん？」

「知恵を使いなさい。知恵がなかったらお金を使いなさい。お金がなかったら足を使いなさい。それでも駄目だったら、ああたならどうする？」

にかっと笑ってから樺木は背中を向けた。真弓はその大きな背中を慌てて追いかけた。

「なんだ、これ」

茄子田太郎は、秀明から受け取った図面を見ると、吐き捨てるようにそう言った。

「……は？」

「台所と風呂《ふろ》とトイレがふたつずつあるじゃないか。いいんだよ、ひとつで。それに俺の書斎はどこだよ。あー、このサンルームって何？　ずいぶん広いじゃない。こんなのいらないよ」

鼻から息をふんと吐いて、茄子田は図面をテーブルの上に投げた。秀明はぽかんとして彼の顔を見る。

「悪いけど、書き直してよ。そっちは親切のつもりだったんだろうけどさ。建てるのは俺んちなんだから、俺の話を聞いてから書いてよ。あんたの家じゃないんだからさあ」

大きく倒した座椅子に凭《もた》れて、茄子田は厭味に笑った。座布団の上に正座していた秀明は、申し訳ございませんでしたと頭を下げる。

秀明が茄子田家を訪れたのは、今日で四度目だった。最初に訪問した日から二ヵ月たっている。その間、茄子田は学校行事や中間テストで忙しく、ゆっくり話す時間がなかった。秀明はその間、茄子田の父親の許可の下で敷地調査を済ませ、家族から話を聞いて簡単な図面を引いたのだ。

それを今日茄子田に見せると、鼻で笑って突き返された。怒りよりも驚きで秀明は言葉を失っていた。

「あのね、佐藤さん。そりゃ俺は二世帯住宅を建てるって言ったよ。でもさ、親父もお袋も子供もみんな俺の家族なわけよ。ああ、そうだ、その二世帯っていう表現が悪かったよな。うん、俺が悪い。一世帯なのよ。みんなで仲良く暮らすんだよ。そんな風に、上と下に家を分けて、知らん顔して暮らすつもりはないんだよ」

秀明は茄子田の台詞《せりふ》に何とか頷《うなず》いた。頭が混乱していた。つまり、茄子田は完全同居型を望み、彼以外の家族は二世帯分離型を望んでいることになる。彼らは話し合っていたわけではなかったのだと、秀明はそこで気が付いた。

「では、キッチンもバスもトイレも玄関も、ひとつになさりたいわけですね？」

「そうそう」

秀明は首を傾け、ぽきりと一度鳴らした。

「何だよ、文句あんのか？」

「い、いえいえ。とんでもございません。お客様のご要望通りの家作りをするのが、わたくしどもの仕事でございますから」

「分かってりゃいいんだよ」

茄子田はテーブルの上の煎餅《せんべい》に手を伸ばし、それをぼりぼり齧《かじ》った。くたびれたジャージの上下を着て、髪に櫛《くし》は入っていない。右目に大きな目やにを発見して、秀明はうんざりした。

嫌な奴だ。

秀明は睨《にら》むようにして、煎餅を頬張る茄子田の横顔を見た。今まで担当した客の中には、もっと横柄な人間もいたけれど、秀明は目の前の小太りの男が生理的に受けつけられないと感じた。

この客からは手を引こうか。そう思わないでもなかった。けれど、茄子田以外の家族のことを思うと、もう少し頑張ってみようかという気にもなった。

日曜日だというのに、家族達はどこへ行ったのか姿を見せない。綾子も最初にお茶を出してくれたきり、どこかへ消えてしまった。

この男は、家族達の前でもこの調子なのかと思うと、秀明はやるせない気持ちになった。

「大変失礼なのですが」

パンフレットを眺める茄子田に秀明は言った。

「皆さんでお住まいになる家です。決して安いお買い物ではないのですから、ご家族皆さんで、どのような間取りにするか話し合われた方がよいかと……」

「何だと？　え？」

チンピラのような下卑た口調で、茄子田が顔を向けた。

「話し合ってるに決まってんだろが。他人にそんなことを言われなくても、そんなこたあ分かってんだよ。俺がこの家の大黒柱なんだ。誰よりも家族の幸せを願ってんのは、俺なんだよ」

秀明は反射的に頭を下げた。

「失礼しました」

「失礼だって分かってんなら、最初っから言うな、馬鹿野郎。おめえ大学出てんだろ。そんな常識外れでどうすんだよ」

常識外れはどっちだと奥歯を噛《か》みしめたところで、左手の襖《ふすま》がそっと開いた。

「あなた」

綾子が声をかける。

「おお、なんだ」

「あの、ツカサハウスの方が……」

「もう来たのか。ちょっと待っててもらってくれ」

他のハウジング会社が来たのだろう。秀明は聞こえないように溜《た》め息をつく。

「まあ、いいや。これに懲りずにまた図面持って来てよ。まったくなあ、小僧叱りつけるのは学校だけでいいって言うの。じゃあ、よろしく頼みますよ」

急に機嫌良く茄子田が言う。秀明はのろのろと立ち上がり、もう一度頭を下げた。

「あ、佐藤」

茄子田が秀明を呼び捨てにした。まるで生徒を呼びつけるような感じだ。

「あんたがうちの担当だって、もう決まっちゃってるわけ?」

「は?」

「祐子ちゃんを担当にしてはもらえないのかなあ。女の人の方が、いろいろ気が利くんじゃないかと思ってね」

秀明は絶句した。この男は、どこまで図々《ずうずう》しいのだろうと眩暈《めまい》さえ感じた。

「森永は今、他のお客様で手一杯ですので」

「ええ？　そうなの？」

「まだ新人ですから、いくつも掛け持ちをして、お客様にご迷惑をおかけしては申し訳ございませんので」

秀明は精一杯の皮肉をこめて茄子田にそう告げた。返事も待たず、廊下へ出て襖を閉める。

「ボケナス野郎め」

そう口の中で呟《つぶや》いて、秀明は音をたてて廊下を歩いた。こんなに腹がたったのは久しぶりだった。

玄関へ行くと、同じ住宅展示場の中に勤めている顔見知りの営業マンが、にやにや笑って立っていた。

「よお。ナス坊の機嫌はどう？」

「ご機嫌麗しいぜ」

秀明と彼は、パチンと掌を打ち合わせ交代した。

秀明が靴を履いて玄関を出ると、庭先にいた綾子がさっと顔を上げた。手には赤いじょうろを持ち、何故か泣きだしそうな表情だった。

「あの、佐藤さん。ちょっと」

綾子は手招きで秀明を呼ぶ。大きな夾竹桃《きょうちくとう》の木の陰まで彼を連れて行くと、綾子はぺこりと頭を下げた。

「ごめんなさいね。気を悪くなさったでしょう？」

「え？」

「主人って自分がお客さんだと思うと、ちょっと横柄になってしまうところがあるの。本当にごめんなさいね」

「そんな、奥さんが謝らなくてもいいんですよ」

秀明は力を込めてそう言った。

「でも」

「いいんです。お客様にはいろんな方がいらっしゃることは、承知の上でやっていることなんですから。どんなお客様にも、ご要望通りの家を建ててさしあげるのが、わたくしどもの仕事なんです」

先程と同じ台詞を秀明は言った。けれど今度は心がこもっている。綾子はそれを聞いても、もじもじとエプロンの裾《すそ》をいじってうつむいていた。

「今日は、お子さん達はどこかへ行かれたんですか？」

話題を変えた方がいいと思い、秀明は尋ねた。

「おじいちゃんが動物園に連れて行ってくれてるんです」

「そうなんですか。いいおじいちゃんなんですね」

「ええ。本当によく子供達の面倒をみてくれて、私大助かりなんですよ」

やっと綾子がにっこり笑った。秀明はその顔に思わず見入ってしまう。肌の色が抜けるように白く、ストレートの長い髪が肩からするりと流れた。とても子供がふたりもいるようには見えなかった。乱暴に扱ったら折れてしまいそうな細い腰をしている。

「お、お庭がすごくきれいですね。いろんな花が咲いてて」

淫《みだ》らな想像をしてしまった秀明は、それを振り切るように言った。俺は高校生かと自分で呆《あき》れた。

「趣味なんです。今はマンション住まいの人も多いでしょう。せっかくお庭があるんだから、たくさんお花を植えようと思って」

「女性らしくていいですねえ」

「あら、でも園芸って重労働なのよ。肥料は重いし、土を掘ればミミズだの何だの出てくるし」

明るく笑って綾子は言う。秀明はその笑顔を見ながら思った。妻の真弓は、たまに水をやるだけでいい観葉植物でさえ枯らしてしまう。大違いだと秀明は思った。

「あの、奥さん」

「奥さんっていう呼び方、やめてもらっていいかしら。なんか八百屋さんに呼ばれてるみたいで」

　くすくす笑って綾子は言った。

「あ、はい。ええと、では茄子田さん」

　彼女は唇を尖《とが》らせて黙っている。不満げなその顔を見て、秀明は言い直す。

「じゃあ、綾子さん」

　そう呼ばれて、彼女の顔が垣根に咲いているバラと同じ色に変わった。

「でも、ご主人の前でそんな呼び方をしたら、殺されそうだなあ」

「じゃあ、いない時だけお願いします」

　ふたりは笑いあって頷《うなず》いた。

「では、綾子さん」

「はい。なんでしょうか？」

「お金の話で恐縮なんですけど」

　秀明は声のトーンを落とした。

「ご主人から、ちょっと聞くことができませんで……あの、資金はだいたいどのようにお考えなんでしょうか」

　綾子はうつむいてサンダルの先を見つめていた。そして顔を上げる。

「おじいちゃんの退職金がそのままあるので、それを頭金にするつもりです。あとは公庫から借りて、茄子田が返していく形になると思います」

「そうですか。分かりました。失礼しました」

秀明はそう言って頷いた。茄子田の先程の態度から、もしかしたら彼が全額を出すつもりでいるのかと思ったのだ。けれど、茄子田の父親も資金を出すのであれば、父親にも相談をもちかけてみようかと秀明は思った。

「あの、それからですね……」

茄子田以外の家族から聞いた話と、茄子田の意見がまったく違うことを秀明は綾子に尋ねようとした。けれど、どういう聞き方をしたものかと秀明は口ごもる。そんな秀明を綾子はにこにこ笑って見上げている。

「なんでしょう？」

「ええとですね、この図面を今ご主人に見て頂いたんですけど……」

「大反対だったでしょ」

綾子は笑ってそう言った。

「……え？」

「佐藤さんには、本当に悪いことをしてしまったわ。これからは、茄子田の言う通り話を進めて下さい。私達の意見なんか、聞かないでいいんです」

そう言って綾子はふいと背中を向けた。秀明が口を開く前に、彼女は玄関に駆け込んでしまった。

真弓が保育園に着いたのは、もう六時近かった。契約は五時までなので、追加料金を払わなくてはならない。

そこはマンションの一室を借りてやっている無認可の保育園だ。真弓のマンションからは少し離れているが、夜遅くまで預かってくれるし、突然行って二時間だけ、という預かり方もしてくれる。融通がきくところが気に入ってそこに決めたのだ。

「麗奈ちゃん、ママがお迎えに来ましたよ」

保育士が床に座っておもちゃをいじっていた赤ん坊を抱き上げる。麗奈は真弓を見て無邪気に笑った。迎えに行った時娘の機嫌がいいと、本当に救われた気持ちになった。

「遅くなってすみませんでした」

「いいえ。皆さんお仕事なんですからいいんですよ」

まだ二十代前半に見える保育士は、優しく微笑んでそう言った。自分より若そうなのに、とてもしっかりして見える。

「今日はあの後、どうでしたか？」

麗奈は毎朝、真弓が保育園から出ようとすると、火がついたように泣き叫ぶのだ。それを振り切って仕事に行くのはとてもつらい。電車に乗っていても、娘の泣き声が頭からなかなか離れないのだ。

「十分ぐらいで泣き止みましたよ。最近、だいぶ慣れたみたいですから。昼間はほとんど泣かないし、麗奈ちゃんはおとなしいから、あまり手がかからないんです」

保育士の言葉に真弓は頷く。母親はこんなことは言わなかったなと思った。母親に娘を預けている時は、帰って来るなり「ママがいなくて一日中淋《さび》しそうだった」と言われて、余計ぐったり疲れてしまった。お金を払ってでも、保育園に預けた方が精神衛生上いいなと真弓は思った。

そこでドアチャイムが鳴り、保育士がドアを開けに行った。何気なく見ていると、サラリーマン風の男が息を切らして入って来た。

「遅くなりました。すみませんでした」

「いいんですよ。お仕事なんですから」

保育士は同じことをその男にも言った。

「ツヨシ君。パパが来ましたよ」

保育士がベビーベッドの中でうつらうつらしていた赤ん坊を抱き上げる。その男と真弓は会釈をした。特にハンサムというわけではないが、人懐っこい感じの若い男だ。

「ああ、可愛いですね。女の子ですか？」

気さくな感じのその男性が、真弓の腕の中の麗奈を見て言った。

「何ヵ月ですか？」

「一歳になったばかりです」

「じゃあ、うちといっしょだ。いやあ、比べるとうちのはデブだなあ」

軽々という感じで、男は赤ん坊を抱き上げる。起き抜けでぼうっとしているのか、その子はとろんとした目のまま若い父親にしがみついた。

「男の子だから、大きい方がいいじゃないですか。ころころしてて可愛いわ」

真弓は笑って言う。そうですかあとツヨシ君のパパは頭を掻《か》いた。

「お父さんが迎えに来るなんていいわね、ツヨシ君」

真弓は男の子の赤ん坊の頰を、指でそっと撫《な》でる。自分の娘とは、またちょっと違う感触がした。

「いやあ、共働きなんでね。交代で送り迎えしてるんですよ」

「偉いですね」

「いやいや、そんな。やらないと女房が恐いから」

くしゃっと笑った若いパパと、その腕に抱かれてまどろんでいる赤ん坊を見ているうちに、真弓は鼻の奥がつんとするのを感じた。

夫の秀明は、交代どころかたまには保育園への送り迎えをしよう、という発想すらないようだ。秀明が休みの日は保育園に預けないで彼に見てもらうつもりでいたら、当然真弓が働きに出る日は保育園に連れて行くものだと彼は決めつけていた。

何故だろう。真弓は娘を抱きしめてそう思った。

私だけの子供ではない。秀明の子供でもあるのに、何故彼は何もしないのだろうと真弓は思った。頼めばオムツを替えてくれることもあるし、休みの日はお風呂《ふろ》に入れてくれることもある。抱き上げてあやしてくれることもある。

けれどそれは、あくまでも真弓の補助だった。手の空いている時に、ちょっと手伝ってくれるだけのことだ。真弓が頼まなければ、決して自分から子供の面倒をみようとはしない。

生活費を稼いでいるのが秀明だから？　仕事をしていれば、自分の子供でも面倒をみなくてもいいのだろうか。

違う。真弓はそう思った。

「違うよね。それじゃ、ずるいよね」

真弓は小さな娘に同意を求めた。赤ん坊は母親にきつく抱かれて、迷惑そうに身をよじった。

森永祐子は落ち込んでいた。

外回りから戻って来て、住宅展示場の中をのろのろと自分の会社のモデルハウスに向かって歩く。梅雨の走りの夕暮れの空は、今にも雨を落としてきそうだ。

「会社、やめたーい」

モデルハウスの前まで来ると、うっとりするような美しい家を見上げてそう言った。

売る側ではなく、買って住む側になりたかった。

就職してからというもの、いいことがまったくないと祐子は悲しく思った。

特にここ二ヵ月ぐらいはひどかった。脈のありそうだったお客にうっかり失礼なことを言って怒らせてしまったし、そのことでハゲの課長にさんざん厭味《いやみ》を言われたし、学生の頃から付き合っている恋人は、仕事が忙しいと言って構ってくれない。親友の女の子は十歳も年上の男と結婚が決まって、新居は4LDKのマンションだとか言っていた。

「それよりも、ナス坊だわ」

祐子は苦々しく独りごちた。あの茄子田という男。もう会いたくなかったので、祐子は日曜日に出勤する時は、するとことにしたのだ。三十分も早く家を出ることにしたのだ。

すると、日曜日のうちにモデルハウスへ茄子田から電話がかかってきた。今朝はお会いしませんでしたね、と言われて祐子は絶句した。適当にごまかして電話を切ると、その次の日曜日、駅で茄子田が犬を連れて待ち伏せしていた。

祐子が露骨に嫌がってみせても、茄子田には通じなかった。毎日のように用事もないのにモデルハウスへ電話がかかってくる。社員達も同情はしてくれるが、具体的に何かしてくれるわけではない。

茄子田からの電話は、いつも彼女の退社時間を狙ってかかってくる。夕飯でも食べませんかと毎回聞かれ、夕飯は家で母が用意してくれているのでと毎回断っている。もう何度断ったか分からない。相当鈍感なのか、それとも嫌がらせでやっているのか、祐子には分からなかった。どちらにしても死ぬほど腹がたつ。

今日もこれから電話がかかってくるかもしれないと思うと、このまま帰ってしまいたかった。いや、もう本当に帰ってしまおうか。そう思ったとたん、モデルハウスの玄関が開いた。

「ああ、なんだ。森永さんか」

ドアから顔を出したのは、佐藤秀明だった。

「人影が見えたから、お客さんかと思ったよ。お疲れさまでした」

くしゃりと笑って彼が言う。祐子はそれだけで、嫌な気分が吹き飛ぶのを感じた。

「今日も残業ですか？」

祐子が聞くと、秀明は肩をすくめる。

「そうだなあ。課長は休みだし、他のふたりも今日は外から直帰するって言ってたし」

じゃあ、ふたりきりなのね、と祐子は胸の中で呟《つぶや》いた。秀明の口ぶりからすると、今日はもう仕事はなさそうだ。

「じゃあ、たまには早めに帰りましょうか」

「そうだね」

「あの、佐藤さん。よかったら夕ご飯食べて帰りませんか。今日家族が旅行でいないんですよ。帰ってひとりで食べるのも淋しいし、友達誘おうと思ったのに、みんな忙しくて断られちゃって」

咄嗟《とっさ》にすらすら出た嘘に、祐子は我ながら感心した。秀明は祐子の顔を眺め、しばし考える様子をみせた後頷《うなず》いた。

「うん、いいよ。食べて行こう」

「あ、でもお子さんをお風呂に入れるのはいいんですか？　奥さんがご飯作って待ってるんじゃないですか？」

靴を脱いでモデルハウスの玄関を上がった秀明が、祐子の質問にきょとんと振り向いた。祐子はせっかく秀明がうんと言ったのに、どうして墓穴を掘るようなことを言ってしまうんだろうと内心舌打ちをする。

「ああ、最近うちの奥さんパートに行ってて、何時に帰って来るか分かんないんだよ。お腹も空《す》いたし、どうせ途中で何か食べて帰ろうと思ってたんだ」

「そうなんですかあ」

祐子は明るく言って、秀明の後に続いて玄関を上がった。

「じゃあ私、二階戸締りして来ますね」

帰り支度をはじめる秀明に祐子は声をかけ、二階への階段を急いで上がった。秀明の気が変わらないうちにと、祐子はばたばた走って戸締りをした。

久しぶりのヒットだわ、とうきうきしていると、下の階で電話の鳴る音がした。祐子はぎくっと足を止める。

恐る恐る階段を下り、そっと事務所の扉を開くと、秀明が受話器を下ろしたところだった。祐子に気が付いて、顔を向ける。

「あの、どなたからでした？」

「ああ、営業所の江川さんだよ。ナス坊じゃなかった」

そう言って秀明は笑う。祐子はやれやれと肩の力を抜いた。

「森永さん、相当困ってるだろう」

「そうなんですよー。食事しようとか、映画みようとか誘ってくるんですよ。もう何回も断ってるのに、嫌がられてるのまったく分かってくれなくて。お客様だから、あんまり邪険にはできないじゃないですか。私、どうしたらいいんでしょう」

「客だって何だって、それとこれとは別なんだ。嫌なのに無理することないよ。ナス坊は僕が担当だから、遠慮しないでばしっと断っていいよ」

秀明は簡単にそう言った。祐子は秀明がそう言ってくれたことが物凄《すご》く嬉《うれ》しかった。

「本当にいいんですか？」

「いいよ、いいよ。そんなことでヘソ曲げるような客からは、契約取れなくたって構わないよ」

「佐藤さん、男らしー」

祐子に言われて、秀明は照れくさそうに頭を掻いた。

「じゃあ、ナス坊から電話がかかってこないうちに行きましょう」

彼女は秀明を促して、玄関に向かった。電気を消し、靴を履いたとたん、ドアチャイムが大きな音をたてた。

祐子と秀明は顔を見合わせる。秀明が玄関のノブをそっと回すと、そこには小太りの男がにこにこ笑って立っていた。茄子田だった。

「お、今日はもうお帰りですか。いやあ、いいタイミングだったなあ」

彼は大きな声でそう言って笑った。秀明と祐子は、驚きのあまり絶句する。

「ちょっと近くまで来たもんだから、寄ってみようと思ってね。ちょうどいいや。もう帰るんなら、一杯やっていきましょうよ」

どこからそんな元気が、と思うほど茄子田の大声が玄関中に響きわたる。秀明が祐子の顔を横目で見ると、彼女は口を開けたまま固まっていた。

「い、いや、茄子田さん。申し訳ないんですけど」

「何だよ、駄目なの？　佐藤君、この前もう一度図面引くとか言って帰ってったけどさあ、俺の話何も聞いていかなかったじゃない。それじゃ、書きようがないだろう。いろいろ聞きたいこともあんだよ。いい店知ってんだ。さ、行こう行こう」

茄子田は両手で、秀明と祐子の腕をそれぞれ摑《つか》んだ。祐子が反射的にその手を振りほどく。

「すみません。私は、その、家族が旅行中なんで帰って留守番しないと」

「家族が留守？　じゃあ好都合じゃないの。ご両親がいる時じゃあ、あんまり遅くなれないだろうけどさ。今日はとことん行きましょうよ、祐子ちゃん」

彼女が反論しようと息を飲む。その前に秀明が口を開いた。

「僕は、あの、早く帰って子供をお風呂《ふろ》に入れないと……」

にこやかだった茄子田の顔がそこで豹変《ひょうへん》した。

「うるせえな！」

彼の怒鳴り声に、ふたりは驚いて身をすくめた。

「ごたごた言わずに付いて来い。世の中には付き合いってもんがあんだろうが。ガキじゃねえんだから分かんだろう」

秀明と祐子は何も言い返せず、膝《ひざ》の力が抜けていくのを感じた。


茄子田がふたりを連れて行った店は、居酒屋なのにミラーボールとカラオケのステージがあるという変な作りの店だった。

店員は板場にいる主人らしき男の他は、皆東南アジア系の女性だ。けれどそこはスナックではなくただの居酒屋なので、彼女達は同席したりお酌をするわけではなく、たどたどしい日本語でオーダーを取りに来るだけだ。

「安くていいでしょう、この店」

茄子田の顔には和やかな表情が戻っている。けれど秀明と祐子は、いつその顔が豹変するかもしれないという恐怖で、背骨の緊張が抜けなかった。

「そうですね。安いのに旨《うま》いですよね、このツクネなんか」

「そうだろう？　ほら、祐子ちゃん。どんどん食べたいもの頼んでいいよ」

「ええ。でも、もうおなか一杯です」

「またそんな遠慮して。栄養付けないと、丈夫な子供が産めないよ」

そう言って茄子田は、メニューを祐子に押しつける。

「それで祐子ちゃんは、恋人はいるの？」

遠慮のかけらもなく、茄子田は祐子に質問する。

「……いません」

彼女は嫌な顔をして答えた。

「なんだ、淋《さび》しいなあ。結婚とか考えてないの？」

「まだ若いですから」

「何言ってんの。俺が結婚した時、女房は二十歳だったんだよ」

「いやあ、茄子田先生の奥さんはきれいですもんねえ」

秀明はやけくそで、意味のないお世辞を言った。茄子田はそれを聞いてでへへと笑う。

「そうなんだよ。俺が言うのも何なんだけどね。ほら、見て見て」

茄子田は定期入れから、三枚写真を取り出した。渡された秀明と祐子は、その写真を覗《のぞ》き込む。

「……やだ、本当に美人」

祐子が写真を見てそう呟いた。一枚は家族全員で写っている写真、二枚目は綾子と息子ふたり、三枚目は綾子がひとりで写っている写真だった。どこかの海岸で、風に髪をなびかせ、はにかんだ笑顔を見せている綾子。今よりもう少し若い。

こんなきれいな妻がいるのに、何故この男は他の女に手を出そうとするのだろうか。

身の程を考えろと秀明は思った。

「茄子田さん、歌がお上手ですね。もう一曲歌ってほしいなあ」

秀明は写真を彼に返して、努めて明るく言った。

「何だよ、佐藤。俺ばっかり歌わせて」

「いや、茄子田さんの後じゃあ、僕みたいな下手くそは恥ずかしくて歌えませんよ。もう一回、夜の銀狐が聞きたいなあ。ね、森永さん」

「は、はい。是非もう一回」

「そうか？　よし、祐子ちゃんのために歌ってあげよう」

茄子田はそう言って店の奥にある小さなステージに歩いて行く。店には三組ほど客がいたが、さっきからカラオケを歌ったのは、茄子田と秀明だけだ。歌を歌っても、客や店員達は気味が悪いほど反応を見せなかった。

「佐藤さん、もう私帰りたい」

茄子田がいなくなると、祐子は涙目になってそう言った。

「僕だって帰りたいよ」

「もうやだあ。あいつ、テーブルの下でわざとらしく何度も足をぶつけてくるんですよ。気持ち悪いー。信じられないー」

「分かった、分かった」

秀明は飲めないサワーをちびちび啜《すす》りながら、浸りきって歌っている茄子田に目を向けた。あの男のことだから、一軒で帰してくれるわけがない。

「森永さん、今のうちに帰りなよ」

「え、でも……」

「ナス坊にはうまく言っておくからさ。このままいたんじゃ、きっと朝まで帰してくれないよ」

祐子はぶるっと身震いする。

「でも、それじゃあんまり佐藤さんに悪いですよ」

「いいって。僕は男だから何とでもなるけど、森永さんがこれ以上いると、ナス坊をいい気にさせるだけだからさ」

それを聞いて、祐子は黙ったままペコリと頭を下げた。そしてバッグを肩に掛けると、茄子田が目をつぶって熱唱している隙に、店の出口へと駆けて行った。その背中を見送り、秀明はつぶやく。

「女はいいよなあ。楽だよなあ」

ひとりになった秀明は、不気味な味がするツクネを齧《かじ》りながら、今度生まれてくる時は絶対女に生まれようと思った。けれど、その一瞬後、いや、女に生まれたら生まれたで、ナス坊みたいな男に付きまとわれるのかと思うと、それも気が進まないと考え直す。

ステージでは茄子田が「夜の銀狐」を歌い終わって、演歌歌手のように深々と頭を下げたところだった。秀明はやけくそで手を叩《たた》きながら、祐子のことをどう言い訳しようかと必死で考えた。

「何だよ、祐子ちゃんと佐藤はできちゃってんのかよ」

二軒目の店で、茄子田は仏頂面でそう言った。祐子は気分が悪くなって帰ったと秀明が説明してから、彼はずっと不機嫌なままだ。不愉快ならば、もう帰ってくれればいいのに、茄子田は秀明を二軒目に誘った。断れるはずもなく、秀明は茄子田の行きつけのスナックへ連れて来られた。

「とんでもない。僕は結婚してますので」

「そんなの理由になるかよ。本当にできてないんだな」

「本当にできてません。勘弁して下さいよ」

ボトルキープしてあるウィスキーをロックで飲みながら、茄子田はふんと鼻から息を吐いた。

店はカウンターとソファ席が三つあるだけの小さな店だった。けれど、やはりミラーボールとカラオケのステージがある。先程の店と違うところは、カウンターにもソファにも客が一杯で、次から次へと客が歌を歌い、ホステス達が大袈裟《おおげさ》に拍手をしているところだった。混んでいるので、歌の順番もなかなか回ってこない。喧騒《けんそう》の下で、茄子田と秀明は言葉少なく向かい合っている。

「そう言えば、おめえさっきから全然飲んでないじゃねえか。人の酒ばっかり作って」

水割りを作る秀明の手元を見ながら、茄子田が言った。

「下戸なんです」

「下戸だとお？」

鼻の頭に皺《しわ》を寄せて、茄子田は唸《うな》った。

「おめえ、それでも男か」

「体質ですから、仕方ないです」

さすがの秀明もむっとして、思わず強く言い返した。茄子田はそんな秀明をじろじろ見ていたかと思うと、突然ふっと笑った。

「悪かったよ。そう言えば、うちの女房も下戸だ」

「あ、そうなんですか」

「考えてみれば可哀相だよなあ。飲みたくても飲めないんだから。じゃあ、あれだろ。接待なんかじゃ苦労すんだろ」

「……ええ、まあ。でも酒の場が嫌いなわけではないですから」

急に機嫌が直ったらしい茄子田を見て、秀明は戸惑った。どういうタイミングだかは分からないが、どうやらコロコロと気分の変わる男のようだ。考えてみれば、課長がそういうタイプではある。課長と同じように扱えばうまくいくかもしれないと秀明は思った。

「そういえばさっき、子供を風呂《ふろ》にとか言ってなかったか？」

「はい」

「子供もいんのか」

「はい」

「そうは見えねえなあ。絶対独身で、安アパートに住んでるんだと思ってたんだよ。人は見かけによらねえなあ」

返事のしようがなく、秀明は曖昧《あいまい》に笑う。

「で、どこに住んでんの？」

「グリーンヒルズ、ご存じですか？」

「おう。うちの生徒も、あそこに住んでる奴多いよ」

秀明が住んでいるグリーンヒルズは、このあたりでは有名な高層のマンション棟だ。

「でもあそこは分譲だろう？」

「ええ、まあ」

「買ったのか」

「ええ、一応」

「そんなに給料もらってんのか。ハウジング会社って儲《もう》かってんだなあ」

茄子田は単純に驚きの声を上げたが、秀明は違う意味で驚いていた。誰でも人の家のことは聞きにくいものである。マンションを買ったとか給料の話などは、親しくない間柄では遠慮するのが常識なのに、茄子田にはそういう遠慮というものがまるでなかった。

無神経とも言えるし、素朴とも言えるなと秀明は思った。

「本当におめえの金だけで買ったの？」

さらに彼は失礼な質問を重ねた。

「いえ。女房の親に頭金を出してもらいました」

「そうだろう、そうだろう。でもなあ、それは男として情けなくないか？　俺だったらやだね。女房の親に金貰《もら》うなんて」

秀明はもはや、怒る気にもなれなかった。

「子供ができてしまって結婚したので、仕方なかったんです」

あれこれ言い訳をする元気もなく、秀明はそう言った。飲んでいるつもりはなかったが、一軒目からちびちび酒を啜っていたので、少し酔いが回っているように秀明は感じた。茄子田はしばらく、秀明の顔を見ていた。そして「そっかあ」と大きな声を出す。

「俺もそうなんだよ」

「え？」

「ガキができちゃってさ。それで結婚したの」

秀明はそれを聞いて、すっと酔いが醒《さ》めるのを感じた。

「……え？」

「やっぱ責任取らないわけにいかねえだろう」

ま、まさか強姦《ごうかん》したんじゃないだろうな。

喉《のど》までその台詞《せりふ》が出かかった。けれど秀明はそれを飲み込み、辛うじて表現を変えた。

「奥様とは恋愛結婚だったんですか？」

「いや、見合いだけどね。お互い一目惚《ぼ》れでさあ。二度目のデートでガキ作っちゃって」

でれっと笑った茄子田の顔を見て、秀明は目の前のボトルで彼の頭を叩き割ってやりたい衝動にかられた。

何故、あんなきれいで優しい女性が、こんな男と見合い結婚をするのだ。何故こんな男とセックスして、子供まで作ってしまうのか。

秀明はグラスに半分以上残っていた水割りをぐっと空けた。

「お、なんだ、飲めるじゃないかよ」

無邪気に茄子田は笑う。秀明がぶつけようのない憤りに言葉を失っていると、ホステスが茄子田を呼びに来た。

「茄子田さん、お歌の番よお」

「おう。じゃ、アイちゃん。ちょっとこいつ、相手してやっててよ」

アイと呼ばれた女が、微笑んで秀明の前に座った。彼の空いたグラスを取り上げ、水割りを作り始める。その口紅と爪の赤を秀明は急に酔いの回ってきた目でぼんやり眺めた。

「初めての方よね。茄子田さんのお友達？」

「いえ、仕事の関係で……」

「そうよねえ。誰も好き好んで、茄子田さんとお酒なんか飲まないわよねえ」

ホステスは小声でそう言い、マイクを握って「ラブユー東京」を歌う茄子田をちらりと見た。

「評判悪いんですか？」

秀明も小声でそう尋ねた。

「ううん、別にね。金払いもいいし、いいお客さんなんだけどね」

テーブルを挟んで、秀明とアイは顔を寄せあう。きつい香水の香りと共に、襟元から白い胸の膨らみが見えた。

「触んのよ」

「は？」

「お尻《しり》とか胸とかさりげなく触ってくんのよ。たまにならいいわよ。こういう商売なんだもん、いちいち騒がないわよ。でも、来る度なんだもん。それも勘定に入ってて、触らなきゃ損だとでも思ってんじゃないかしら」

彼女が文句を言う度に、胸の谷間が微妙に揺れた。秀明は思い切り首をぽきりと鳴らしてから、ステージの茄子田に目をやった。

秀明は茄子田がうらやましかった。自分だって触れるものならそりゃ触りたい。けれど、それをしないのが礼儀だし常識なのだ。助平だと思われようが、どうしようが、触りたいものには触る。そういうことができる茄子田が秀明は少しうらやましかった。

「ねえ、今度はおひとりで来てね。あなたハンサムだし、いい人っぽいもの」

「はあ」

「結構、この店いつも混んでるのよ。来る時は電話してくれれば、席お取りして待ってますから」

そう言って、ホステスは店のマッチを秀明に差し出した。黒地に下品なピンクで店の名前が『レイナ』と書いてある。

「……この店、レイナっていうのか」

「そうよ。ママがね、銀座にいた時その名前で店に出てたんだって。どこがレイナよねえ。本名は福子っていうのよ。その方がぴったりじゃない」

「こら、アイちゃん。聞こえたわよ」

着物姿の太ったママが、カウンターからそう叱りつけてきた。そこにいた男達もホステス達もみんな笑い出す。

秀明はそのマッチから目をそらし、新しい水割りをまたぐっと飲み干した。

娘と同じ名前のこの店に、秀明は二度と来ることはないだろうと思った。


ふと目が覚めると、暗い天井に下がる黄色い豆電球が目に入った。一度開いた目を秀明は閉じた。

喉がからからに渇いているし、尿意もあった。起き上がりたかったが、瞼《まぶた》とからだが言うことをきかない。暑くてパジャマの上を脱ごうと身をよじった時、自分がパジャマではなくワイシャツを着ていることに気が付いた。

がばっとからだを起こし、秀明はあたりを見回した。

常夜灯に照らされ、古い和室がぼんやり浮かぶ。部屋の鴨居に秀明のスーツが掛けられているのを見つけた。そこは茄子田家の居間だった。

「ああ、思い出した……」

そう呟《つぶや》いたとたん、頭が強烈に痛むのを感じた。胃のあたりがむかむかし、全身が汗でびっしょりだ。

『レイナ』を出たのが十二時過ぎだった。その後、帰ろうとした秀明を茄子田が「ソープへ行こう」と強く誘った。さすがに腹がたって、何かわめいたような気がするが、そこから先を思い出せない。一気にあおった水割りが悪かったのだろう。茄子田と一緒にタクシーに乗ったような記憶があるから、きっと酔いつぶれた自分を、彼が家まで連れて来たのだ。

そこまで思い出すと、強い吐き気が襲ってきた。秀明は手で口を押さえて何とか廊下に出る。確か廊下の左手にトイレがあったはずだ。暗い廊下をよろよろ歩いて、秀明は洗面所を捜し当てた。便座の蓋《ふた》を開けたとたん、彼は嘔吐《おうと》した。胃がきりきりと痛む。

ひとしきり吐いてしまうと、少し楽になった。水を流し蓋を下ろすと、秀明は便座を抱えるようにして、しばらくそこで放心していた。

「何やってんだ、俺」

客とはいえ、嫌いな男と飲めない酒を飲み、茄子田はどうせ経費で落ちるんだろと言っていたけれど、客に飲ませる酒代まで会社は出してくれない。二軒目も秀明は自腹を切った。

自分の間抜けさに腹がたって仕方なかった。その上ソープへ行こうだと？　秀明は特に聖人君子というわけではなかったが、風俗へ行く男が嫌いだった。茄子田のような男ほど、金で女を買いたがる。いくら仕事とはいえ、茄子田の相手をするソープ嬢が気の毒だった。

まったくひどいめにあった。もう契約なんか要らない。二度とこの家に来るもんか。

そう思ったとたん、酔いの醒めない頭に綾子の顔がよぎった。あの人は幸せなのだろうか。あんな男と結婚してしまって、後悔してはいないのだろうか。

その時、トイレの戸が小さくノックされた。秀明は飛び上がった。

「……佐藤さん？　大丈夫ですか？」

綾子の声だった。秀明は慌ててシャツの袖《そで》で口許《もと》を拭《ふ》くと、トイレの戸を開けた。灯を落とした廊下に、花柄のパジャマにカーディガンを羽織った綾子が立っていた。いつもきれいに梳《と》かしてある髪が、横になっていたせいか少し乱れている。それが『レイナ』にいたホステスより何倍も色っぽかった。

「あの、大丈夫ですか？　戻してるみたいだったから」

「は、はい。うるさかったですよね。突然酔っぱらって来て、すみませんでした」

「いいんですよ。どうせうちの主人が引っ張り回したんでしょうから」

「い、いえ。あの、茄子田さんは……？」

「二階で鼾《いびき》かいて寝てます」

いつも真っ直ぐ人の目を見る綾子が、ちらちらと落ちつきなく視線をそらしながら話している。秀明ははっとして、自分の姿を見下ろした。ワイシャツだけでズボンを穿《は》いていない。それなのに靴下は穿いている、という間抜けな恰好《かっこう》だった。

「あ、あの、こんな恰好ですみません」

「いいえ、あの、苦しそうだったから。脱がせたのは私ですし」

恥ずかしそうにうつむいた綾子を見て、秀明の手が考える間もなく、目の前の人妻を抱き寄せた。

抱きしめてしまってから、彼は自分の行動に自分でもびっくりしていた。しかし今更離すわけにもいかず、秀明は強く綾子を抱きしめた。綾子の背中は石のように緊張しているが、秀明を拒む様子はない。

「綾子さん、本当に幸せなんですか？」

秀明はつい、そう聞いてしまった。

そのとたん、彼女の全身から力が抜けるのを感じた。固まっていた腕が、秀明の首に巻き付き、綾子も秀明をきつく抱きしめる。

秀明と綾子は、くちづけを交わすこともできず、長い間廊下の隅でお互いのからだを抱きしめあっていた。


真弓はソファの上で横になり、うつらうつらしていた。

すると、遠くから足音が聞こえた。真弓は起き上がり耳を澄ます。足音は真弓の部屋の前を通り過ぎた。隣の家の扉が開く音がする。

真弓は壁の時計を見上げた。もう午前三時になるところだった。

秀明が、何の連絡もなしにこんな時間まで帰って来ないことは初めてだった。もしかしたら、どこかで事故にでもあっているのではないかと思うと、胸が締めつけられた。

もし、このまま秀明が帰って来なかったら。そう思うと、いても立ってもいられない気分になった。

午前一時を回った時、真弓は実家の母親に電話をして、捜索願いを出した方がいいかどうか聞いてみた。それを母親は笑った。一晩ぐらい帰って来ないからって、捜索願いを出す人がいるかと呆《あき》れられてしまった。明日の朝になっても帰って来なかったら、会社にでも電話してみなさいと言って母は電話を切った。

真弓は立ち上がり、寝室を覗《のぞ》いた。布団の上で、娘がすうすう寝息をたてている。

もし、秀明が帰って来なかったら、この子と私はふたりきりになってしまうのだ。そう思うと、涙が滲《にじ》んだ。真弓は自分が思っていたよりもずっと、夫を愛していたことに気が付いた。

真弓はリビングに戻り、携帯を手に取った。

明日は自分も仕事だった。たとえ数時間でも眠っておきたい。けれど夫の無事を知らなければ、眠れそうになかった。

真弓は狂ったようにリダイヤルを繰り返した。

4

綾子はアイロン掛けが好きだ。

料理も掃除も針仕事も、およそ主婦の仕事と呼ばれるものは何でも好きだったが、一番好きなものはアイロン掛けだった。

お日様にあてて乾かしたシャツやシーツに、糊《のり》をきかせてぴしりとアイロンをあてる。シーツも枕カバーも洗いたてのものが好きで、ほとんど毎日のように取り替えた。当然洗濯物は増えるが、それはまったく苦にならなかった。

平日の午後二時、綾子は縁側のガラス戸を開け放ち、畳に座ってアイロン掛けを始めた。毎日の暮らしの中での、幸福な時間のひとつだった。

綾子の使っているアイロンは、昔ながらの鉄製の重いものだ。霧吹きで糊を吹きかけ、夫のシャツにアイロンをあてていく。真っ白で皺《しわ》ひとつないシャツが綾子の手によって作られていった。

シャツ三枚にアイロンを掛けると、綾子は手を休めた。正座していた足を崩し、横座りになって空を見上げた。

大きな息をひとつつく。

ここのところ、彼女は溜《た》め息をついてばかりだった。あの晩、佐藤秀明に抱きしめられてから、何をしていても彼のことが頭から離れなかった。

美しく畳まれたシャツの山。これが秀明のものだったらどんなにいいだろうと綾子は思った。

秀明のすらりと伸びた背中ならば、この美しいシャツを美しいまま着こなすことができるだろう。夫がシャツに手を通すと、とたんにそれは皺くちゃなただの布に変わってしまう。

綾子はころりと畳に横たわった。そのまま庭に咲く花を眺める。

彼女はこの家が、この暮らしが、決して嫌いではなかった。古い家だけれど、いい材木を使っているせいか、柱や廊下は磨くとぴかぴかに光る。庭には一年中花を絶やさないよう、四季の花を植えた。近所の人も親切だし、五年前に緑山《みどりやま》鉄道が通ってから、買い物も便利になった。

ふたりの息子を、綾子は命をあげてもいいほど愛していた。舅《しゅうと》も姑《しゅうとめ》も、所詮《しょせん》他人ではあるから大好きだというわけではないが、何年もうまくやってこられた。夫の太郎も家族に愛情をもっている。綾子を愛してくれている。

けれど綾子は、秀明とのことがあってから、自分の結婚を強く後悔していた。

この結婚は失敗であったと後悔したことは、今までにも何度かあった。けれど、そう思ったところで綾子には行く所などなかった。

綾子の実家では、両親と姉が二世帯住宅を建てて住んでいる。姉には子供が三人いるので、綾子がもし離婚をしても、実家に綾子と息子ふたりを受け入れる余裕はなかった。

離婚したところで、綾子ひとりでふたりの息子を育てていく自信はなかった。それに、一度も働いたことがなく、何も手に職がない綾子が親権を獲得できるとは思えなかった。夫は暴力をふるうわけでなく、外でだいぶ遊んでいるようではあるが、愛人がいるわけでもなさそうだった。生活費はちゃんと入れてくれるし、何より彼は家族を愛している。離婚したいなどと言いだしたら、綾子は愛する息子をふたりとも取り上げられてしまう可能性が高かった。

今更夫と別れて、誰よりも大切な息子を取られ、ひとりきりで働いて孤独に暮らすぐらいならば、このまま茄子田家の嫁でいる方が綾子は幸せだった。

茄子田と結婚をして十年近く、綾子はそう思って暮らしてきた。物事をいい方へ考えようと努力した。この家を愛することが、自分の幸福に繋《つな》がるのだと、綾子は必死で家を愛してきた。花を植え、家中を磨き、舅と姑に気を遣い、夫のいい面だけを見ようと努めてきた。

不満を言ったらきりがない。それよりも、授けられた幸福のことだけ考えよう。そう思って綾子は生きてきた。隣の芝生の青さをうらやまないで済むように、なるべく他人と深く係《かか》わらないようにしていた。雑誌や映画も見なかった。比較するものがなければ、自分が一番幸福だと思うことができたからだ。そうやって、綾子は自分のまわりに高い砦《とりで》を築いた。誰も入って来られないように、自分の幸福な庭を守るために。

ところが、何年もかかって築いた砦が、ここへきてあっけなく崩れていくのを綾子は感じた。

秀明の広い肩幅、髪を撫《な》でた細くて長い指、優しい声、優しい物腰、優しい言葉。男の人なのに、秀明からはとてもいい匂いがした。夫の匂いといったら、汗の匂いか口臭だった。

秀明のことを考えると、綾子は胸の真ん中がキュッと痛くなるのを感じた。そういう感じがするだけではなく、本当に痛いのだ。

綾子は寝ころがったまま、畳の上に置いてあったシーツを胸に抱えて目を閉じた。

秀明が好きだ、と綾子は思った。

最初に見た時から、感じのいい人だなとは思っていた。けれど今までの習慣で、夫以外の男性に好意を持ちそうな時は、無意識に心のシャッターを下ろしていた。秀明のことも、考えまい考えまいと努めていた。

秀明に妻子がいると聞いて、綾子はきっとこの感情を抑えられると思った。不倫などするつもりはまったくなかったので、それを聞いて、これで彼への好意にぴったり蓋《ふた》ができると安堵《あんど》さえ感じた。

けれど会う度に、綾子は秀明への好意が大きくなるのを感じた。自分でも、これはまずいのではないかと思いはじめていた。二度と会わない人ならば、時間がたてば忘れられる。だが、ハウジング会社の営業マンである秀明は、何度も綾子の前に現れた。そして会う度に秀明は綾子を褒めた。女性らしいですね、おきれいですねと。

夫は花になど興味がないが、秀明は「紫陽花《あじさい》が咲きはじめましたね」と目を細めて言ってくれた。綾子の作った庭を褒め、綾子の作った料理を褒めた。綾子さんのようなお嫁さんが欲しかったなあと言った。

そして二週間前、秀明は綾子を抱きしめた。幸せなんですか、と問いながら。

どのくらいの時間、彼の胸の中にいただろうと綾子はせつない思いで考えた。ほんの五分ほどだった気もするし、一時間以上だったような気もする。あの時、彼のシャツのポケットに入っていた携帯が震えださなかったら、いつまでふたりはお互いを抱いていただろうと綾子は思った。

綾子は、秀明の妻に嫉妬《しっと》を感じた。彼が言うには、小さな子供がいるのに働きに出はじめたそうだ。料理が嫌いで、おかずはいつも出来合いの惣菜《そうざい》だと言っていた。

私だったら彼にそんな思いはさせないのに。綾子はシーツをさらに強く抱いてそう思った。私だったら彼の好物を毎日作って家で待つのに。私だったら小さい子供を預けて働いたりはしないのに。何故働く必要があるのだろう。昼間は愛する子供と、夜は愛する夫と過ごせるならば、外へ働きに行く必要などないではないか。

「お昼寝かい？　いいご身分だね」

背中で声がして、綾子は慌てて起き上がった。姑が無表情に綾子を見下ろしている。

「あ、いえ。ちょっと疲れちゃって」

「そりゃ悪かったね。何か手伝いましょうか」

姑の言葉には刺《とげ》があった。

「すみません、おばあちゃん。大丈夫です。お三時にでもしましょうか」

「お茶ぐらい自分で淹《い》れて飲むよ」

そう言い捨てて、姑は台所へ入って行く。その曲がった背中を見送って、綾子はまた息を吐いた。

気を取り直して、綾子は抱きしめてくしゃくしゃにしてしまったシーツにアイロンを掛けはじめた。シーツの皺を丁寧に伸ばしながら、綾子はまた秀明のことを考えた。考えれば考えるほど、自分が不幸に思えた。自分が不幸だなどと考えたことは、今までないことだった。つらいことはいくらでもあったけれど、世の中には自分よりもっと不幸な人間が沢山いる。自分は幸福な部類に入る人間だと綾子は思っていた。

綾子の子供の頃からの夢は〝お嫁さん〟になることだった。可愛い赤ちゃんを産んで、平凡なお母さんになることが夢だった。その夢は実現した。

綾子は二十歳で妊娠した。そして茄子田と結婚した。

綾子の両親の前で、茄子田は両手をついて頭を下げた。

お嬢さんを必ず幸せにします。

その力強い言葉に、綾子はじんとしたのを覚えている。この人についていけば、間違いはないとその時思った。

あの時の決断を、今でも間違っていたとは思わない。人に押し付けられたわけではなく、自分で判断して茄子田と結婚したのだ。ただ、自分が今更他の男性に恋をすることになるとは思わなかった。

罰があたったに違いない。神様は、見ていないようで何もかもお見通しなのだ。

綾子がそう思って両手で顔を覆った時、玄関のドアが開く音がした。その後階段を上がる足音がする。帰って来た時「ただいま」と言わないのは、長男の方だった。

「慎吾？　帰ったの？」

綾子は姿を見せない息子に声をかけた。返事がないので、綾子はアイロンを置いて立ち上がる。階段を上がって綾子は子供部屋を覗《のぞ》いた。

「慎吾。ただいまは？」

床にランドセルを放り出し、机の引き出しを探っている長男に綾子は声をかけた。

「ただいま」

彼は振り返らずにそう言った。

「おやつ食べる？　ゼリー作ったわよ」

そこで彼が母親の顔を見た。ここ一年ほどで、だいぶ顔が大人っぽくなってきた。綾子はその鋭い視線にどきりとする。

「塾に行くからいい」

簡単に彼はそう言った。

「塾ってあなた、七時からでしょう?」

「その前に葉山君ちに寄るんだ」

塾へ持って行く鞄に、ゲームのソフトを入れながら息子は言った。葉山君、というのは、息子の口から最近よく聞く名前だった。塾で知り合った別の学校の子供らしい。

「駄目よ。いけません」

綾子は柔らかくそう言った。息子は眉《まゆ》をひそめる。

「どうしてさ」

「こんな時間からお邪魔したら、塾に行く前にお夕飯をご馳走《ちそう》になることになるでしょ？　葉山君のお母様に迷惑がかかるから駄目」

「葉山君ちは、共働きだから夕方は誰もいないんだよ」

トモバタラキと息子はたどたどしく言った。

「じゃあ、ご飯はどうするの？」

「みんなでコンビニでおにぎりとか買って食べる」

「そのお金は誰が出すの？　葉山君？」

綾子が強い口調で言うと、息子はさすがに言葉を失った。

共働きの家庭の留守宅に、子供達が集まることが最近問題になっていると、綾子はPTAの集まりで聞いた。母親不在の家に子供達は集まり、宿題をするという名目でゲームをしたり塾をさぼって漫画を読んだりするのだ。共働きの家の子供は大抵親から沢山の小遣いをもらっているので、そのお金で袋菓子やジュースを買ったりするらしい。

息子に、友達の家に遊びに行くことを禁止する気はなかった。けれど、大人のいない家に子供だけが集まって、何かいい事が起きるとは思えなかった。何かあっても、叱ったり責任を取ったりする大人がいないというのは問題があると綾子は思った。

「葉山君のお家ってどこにあるの?」

息子は唇を尖《とが》らせたまま答えない。

「電話番号、お母さんに教えてちょうだい」

「なんで?」

「最近、何度かお邪魔してるみたいじゃない。いろいろご迷惑をかけますって挨拶《あいさつ》しなくっちゃ……」

「迷惑なんかかけてねえよ!」

突然息子がそう吠《ほ》えた。綾子が絶句しているうちに、慎吾は綾子の横をすり抜けて走って行く。階段を駆け下りる息子を急いで追いかけたが、鼻先で玄関が閉められた。そこへひょっこり姑が顔を出す。

「今のは慎吾かい?」

「……え、ええ」

「躾《しつけ》が悪いねえ、まったく」

そう言って姑が姿を消すと、綾子はのろのろと廊下に上がった。目の前が涙で歪《ゆが》む。

綾子は、秀明に会いたくて堪《たま》らなかった。あれから二週間たつ。秀明は電話一本よこさない。

もう一度秀明の胸に抱かれたいと綾子は思った。あの時綾子は、何もかも忘れることができた。頭の中が真っ白になった、あの瞬間をもう一度与えてほしいと思った。


「では、こちらとこちらに印鑑をお願いいたします」

真弓は目の前の男性に、書き上がった書類を差し出した。

株式会社レニーの会議室で、真弓は経理課の青年が印鑑を押すのを見ている。親戚《しんせき》や友人という縁故関係以外で、初めて取れた契約だった。真弓は胸が高鳴るのを感じた。

「これでいいですか？」

「はい、どうもありがとうございます」

死亡時一千万円の定期付養老保険。大きな契約ではないが、真弓が実力で取った初めての契約だ。

「保険料の引き落としは来月からですか？」

「そうですね。来月の二十五日からになります。本当にありがとうございました」

真弓が頭を下げると、新入社員のその青年は、はにかんだ様子で笑った。彼は以前真弓がゴミ箱につまずいた時、腕を取って助けてくれた人だった。

真弓は樺木に言われて、ひとりで会社回りをするようになった。このレニーという会社の印象はものすごく悪かったが、行ったことのない会社に飛び込みで行く勇気は、まだ真弓にはなかったのだ。

一日おきに昼休みレニーに顔を見せ、少しずつ顔を覚えてもらった。そのうち、この会社が蠟燭《ろうそく》や線香を販売している会社であることを知った。いろんな会社があるものだと真弓が驚いていると、女子社員のひとりが試作品だと言って、クマの形をした小さな蠟燭を真弓にくれた。そんな些細《ささい》なことが、真弓にはとても嬉《うれ》しかった。

そんなある日、経理課の青年が真弓が転びかけたのを助けてくれた人間だと分かり、世間話をするようになった。彼が新入社員であることを知り、保険に入るという発想すら持っていない若者だということを知った。

真弓は一週間かけて、彼を口説き落とした。入院して初めて保険の有り難さを知ったという友人の話をし、いつか結婚をしていずれは保険に入るつもりなら、若いうちの方が保険料が安いことを強調し、自分はこの仕事を一生続けていくつもりなので、何かあったらいつでも相談に乗ることができると話した。

自宅から会社に通っているというその青年は、金銭的にも余裕があった。セールスレディーを鼻であしらったりしない、温和な人間でもあった。真弓のセールストークが優れていたわけではない。運が良かっただけだ。けれど、その一件の契約が真弓に大きな自信をつけた。

その会社の人間がひとり契約をしてくれればしめたものだと、研修で支部長は言っていた。まめに顔を出せば、今までしぶっていた人間にも、知り合いが入ったのなら安心かもしれないという感情が生まれるものだと。確かに真弓は、レニーの人々に以前ほど邪険にはされてはいないと感じていた。

「これ、つまらないものですけれど、契約して下さったお礼です」

真弓は鞄からプレゼントの包みを出した。中身はブランドものの名刺入れだ。

「えー、そんな、お礼なんて」

「いいんですよ。ご趣味に合うかどうか分からないんですけど、よかったら使って下さい」

「でも、なんか悪いです」

純朴なその青年は、決まりが悪そうに口を尖らせる。真弓は少々後ろめたく感じた。実はこの青年に「独身なんですか？」と質問された時、離婚してひとりで子供を育てていると嘘をついてしまったのだ。それは、研修の時に支部長が冗談まじりに言っていたことだった。契約が取れるなら、ちょっとした嘘をついて同情を引くぐらいのつもりでやりなさいと言われたことが頭に残っていて、つい口をついて出てしまったのだ。

「それより、これからもよろしくお願いしますね。お友達で保険に入りたいって方がいらっしゃったら是非紹介して下さい」

人の良さそうなその青年は、やっと笑って頷《うなず》いた。

真弓はみどりヶ丘駅を下り、支部への道を歩いた。本格的に梅雨に入った街は、傘の花が咲いている。

レモンイエローの傘をくるくる回し、モールのショーウィンドーを見ながら歩いた。夏もののスーツに足が止まる。流行《はや》りの型の麻のスーツ。真弓は値札を見て肩をすくめた。

「スーツ欲しいなあ」

独り言にしては大きな声で真弓はそう言った。

真弓は自分が着ている、紺のスーツを見下ろした。この仕事をはじめてから、まだ一着も服を買っていなかった。会社員をしていた頃の服を着回して何とかごまかしている。あと数センチウエストが細くなれば、もっと着られる服がある。頑張って痩《や》せようと真弓は思った。

働きに出れば、すぐお金が手に入る。そう思っていたのは、ちょっと甘かったようだと真弓は思った。

お客に配る、保険会社の名前が入った飴《あめ》やらボールペン、契約してくれた人へのお礼の品、そういうものは会社が支給してくれるものだとばかり真弓は思っていた。けれど、どれも自腹を切るのだ。セールスレディーは会社に雇われてはいるけれど、個人事業主扱いなので確定申告をする。その時経費として申請はするらしいが、全部返ってくるわけではない。

商社にいた頃は、交通費でも接待費でも、何でも会社が払ってくれた。コピーだって電話だって使いたい放題だった。けれど、保険会社ではコピーも電話も専用のカードを使い、後でそのお金を払うのだ。会社はほとんど経費を使わせてはくれなかった。毎日のように履いているので、パンプスもくたびれてきていた。鞄《かばん》ももっと大きくて便利なものが欲しかった。

もうすぐ秀明のボーナスが出る頃だ。けれどマンションのローンで半分は持っていかれてしまう。残ったお金でスーツと靴と鞄を買ってもらおうか。

真弓は秀明の顔を思い浮かべると、気が滅入《めい》った。

ここのところ秀明はずっと機嫌が悪い。きっかけは、秀明が夜中まで家に戻らなかったあの時だ。真弓が何度も電話をかけたことに、秀明はものすごく腹をたてていた。

真弓は何故自分がそこまで責められなくてはならないのか分からなかった。お客を接待しているうちに酔っぱらってしまい、その人の家に泊めてもらっただけだと秀明は言った。ますます真弓は首を傾《かし》げた。それが本当なら、何故真弓が電話をかけたぐらいで、そんなに怒るのかが分からなかった。

もしかしたら、浮気をしているのかもしれない。真弓はそう思って唇を嚙《か》んだ。

今まで、夫が浮気をする、ということを想像したことはなかった。そんな器用なことができるタイプだとは思えなかったし、第一秀明には女の子と遊ぶようなお金はないはずだ。

最近の秀明はほとんど口をきいてくれなかった。真弓が出す朝食を黙って食べて、黙って出掛けて行く。帰って来ても黙って風呂《ふろ》に入り、黙って寝てしまう。

あまりに家の中の雰囲気が暗いので「私だって働いているんだから家事を手伝って」という文句さえも引っ込めて、真弓は秀明に話しかけた。彼の好きな野球のこと、彼が好きな映画のこと、麗奈が保育園で泣かなくなったこと、共通の友達の世間話。どんな話題にも夫は生返事しかしなかった。そうなると自分が馬鹿みたいに思えてきて、真弓はもう秀明に話しかけなくなった。

男というものは、浮気をすると後ろめたさから愛想が良くなる、というようなことを雑誌で読んだことがあった。では、不機嫌な場合は何なのだろう。

いくら考えても、何故秀明が急に機嫌が悪くなったのか真弓には分からなかった。聞いても「別になんでもない」と言う。もうしばらく様子を見て、それでも機嫌が悪いままだったら、誰かに相談してみようか。

秀明のことを考えると、悲しいというよりも真弓は腹がたった。

働きに出るようになって、真弓はテレビさえ見る時間がないほど忙しくなった。秀明が何も手伝ってはくれないので、朝は以前より二時間も早く起きて娘にご飯を食べさせ、出掛ける前に洗濯をした。娘を保育園に送ってから出社して、帰りにはスーパーに寄って買い物をし、自分の鞄とスーパーの袋と娘を抱えて必死で家に帰る。娘をお風呂に入れて、ご飯を食べさせ、娘の相手をしながら自分も買ってきたものを食べていると、秀明が帰って来る。以前はまだその時話もしたが、今はまるで会話がなかった。

自分が働きに出たせいだろうか、と真弓は思った。けれど、真弓が働きに出たために、秀明の仕事が増えたというのなら怒るのも分かるが、秀明が家に帰って来てすることは以前と何も変わってはいなかった。彼の負担は何も増えてはいないのだ。

いったい秀明は何が気に入らないのだろう。そんなことを考えながら歩いていると、ふと知った顔が視界に入った。

通りに面したドーナッツ屋のカウンターで、同期で入った保坂やよいがぼんやりと頬《ほお》杖《づえ》をついている。真弓はやよいの目の前のガラスを指でこんこんと叩《たた》いた。やよいは真弓を見ると、泣き笑いのような表情を浮かべた。

「どうしたの？　休憩？」

自分の分のジュースを買って来て、真弓はやよいの隣に腰を下ろす。

「真弓さん、私もうやだあ」

がっくり肩を落として、やよいはそう言った。

「支部長の紹介で、会社回りしたんだけどね。保険屋さんなんかに用はないよ、忙しいんだから帰って帰って、だって。名刺も受け取ってくれないの。もう、やんなっちゃう」

真弓は苦笑いでやよいの愚痴を聞き流した。

「真弓さん。もう何件も契約取ってるんだってね」

「親戚《しんせき》とか知り合いばっかりよ。ちゃんと取ったのはまだ一件だけ」

「ねえ、どうやったらいいの？　研修通りにしてるの？」

真剣な眼差《まなざ》しで聞くやよいに、真弓は目をぱちくりさせた。きっと「もう辞めたい」という台詞《せりふ》が出るだろうと思っていたからだ。そんな真弓の心の内を察したのか、今度はやよいが苦笑いをする。

「嫌ならやめちゃえって思ってるでしょう」

「……そんなこと」

「いいのよ。そう思ってはじめたんだもの」

やよいはグラスを持ち上げ、氷が溶けて薄くなったジュースをストローで吸った。平凡な顔に平凡な髪型、太っても痩せてもいないからだにブラウスとスカート。このまま今ここで別れて二、三年会わなかったら、確実に顔を忘れるだろうなと真弓は思った。

「真弓さんのご主人って理解ある？」

「え？」

突然そんなことを言われて、真弓は聞き返した。

「うちなんか、私のこと馬鹿な飼い犬ぐらいにしか思ってないのよ。研修期間が終わったんならもう辞めたらって言うの。意地悪で言ってるんじゃないのは分かってるんだけど、なんかすごく馬鹿にされてるような気がして」

「分かるわ、それ」

真弓は深く頷いた。

「本当？ 本当に分かる？」

「うちだってそうよ。旦那《だんな》も両親も友達も、私にセールスができるわけないって、もう完全に鼻で笑ってるわ。いつ辞めるか賭《か》けてても不思議じゃないわね」

「なーんかさあ、あったまくるわ」

「そうよねえ、あったまくるわねえ」

ストローで残りのジュースを啜《すす》り、真弓とやよいは頷きあった。まるで高校生が親の悪口を言っているようだと、可笑《おか》しくなる。

「私ね、確かに今まではこれでいいって思ってきたわよ。学校出て、何年かお勤めして、結婚して、あとはもう子供作るだけよ。幸せだと思ってるわよ。贅沢《ぜいたく》だと思ってるわよ。でもさ」

やよいは平凡な形の眉《まゆ》を思い切りひそめて舌打ちをした。

「うまく言えない。私って昔から、難しいこと考えるの嫌いだったから」

真弓はやよいの言葉にぷっと吹き出す。

「今ここで旦那の言うとおり仕事を辞めたら、一生旦那の許可の下にいないと暮らせないような気がする？　意志がなくなりそうな気がする？　馬鹿だって認めてしまうような気がする？」

「そうそう、それ。真弓さんってやっぱり頭いいわ」

真弓は肩をすくめた。

「やよいさん、バイオリズムやってる？」

バイオリズムというのは、お客に誕生日を書いてもらって恋愛運や健康運のバイオリズム表をコンピュータで出してあげるという他愛のないものだ。

そのアンケートで大事なことは、その人の生年月日だった。生年月日を支部にある端末に入力すると、自社の保険に入っていれば、それがいつ契約してどんな内容のものか一目で分かるのだ。そして保険の見直しや、違うタイプの商品を勧めたりする。

「ぼちぼちはやってるけど……でも、あれだってなかなか書いてくれないのよね」

「駄目よ。頑張って、それだけは書いてもらいなさいよ。それで、担当者を調べるの」

真弓の言葉にやよいはきょとんとする。

「同じ支部で、もう辞めちゃった人の名前があったら、今度新しく担当になりましたって言って顧客に加えるのよ」

「えー？　そういうことしていいの？」

「いいも悪いも、そういう人は放っておかれてるわけでしょ？　自分だったらどう？　契約する時だけ熱心で、あとはまったく放っておかれたら気分悪いでしょ。そういう人にサービスして、今度の人は仕事熱心だなって思わせるのよ。大きいのに掛け替えてくれるかもしれないし、家族や友達を紹介してくれるかもしれないでしょ」

やよいは真弓の言葉にぽかんと口を開いた。

「そんなの研修じゃ教えてくれなかったわよね」

「少しは考えなきゃ」

「そうよねえ。真弓さんってすごい」

素直に感心しているやよいに、真弓はまたもや苦笑いを浮かべた。


秀明は、茄子田家のそばの路地に車を停めた。

茄子田家を訪問するのは、久しぶりだった。あの夜以来、秀明はここへ来る勇気が湧かなかった。何しろ客の奥さんに変なことをしてしまったのだ。最悪の場合は、会社に訴えられても仕方ない事態だった。

けれど、綾子がそんなことをするわけがないことは、秀明にも分かっていた。自分達は惹《ひ》かれあっている。それは確かだった。

だが、気持ちのアクセルを踏み込んでいいのか、ブレーキをかけるべきなのかは判断しかねるところだった。お互いに家族がいる身だ。そう簡単には走りだせない。

家庭は家庭としてあくまで守り、一ヵ月に一度、いや二ヵ月に一度でもいい。ふたりで食事をしたり、デートをしたりする時間が持てたら。秀明はそう綾子に提案しようと思わないでもなかった。けれど、彼女は真面目な女性だ。秀明のそんな身勝手な提案を受け入れてくれるとは思えなかった。

今ならまだ引き返せる。

秀明は歯を食いしばってブレーキを踏むことにした。本当は二度と綾子に会わないことが一番いいと思ったが、相手が客の奥さんとなるとそうもいかない。

秀明にとって、茄子田家の契約を逃すことは痛手だった。ハウジング会社の営業マンは、一ヵ月に一件契約が取れればかなり優秀な方だった。秀明は五月に、課長の客を回してもらって一件契約を取っている。その前は三月に資料請求をしてきた客を訪問して契約を取った。このあたりで、もう一件取らなくては社内的に立場が悪かったし、査定にも響くだろう。そして、今秀明が抱えている顧客の中で、一番脈がありそうなのが茄子田家だった。

早くこの件を片付けてしまおう。秀明はそう決めて、茄子田の気に入りそうな図面を書いた。これで駄目そうならば、茄子田家からは手を引いて他の顧客に移ろう。そう決めて秀明は茄子田家にやって来た。

綾子とふたりきりになるのは気まずかったので、秀明は茄子田の留守を狙ってやって来た。車を下り茄子田家の前まで来ると、庭先に姑《しゅうとめ》の背中が見えた。何をするでもなく、ぼんやり佇《たたず》んで庭の紫陽花《あじさい》に視線を向けている。

「こんにちは」

声をかけると、姑はゆっくり振り向いた。秀明を見て、ばつの悪そうな顔をした。

「紫陽花がきれいですねえ」

秀明がお愛想を言っても姑は何も答えない。口をきくのも面倒になって、彼は自ら玄関に向かいチャイムを押す。

「留守だよ」

背後からそう声がして、秀明は老婆に目を向けた。

「じいさんは孫を連れて遊びに行ったし、息子は学校の用事とかで朝から出掛けたよ。綾子さんは買い物」

「……あ、そうですか」

それでは仕方がない。図面だけ姑に預けて帰ろうかと鞄《かばん》を探る。すると姑がこう言った。

「お茶でもいれよう。そこに座ってな」

姑は縁側を指さす。

「あ、お構いなく。すぐに帰りますから」

「あたしじゃ話にならないってのかい」

じろりと姑が秀明を睨《にら》む。

「い、いえいえ、滅相もない」

「待ってな」

そう言い残して姑は家に入って行く。秀明は仕方なく縁側に腰を下ろした。姑とちゃんと口をきいたのは初めてだが、何となくものの言い方が茄子田に似ていた。

そのうち背中の戸が開いて、姑がお盆にのせたお茶を持って現れた。廊下の端にちょこんと座り、秀明に黙ってお茶を勧めた。

「すみません、頂きます」

濃い緑茶は渇いた喉《のど》に快く染みた。ジュースなどよりずっとおいしかった。

「おいしいです」

「お世辞を言わなくてもいいよ」

「本当です。いつも仕事先で飲むお茶は出涸《が》らしですから。こんないいお茶を頂いたのは久しぶりです」

秀明はお世辞ではなく、本当にそう思って口にした。姑がちょっと微笑んだように見えた。

「今日は新しい図面をお持ちしたんですが」

秀明は湯飲みを置くと、鞄から出した図面を姑に渡す。彼女はそれを受け取ると、ブラウスの胸ポケットから老眼鏡を出してかけ、図面を広げた。

秀明は姑の様子を窺《うかが》い見た。麻の白いブラウスにベージュと呼ぶにはちょっと濁った茶色のスカート。古そうではあるが、洗った白い前掛けをしている。こうしていると、去年死んだ自分の祖母の隣にいるような気がしてきた。祖母は母親よりも厳しい人だった。だから秀明はいつも祖母のところに行くと緊張していた。ちょっとでも行儀の悪いことをすると「こら、秀明」と頭を叩《たた》かれたものだった。

姑はまだじっと図面に目を落としている。分かるのだろうか、このばあさんは、と秀明が思いはじめた時、姑が顔を上げた。

「駄目だね、こりゃ」

「え？」

「二世帯住宅を建てるんじゃなかったのかい。これじゃ今と変わんないよ。せめて台所と風呂《ふろ》だけはふたつにしておくれ」

秀明には返す言葉がなかった。彼の表情を見て、姑は皮肉っぽく笑った。

「どうすりゃいいんだって、顔してんね」

「……すみません」

「悪いけどさ、あんたこの家建てるのは諦《あきら》めなよ」

姑の言葉に秀明は呆然《ぼうぜん》とする。

「どうしてですか？」

「家族の意見がばらばらなんだ。どうしたってまとまらないよ」

「でも、それは話し合って頂いて……」

「無駄だよ」

きっぱり言われて、秀明は絶句する。姑はそこにあった煙草入れからマイルドセブンを出すとくわえて火を点《つ》けた。そして煙草の箱を秀明に投げてくる。秀明は結婚した時から禁煙していたので少しためらったが、煙草を一本抜いた。ライターで火を点けて、軽く吸い込んだ。緑茶と同様、びっくりするほどおいしく感じた。

「あんた、子供はいるんだっけ」

姑の言い方が、何だかテレビドラマの刑事のようで、秀明は笑いたくなった。

「はい。娘がひとり」

「子供ってのは、可愛いだろう」

「ええ、そうですね」

「子供っていうのは、いくつになっても可愛いもんだよ。たとえ三十三になってもね」

茄子田のことを言っているのだと、秀明はやっと気が付いた。最初は孫の話かと思ったのだ。

「じいさんは、太郎に逆らえないんだ」

ゆっくり煙を吐いて、姑は言った。

「太郎を、わがままでどうしようもない人間に育てちまったのは、あたしとじいさんだよ。だから文句の言いようがないんだ。あの子しか、これからの面倒をみてくれる人間はいないんだよ」

「そんな……」

「綾子さんはよくやってくれてるよ」

秀明の当惑をよそに、姑は淡々と話し続ける。

「太郎みたいな人間と連れ添って、あたしゃじいさんの面倒を文句言わずにみてくれる。働き者で子供が好きで、優しい人だよ」

うんうんと秀明は頷《うなず》く。

「あたしはだから、綾子さんが嫌いなんだ」

「……は?」

「嫌いなんだよ。あたしはね、ああいう人間を見てると苛々《いらいら》するんだ」

「ど、どうしてですか。綾子さんの何が悪いんですか」

「太郎の女癖の悪さは知ってるかい?」

姑に聞かれて、秀明は少しためらってから頷いた。

「あの子はちょっと余分なお金があれば、どっか行って女を買って遊んでるんだ。綾子さんもそれを知ってる」

「………」

「どうして知っていて黙ってるのか分かるかい。綾子さんは太郎が嫌いなんだよ。綾子さんは主婦の仕事は何でも好きさ。掃除、洗濯、育児に縫い物。でもひとつだけ嫌いなもんがある。何だか分かるかい?」

「さあ」

「夫とのセックス」

老女の口からそんな言葉が出て、秀明はぎょっとする。

「いい子ぶりっ子が。要するに別れたら生活できないから、綾子さんはこの家にいるんだ。あたしから家事を取り上げて、勝手に自分だけが大変な顔をしてる。確かにあたしの足は昔ほどちゃんと動かないよ。けど、普通に家のことはできるんだ。それを重病人扱いして、台所を乗っ取ったんだ。おとなしそうな顔してるけど、あの女は相当なもんだよ。この家は太郎のもんだ。嫁なんかに自由にされてたまるかい」

秀明は、急に饒舌《じょうぜつ》になった姑の横顔に目を見張った。すっかり萎《しお》れたその肌の下に、そんな激しい憎悪があったとは、秀明には想像もできなかった。

「綾子さんの夢を知ってるかい？」

姑は秀明の返事など待たず、口の端で笑う。

「電話で誰かに言ってたよ。〝私の夢は可愛いおばあちゃんになることなの〟だってさ。ばっかじゃなかろうか。死ぬまで人に媚《こ》びてたいんだよ、あの女は」

秀明は姑から目をそらせた。煙草を足元に捨てて、靴で踏みつぶす。

姑は言いたいことを言ってすっとしたのか、気持ち良さそうに二本目の煙草を吸っていた。秀明は何も言わずに立ち上がり、頭を下げて茄子田家を辞した。

秀明は腹がたっていた。

車に戻ってエンジンをかけ、彼はハンドルに両肘《ひじ》をのせて爪を噛《か》んだ。

姑の言ったことが頭の中をぐるぐる回った。綾子の悪口を言っていたが、では自分はどうなのだと秀明は胸の中で悪態をつく。面倒をみてもらいたいがために、どうしようもない息子から離れられないあんただって、同じようなものだろうと秀明は思った。

煙草が吸いたかった。先程のマイルドセブンの味が口の中に蘇《よみがえ》る。赤ん坊にもよくないし、煙草代だって馬鹿にならないと真弓に言われて、やっとの思いでやめた煙草だった。その味をこうも簡単に思い出させた老人に、秀明はまた腹がたった。

彼は首をぽきぽきと鳴らしてから、ギアを入れてアクセルを踏む。住宅地の中をゆっくりと車を進めた。秀明のマンションのあたりとは違って古い家が多く、ぽつぽつと建てたばかりの二世帯住宅も見える。秀明はその町並みを眺めていると、煙草が吸いたくて堪《たま》らなくなった。

舗道に置かれた煙草の自動販売機が目に映る。秀明は無意識にブレーキを踏んでいた。車を下り小銭で煙草を買うと、ライターもマッチも持っていないことに気が付いた。どこかでライターを売っていないかとあたりを見渡す。

すぐそこの交差点に、酒屋の看板が見えた。秀明が歩きだすと、酒屋の店頭に長い髪の女性がいた。綾子だった。

思わず足が止まった。綾子はこちらに気が付かない。酒屋の店先に置いてある、お買い得のウーロン茶のボトルをじっと見つめている。その表情は、秀明が一度も見たことのない厳しい表情だった。両手にはそれぞれスーパーのビニール袋を下げていた。白い袋の中に、丸ごとのキャベツが見えた。かなり重いはずだ。ペットボトルを買って帰ろうか迷っているのだろう。

　綾子は決心したようにスーパーの袋を地面に置くと、店の中に声をかけた。酒屋の店主が出て来ると、綾子はペットボトルを指さして、二本指を立てた。二本買う気かと、秀明は驚く。お金を払う綾子の笑顔。明るく笑えば笑うほど、透けて見えてしまう不幸。

「綾子さん」

　秀明は声をかけた。振り向いた彼女の顔が、一瞬強張《こわば》った。けれどそれは、あっという間に笑顔の仮面に覆われた。

「助かりましたあ。安売りしてたんで、いい気になって買いこんじゃって」

　綾子は努めて明るい声を出した。運転席の佐藤秀明は、こちらを見ずに口許《もと》だけで微笑んだ。

「ウーロン茶なんて、明日でもよかったんですけど、確か一本もなかったなあって思い出して。うちは下の子以外全員ウーロンが好きだから、すぐなくなっちゃうんですよ。一本にしようかと思ったんだけど、特売が今日までみたいだから、つい二本買っちゃって、家までこの荷物持って帰りつけるかしらって途方にくれてたの」

　秀明は軽く頷いただけで、返事をしない。綾子は恥ずかしくなって口を閉じた。

　彼に会ったのは、あの夜以来だ。ずっと連絡がないということは、あの夜のことを秀明は後悔しているのだと、綾子は結論を出した。だから、今度秀明に会ったら知らん顔をしよう、そう綾子は決めていた。今まで通り、あんなことは何もなかったことにして、茄子田家の奥さんを演じようと綾子は決めていた。

けれど、いざこうやって秀明が突然現れると、綾子は動揺した。せめて電話で、明日伺いますと予告をしてくれたら、心の準備をして待っていたのにと思った。今日は着古したスカートとブラウスだし、足元はサンダルだ。ろくに化粧もしていないし、髪だって朝一度梳《と》かしたきりだ。

綾子は居心地の悪さに、深くうつむいた。今まで秀明は綾子の前では、愛想のいい、よく喋《しゃべ》る人だった。それなのに、今日はほとんど口をきかず、黙って車を走らせている。消えてしまいたい。綾子は目をつぶってそう思った。きっと秀明は、おばさんが無理な買い物をしてみっともないと思っているに違いない。セールスマンだから、お客さんに冷たくするわけにはいかず、こうして仕方なく車に乗せてくれたに違いない。早く車から下ろして。綾子はぎゅっと両手を握り、祈るようにそう思った。

「綾子さん」

その時、突然秀明が彼女を呼んだ。

「は、はい」

「今日はこれから、何かご予定はありますか？」

綾子は秀明の質問の意味が分からなくて、きょとんと目を開く。そして、車が家とは逆の方向に向かって走っていることに気が付いた。目の前に高速道路の入口が見える。

「あ、あの……」

「綾子さん」

秀明がこちらを向いた。怒ったような顔をしている。

「よかったら、少しドライブに付き合ってくれませんか」


佐藤真弓は、緑葉学園の昇降口で来客用のスリッパに履き替えた。壁にかけてある、丸い時計が三時五十分を指していた。

真弓は鼻唄《うた》まじりに廊下を歩いた。先程回った会社で、契約が取れそうなお客を見つけたので気分が良かった。この学校のそばだったので、ついでに職員室に顔を出していこうと思ったのだ。

廊下の窓からは、放課後のクラブ活動をする中学生達の坊主頭が見えた。遠くの歓声、壁に張られた図書館便り、磨かれたリノリウムの廊下。

学校っていいな。真弓はそう思った。真弓は子供の頃からわりと成績が良かった。だから教師の受けもよく、学校に悪い思い出がなかった。嫌なことばかり増えたのは、社会人になってからだなと真弓は思う。

樺木は学校なんか嫌いだったと言っていた。だから、この年になっても職員室の扉を開けるのが嫌で嫌でと笑っていた。そういう理由もあって、樺木はこの得意先を真弓に譲ってくれたのだ。

真弓は職員室を軽くノックする。返事を待たずに引き戸を横に開いた。樺木と最初に訪れた時は昼休みだったので大勢の教師がいたが、今日は広い職員室の中にちらほらとしか人の姿は見えなかった。

「失礼します。リーフ生命ですけれど」

そう声をかけると、書類の山の向こうから、ひょっこり男が顔を上げた。どこかで見たような、と思った瞬間、樺木が「嫌な奴だから気をつけろ」と言っていた男だと気が付いた。

「はい、なんでしょう」

その小太りの男は立ち上がると、真弓ににっこり笑いかけた。嫌な奴だろうがオタクだろうが、保険のセールスに来て愛想よくしてくれるお客は有り難かった。真弓は笑顔を作ってその男に近付く。

「リーフ生命の佐藤と申します」

そう言って、真弓は名刺を渡した。男はそれを受け取ると、名刺と真弓の顔を交互に眺める。

「君、この前職員用の玄関にいた人じゃない？」

「あ、はい。そうです」

そういえば会釈をしたなと真弓は思い出した。

「今度、わたくしがこちらの担当になりましたので、何かありましたら遠慮なくお申しつけ下さい」

　ふうん、と呟《つぶや》いてその男は頷《うなず》いた。

「あ、そこ座って下さい」

　彼は隣の席の椅子を指して言う。真弓はいやに待遇がいいなと思いながら、座布団が縛り付けてあるスチール椅子を男のそばに持ってきて腰掛けた。

　彼は引き出しを開けて、自分の名刺を捜している。真弓はその肉のついた背中を観察した。以前見かけた時と同様、センスの悪いシャツを着ていた。スーパーで売っているようなポロシャツだ。けれど、こういうものしか着ないのなら、洋服代がかからないだろうなと真弓は思った。秀明は自分の給料のことなど考えず、高いスーツを買ってくる。スーツは営業をする上で必要だから仕方ないとしても、普段家で着るシャツまで、ラルフローレンで買ったりするのだ。お洒落《しやれ》なのも考えものだな、と真弓は思った。

「僕は茄子田といいます」

　差し出された名刺を、真弓は受け取った。

　茄子田太郎。

　変な名前だ。思わず笑ってしまいそうになるのを真弓は堪《こら》えた。

「茄子田先生は、何を教えていらっしゃるんですか？」

「社会科です。専門は日本史でね」

「そうなんですか。すごいですねえ」

適当にお愛想を言うと、茄子田はものすごく嬉《うれ》しそうな顔をした。そして顔をこちらに突き出し、こっそりという感じで聞いてくる。

「真弓ちゃんは、新人さんなのかい？」

「……え、ええ。四月に入社しまして……」

強い口臭がして、真弓は思わず椅子ごと後ずさった。真弓ちゃん、といきなり呼ばれたのにも驚いた。

「へええ、いくつなの？」

「……二十八です」

「独身？」

真弓は絶句した。樺木が嫌な奴、と言っていた理由が分かった。

「あ、あの他の先生方にもご挨拶《あいさつ》を」

真弓が苦し紛れにそう言って立ち上がろうとすると、茄子田は真弓の手首をぐいと摑《つか》んだ。

「もう、みんな帰っちゃったよ。僕だけ残業なのよ」

ボクとナノヨ、という言葉が、ものすごく気持ちが悪かった。真弓は引き込まれるようにして、茄子田の顔を見つめてしまった。

意外と目が大きくて、ぱっちりした二重瞼《まぶた》だった。肌がつるつる光っていて、鼻の下にちらほらと不精髭《ひげ》が見える。赤ん坊がそのまま親父になったみたいで気味が悪い。

真弓は納豆のように粘る茄子田の視線から、やっと自分の視線をそらした。部屋の中を見渡すと、入って来た時にはふたりほどいた、他の教師の姿がなくなっていた。真弓が悲鳴を上げそうになる直前、茄子田は手を離した。職員室の扉が開いて、年配の校務員らしき男性が入って来たのだ。

真弓は鞄《かばん》から慌ててパンフレットを出すと、茄子田に押し付けるようにして渡した。

「きょ、今日はこれで。また参りますので」

茄子田はパンフレットを受け取ると、楽しそうにぺらぺらめくる。

「では、あの、失礼します」

「僕さあ」

真弓が背中を向けた瞬間、茄子田は言った。

「生命保険って入ってないんだよね。家族も誰も入ってなくてさあ。こういうの、やっぱり入っておいた方がいいんだろうなあ」

そう言われて、真弓は恐る恐る茄子田を振り返った。

ドラえもんのような邪気のない笑顔で、彼は言った。

「ちょっと、お茶でも飲みませんか？」

学校のすぐ裏手にある喫茶店に、真弓は連れて行かれた。学校のそばだし、店もガラス張りで明るい。ここなら変なことはされないだろうと真弓はほっとした。放課後だというのに、店に生徒の姿はなかった。ということは、生徒はこの店には出入り禁止なのだろうと真弓は思った。

「いやあ、食事でもできるといいんですけどね。今日中にどうしてもやらなきゃいけない仕事があるんで、あんまり時間がないんですよ。申し訳ない」

茄子田はおしぼりで顔を拭《ふ》きながらそう言った。時間がないならお茶になんか誘わないでよ、と真弓は思った。

「いいえ、とんでもない。学校の先生って忙しいんですね」

「そうですね。長い休みがあってうらやましいとか言われるけど、普段の苦労を考えるとサラリーマンの方が気楽でしょうな」

今度はコップの水を一気に飲んだ。落ち着きのない男だ。本当は、こういう時はいきなり仕事の話はせず、世間話からはじめて頃合いを見て保険の話を切りだすのだが、真弓はこの小太りの教師と、あまり世間話などしたくなかった。

「今まで、生命保険に入られたことはないんですか？」

単刀直入に真弓は切りだした。嫌な顔をされるかと思ったら、茄子田は特に気にした様子もなく答える。

「うん、何度か考えたことはあったんだけどね、結局入らなかったなあ」

「……それはまた、どうしてですか」

「うん、保険のおばさんって、なーんかこう嫌な感じの人が多くてねえ。真弓ちゃんみたいな人からなら、入ってもいいなあ」

　茄子田は無邪気にもそう言った。真弓はそれで、茄子田が今まで保険に入らなかった理由を察した。いや、もしかして入ったこともあるかもしれない。きっと、セールスレディーに難癖をつけたりわがままを言ったりしたのだ。セールスレディーが言うことを聞かなければ、契約を解約すると脅す。きっとそういうタイプだと真弓は思った。

「真弓ちゃんは、二十八歳だって言ってたよねえ。今まで何してたの？」

　運ばれてきたコーヒーに、砂糖を山盛り三杯入れながら茄子田が聞いてきた。真弓ちゃん、という言い方が、まるでホステスを呼んでいるようだと真弓は感じた。

　商社にもこういう親父がいたなと真弓は思い出した。女は皆男に媚《こ》びて生きているのだと信じているタイプだ。女には名字などないと思っているらしい。部下も部下でない女性も、皆『ちゃん付け』で呼んでいた。名字で『さん付け』で呼ぶのは、ずっと年上の女に限られる。彼にとってセックスの対象でない人だ。

　真弓はどう答えようかと、少しの間考えた。この男はきっと、気のあるそぶりでも見せれば契約してくれるかもしれない。先程家族のことも言っていた。数件まとめて契約が取れるなら、すぐ解約されても構わないかなと真弓は思った。

「そんな美人なのに、まだ独身なの？」

　茄子田が重ねて聞いてくる。真弓はうつむいて悲しい表情をしてみせた。

「一度、結婚したんですけど」

「え？」

「去年、離婚してしまいまして、今は子供とふたりなんです」

うつむいていた顔をさっと上げて、真弓は明るくそう言った。高校生の時に演劇部で習った〝健気《けなげ》の演技〟がこんなところで生かせるとはと、真弓は笑いそうになる。

茄子田の長い睫毛《まつげ》が、ゆっくり瞬《まばた》きをした。そして遠慮のない「同情」が表情に表れる。言いだした方の真弓が驚いてしまうほどの変化だった。

「そうかあ。悪いことを聞いちゃったね」

「い、いえ、とんでもない。もうすごく元気なんです。仕事は楽しいし、早く次の人を見つけようなんて思って」

「生活なんかはどうしてるの？　ちゃんと食べてるの？　子供は預けてるの？」

大真面目な顔で茄子田が質問してくる。真弓は言葉を失った。

茄子田の大袈裟《おおげさ》な同情は、演技ではないように真弓は感じた。案外、純粋なところがある人なのかもしれないと真弓は思った。

「今は実家に住んでいるので、不安なことは何もないんです。心配して頂いてありがとうございます」

「そうか、それならいいんだけどね。やっぱりさ、女は家庭だよ。家庭がしっかりしてなきゃ不幸なんだよ。いくら金があっても、いい家に住んでても、家族愛がなくっちゃねえ。前の旦那《だんな》ってどういう男だったの？　冷たい奴だったの？」

「……え？　ま、まあ」

「そうか、それはつらい思いをしたよね。いくらいい男だって、家庭をかえりみないような男は駄目だよ。そう思うでしょ？　普段は残業残業で家に戻らなくて、休みの日にはごろごろ寝てるだけで子供の世話なんてしやしない。最近はそんな男ばっかりなんだ。今度はもっと優しい男を見つけなさいね」

　真弓は返事ができなかった。余計なお世話とは思いながらも、茄子田の言うことが、乾いた土に水を撒《ま》いたように胸に沁《し》みた。もしかしたら、彼の家は案外幸福なのかもしれない。いや、少なくとも自分の家庭よりは幸福なんだろうと真弓は思った。

「あれ？　茄子田先生、デート？」

　その時上から子供の声が降ってきて、茄子田はびくっと顔を上げた。チェックのシャツにジーンズを穿《は》いた男の子が立っていた。すっきりした目鼻だちで、髪の色の薄い可愛い子だった。その子の少し後ろに、制服姿の子供が三人ほど立ってこちらの様子を窺《うかが》っている。

「なんだ、葉山。学校帰りに喫茶店なんか入っていいと思ってんのか」

　精一杯、茄子田は威厳を保とうとしているように見えた。生徒だろうか。

「一度家に帰ればいいんでしょ」

「あっちの連中は制服だろ」

　茄子田が威圧的に言っても、その子は顔色ひとつ変えずに笑っている。

「先生、いいじゃん。見逃してよ」

無邪気なのか、ふてぶてしいのか分からない笑顔でその子は肩をすくめる。そしてテーブルの上にあった、真弓の書類袋を突然手に取って社名と真弓の顔を交互に見た。そして、何も言わずににっこり笑う。

真弓はその笑顔にどきりとした。もし自分が中学生だったら、今の笑顔で完全に彼に恋してしまっただろうと思った。きっとこの子はクラスで一番もてるのだろうと直感した。

「じゃあね、先生。お互い内緒ということで」

「何がお互い内緒だ」

茄子田が言い返しても、もうその子はお供を引き連れて、店の一番奥の席へ入って行った。

舌打ちすると、茄子田は伝票を持って立ち上がる。さっさと店を出て行く彼に、真弓は慌てて付いて行った。

「あれは緑山鉄道の会長の孫なんですよ」

「え？」

店を出たとたん、茄子田がそう言った。

「考えてみれば、リーフ生命さんも緑山《みどりやま》グループでしょ。これじゃお互い何にも言えませんなあ」

真弓は茄子田の言っていることの意味が分からず、ぽかんと口を開けた。

「うちの学校もね、葉山のじじいが理事長なんですよ。まったく腹がたつガキだ」

「そ、そうなんですか」

真弓があっけにとられていると、茄子田は急に真弓に掌を差し出した。その掌を真弓はびっくりして見つめる。手でもつなごうというのだろうか。

「コーヒー代、五百円。消費税はいいですよ、奢《おご》ります」

真弓は十秒ほど、茄子田の顔をぽかんと見た。それから慌ててお財布から五百円玉を取り出した。


秀明は、初めて女の子とキスをした時のことを思い出していた。

それは高校二年の夏休みだった。彼女とプールへ泳ぎに行って、帰りにその子の家へ寄った。冷房が利いた彼女の部屋で、秀明は初めて女の子を両手で抱きしめた。日に焼けた肌に冷たい風がさらさらと気持ちよく、彼女の髪からはプールの水の匂いがした。その時そっと唇を合わせた。ただそれだけのことで、全身に電気が走ったのを秀明は思い出した。

綾子のからだを探りながら、秀明はそんなことを考えた。綾子とのキスは、初めてのキスのように全身に電気が走った。

ホテルの薄闇の中に、裸の綾子が横たわっている。秀明は夢中で彼女を抱いた。想像していた通りの彼女の肌。吸い込まれていくような皮膚の手触り。甘い汗の匂い。

綾子は秀明にしがみついて声をあげた。目尻《めじり》に涙がにじんでいる。秀明はそれを唇で拭《ぬぐ》った。

何もかも捨てていい。

秀明はそう思った。

この人を抱けるのならば、この人を幸せにできるのならば、何でもする。

秀明は果てる瞬間、強くそう思った。

妻の真弓には、一度も、かつて一度もそんな風に思ったことはなかった。

5

みどりヶ丘駅周辺で一番高いビルは、二十五階建てのグリーンビューホテルである。その最上階にあるバーで、真弓は愛川支部長と向かい合っていた。

席は窓際の角で、大きな一枚ガラスの向こうに街の灯が見渡せる。年配のウェイターは支部長の顔を見ると、まっすぐこの席に案内した。真弓は一度、知人の結婚式の流れでこのバーに来たことがある。その時もこの席は空いていたのだが、真弓達は当然のように壁際の席に案内された。

「まあ、そうなの」

真弓が思わずその話をすると、彼女は少し困ったような顔をした。

「ええ。でも、腹がたったとかじゃないんです。この席に案内されなかったっていうのは、やっぱりまだ小娘にしか見えないからなんだろうなって納得したんです」

「そんなことはないいんじゃない」

「いえ。支部長みたいにちゃんとした大人の女性なら、すんなり特等席に案内されるんだなって思いました」

「私はただ単に、よくこのお店に来るからよ。ウェイターの人も、よく来るおばさんだからって思って、ちょっと親切にしてくれただけだわ」

支部長はそう言って、カクテルのグラスを口に運んだ。

今日の彼女は、臙脂《えんじ》色の上品なスーツを着ている。少し太り気味ではあるが、着ているものはからだによく馴染《なじ》んでいた。きっと吊《つ》るしで売っているものではなく、オーダーなのだろう。デザインは定番だけれど、生地は誰が見ても分かるような良いものだ。

肩までの髪は、やわらかそうなウェーブがかかっている。白髪は見えない。白い耳たぶには大粒の真珠のピアスが付いていて、首を振ったらどこかへ飛んでいってしまいそうな危うさがきれいだった。

「どうしたの。人の顔をしげしげ見て」

支部長に言われて、真弓は顔を赤くした。

「すみません。あの、おきれいだなって思って」

「いやあね。大学生の息子がいるおばさんをつかまえて」

「本当です。支部長はおきれいです」

真弓が力を入れて言うと、彼女は目許《もと》を優しく緩めて「ありがとう」と口にした。支部長の年は知らないけれど、大学生の息子がいるということは、四十は超えているはずだ。とてもそうは見えない。

「そんなこと言ってくれる人は真弓さんぐらいだわ。今日はキャビアでも何でも食べていいわよ」

そう言って支部長は真弓にメニューを差し出す。

「そ、そんな」

「遠慮しないで。真弓さんは期待の新人さんだもの。入社してからの活躍を思うと、こんなものじゃ足りないぐらいよ。本当に私、感謝してるの」

支部長にそう言われて、真弓はまた赤くなりメニューに目を落とす。そしてぎょっとした。以前来た時は気が付かなかったが、酒もつまみも、都心の一流ホテルのバー並みに高かった。

真弓は、リーフ生命に入社してから半年の間に、新人とは思えないほどの成績を挙げた。誰でも最初は親戚《しんせき》や知人のつてで、ある程度数字を挙げることができる。けれど、真弓は積極的に会社回りをし、時間のある時には住宅の飛び込みまでして、ベテランセールスレディーと同じような成績を挙げた。

そのご褒美に、真弓は支部長に誘われたのだ。

仕事の話や世間話をしているうちに、真弓は酔いが回ってくるのを感じた。支部長は人の話を聞くのがうまかった。人の話に、絶妙な合いの手を打つ。目の前に置かれた甘いカクテルのように警戒心をなくしてしまい、気が付いた時には彼女のペースにはまっている。支部長の営業手腕の秘密が、ひとつ分かったような気がした。

「支部長、私、ご相談したいことがあるんです」

「何かしら。真弓さんの相談だったら、何でも聞かなくっちゃね」

「仕事のことではなくて、プライベートなことなんですけど」

「ご主人のこと？」

簡単に答えられてしまって、真弓は戸惑った。そんな真弓を見て、支部長はまた微笑む。

「プライベートな悩みって言ったら、だいたいそんなところでしょう。驚くことないわ」

「……そうですよね」

「うまくいってないの？」

真弓はこっくり頷《うなず》いた。

夫の秀明の態度が冷たくなったのは、六月の中頃だった。はっきりした理由も分からないまま、もう四ヵ月がたった。

口をきいてくれないわけではない。特に帰りが遅くなったわけでもない。頼めば娘の相手もしてくれるし、休みの日には洗濯ぐらいはしてくれる。表面的には、今までと生活は変わってはいなかった。

けれど、秀明は変わった。真弓が何か話しても、まるで聞いてはいない。そういう傾向は以前からあったけれど、まるで心ここにあらずという感じなのだ。彼は笑わなくなった。以前はテレビを見たり娘のしぐさを見て声を上げて笑っていたのに、今では力のない微笑みを作るだけだった。

そして何より彼は真弓に手を触れなくなった。習慣のように交わしていたキスがなくなり、同じベッドで眠っているのに、彼はここ何ヵ月も真弓を抱いていない。

「やっぱり、浮気でしょうか」

真弓は支部長に夫の様子を話した。彼女は真弓の問いにしばし考えていた。

「何か他に思い当たることは？」

「……ええ、あの」

一番疑問に思ったのは、夏のボーナスを秀明が渡してくれなかったことだ。今まではボーナスが出ると、その半分近くはマンションのローンに払い、残りを何に使うか、あるいはどのくらい貯金をするか、ふたりで話し合った。

ところが今回のボーナスは「君も働いて給料を貰《もら》ってるんだから、いらないだろう」と言って、明細さえ見せてくれなかった。銀行に振り込まれたボーナスを、秀明はその日のうちに全額引き出し、ローン返済の分だけ真弓に渡してきた。

それに秀明は休みの日、家でごろごろしていることが多かったのに、最近は休みの度に出掛けているようだ。ひとりでドライブをしていたと言うので、夜中に車のキーを持ってこっそり見に行くと、遠出をしたほど走行距離は増えていなかった。

「私が仕事をはじめたせいでしょうか」

真弓はぽつりとそう言った。そのとたん、支部長の口調が変わった。

「共働きしてる夫婦の方が今は多いのよ。何でも仕事のせいにしちゃ駄目。いくらはじめたばかりだって、自分の仕事に誇りを持ちなさい」

厳しい口調で言われて、真弓は先生に叱られたような気持ちになった。

「……すみません」

「あら、そんな、謝らないで。ちょっと言い方がきつかったわね。私こそごめんなさい」

「いえ、支部長のおっしゃる通りです」

自分が仕事を辞めたら解決するような問題ではきっとないだろう。そうなら、とうに彼は「仕事なんかやめろ」と言っているはずだ。

「ずばり聞いてみた方がいいんじゃないの？　何が気に入らないのって」

「聞いてはみたんですけど」

「だんまり？」

「……ええ」

「それじゃ、しょうがないわね」

支部長は手にしたグラスの氷を鳴らした。

「もし、本当に旦那《だんな》様が浮気をしてたら、真弓さんはどうするつもり？」

支部長に聞かれて、真弓はしばらく黙り込んだ。

もし本当にそれが浮気ならば、かえっていいかもしれない。一番困るのは、それが浮気ではなく本気だった時だ。

「厳しいことを言うようだけど」

真弓が答えないでいると、支部長がそう言った。

「ある程度は、覚悟しておきなさい。夫婦なんて、簡単なきっかけで駄目になるものよ。そうしたら、あなたはひとりで娘さんを育てていくのよ。それとも、子供なんて旦那様にあげてもいいって思う？」

真弓は慌てて首を振った。自分が甘ったれた人間であることは分かっている。けれど、どんなことをしてでも娘だけは手放したくなかった。

「結婚に失敗した私が言うと、負け惜しみみたいだけど」

支部長は口の端で笑う。

「結婚なんて、今の日本ではうまくいく方が珍しいのよ。よっぽどできた人間同士じゃなければ無理だと思うわ」

「……そうでしょうか」

「私、思うんだけどね。男だって女だって、人間ならば誰だって自分を高めてみたいものなのよ。そういう欲求っていうのは本能だと思うの。でもやっぱり、いくら熱中したって趣味では自己実現はできにくいのよ。仕事でなくっちゃ、自分が成長していく喜びっていうのは得られないと思うの」

自己実現。使ったことのない単語が、支部長の口から出る。真弓は酔いでぼんやりした頭で繰り返した。自己実現。

「主婦っていうのは、かつては確かに職業だったと思うわ。子供もたくさんいたし、電化製品だってそうそうなかったし。でも今は、主婦の仕事なんて、やろうと思えばいくらでも簡単にできるわよね」

「……ええ」

「そりゃ、ちゃんと仕事だって意識して専業主婦をしていらっしゃる方もいるけれど、やっぱり、今の社会では、自分を高めようと思ったら家の中にはいられないわ。それに、考えてごらんなさい。主婦っていう仕事が、やりがいがあって素晴らしい職業だったら、世の中の男達もこぞって主夫になりたがるはずよね」

支部長は軽く首をすくめる。

「でも、外に働きに出れば、家事や育児は誰がするのかしら。やっぱり女の方がやるわけでしょう。今は男の人も進んで家事をする時代だって言うけれど、結局はただの手伝いなわけじゃない。仕事に対して持っているような責任感は、家の仕事については持ってないのよ」

真弓は大きく頷いた。本当にその通りだ。

働きたいという、単純で当然な欲求を果たすために、結婚している女性は、大きな荷物を背負うことになる。これでは、うまくなんかいくわけがない。出生率なんか上がるわけがない。

真弓は秀明に対して、新たに怒りが湧いてくるのを感じた。

いくらパートとはいえ、真弓は一生懸命働いていた。娘の保育園の送り迎えをし、夫の食事の心配をし、掃除だって何だって真弓がほとんど全てを仕切っていた。

それなのに、秀明は何が不満なのか知らないが、真弓にお疲れさまの一言も言ったことがない。その上、浮気などしているとしたら、あまりにも理不尽ではないか。

いっそのこと、別れてしまおうか。

そう思いついたとたん、意思に反して目頭がじわりと熱くなる。

真弓は秀明が好きだった。出会った頃の、新婚の頃の、優しい秀明が好きだった。別れたくなんかなかった。何故好きなのに、別れなければならないのだろう。秀明と結婚をしてよかったと、つい数ヵ月前までは思っていたのに。

何故こんな風になってしまったのだろう。何が気に入らなくて、何が原因でこんなにも夫に冷たくされなければならないのだろう。

うつむいている真弓の前に、桜色のハンカチが差し出された。顔を上げると、支部長が目を細めて真弓を見ていた。

「泣かすつもりなんてなかったのよ。ごめんなさいね」

「……いえ、支部長のせいじゃないんです」

真弓はハンカチを受け取って、涙を拭《ふ》いた。

「ねえ、真弓さん」

支部長は柔らかく名前を呼んだ。

「真弓さんのつらい気持ちはよく分かるわ。もうずいぶん前だけど、私だって主人とうまくいかなくって、泣き暮らしたこともあったもの」

彼女は自分の離婚の顚末《てんまつ》を、簡単に真弓に話した。その話は意外とありきたりな話だった。夫の浮気、姑《しゅうとめ》とのいさかい、小さな子供を抱え、八方塞《ふさ》がりの死んだような毎日。けれど、現実だからこそありきたりな話なのかもしれない。

「経験者として、離婚を勧める気はないわ。でもね」

支部長は自分の指先を点検するように、広げて見る。うつむいた睫毛《まつげ》が、かすかに震えているように見えた。そして、真弓に顔を向けると、暗い影が消え、いつもの柔らかい笑顔が戻った。真弓はふと〝健気《けなげ》の演技〟を思い出す。

「真弓さん。でもね、どうしても駄目だったら、勇気を出して一度ひとりになってみるのもいいわよ。別れたらもう、旦那様とは二度と会えないっていうわけじゃないんだから。夫婦を解消しても、また恋人同士に戻ればいいんだから」

支部長の言葉が、魔法のように真弓の頭の上から降りかかった。恋人同士に戻る？ 別れたら、また秀明が恋人同士だった時のように優しくなるかもしれない？

真弓は支部長の、卵形の顔をすがるように見上げた。

「真弓さんには、仕事があるじゃない。何も恐れることはないわ」

聖母のように支部長は微笑んだ。

秀明は、服を着る綾子をベッドの中から眺めていた。

ショーツ姿の彼女が、きれいに畳んで置いてあったスリップを着る。最初の頃は綿の下着しか着ていなかった彼女が、最近ではレースの下着をつけてくるようになった。薄いレースの下着をつけた綾子は美しかった。白い背中に流れる、細くて黒い髪。膝《ひざ》の裏側も腕のつけ根も、秀明が今まで見たどんな女よりも色気がある。

しかし、どれほどいい女でも、抱いてしまった後はほんの少し興味が失《う》せる。秀明は煙草に火を点《つ》けた。

ふと目を上げると、秀明が寝ころがっているベッドの前に綾子が立っていた。その顔が涙ぐんでいる。

「綾子さん？」

秀明は驚いて、煙草を灰皿に押しつけた。彼女は立ったまま両手で顔を覆うと、少女のようにしくしくと泣きだした。

「綾子さん、どうしたの？　なんで泣いてるの？」

秀明は彼女の手を取って、ベッドに座らせた。手首を取って顔を覆った両手を広げる。泣きべそをかいた綾子の顔が現れた。

「……秀明さん、私のことが嫌いになったの？」

「え？」

「なんか、今日は冷たいんだもの」

「どうしてさ。いつもと変わらないよ」

秀明には訳が分からなかった。冷たくした覚えなど何もない。秀明は綾子の肩を抱き寄せて髪を撫《な》でた。

「嫌いだったら、こんな所には誘わないよ」

「……そうね。変なこと言ってごめんなさい」

彼女は小さく洟《はな》をすすった。

「もうあんまり時間がないんだろう。支度しなよ」

「平気。もう少し」

秀明は綾子のからだをベッドに倒し、ゆっくり唇をあわせた。もう電気は走らない。けれど綾子とキスをすると、ゆったりした気分になる。

綾子とホテルで会うようになって四ヵ月がたとうとしていた。その間に何度彼女を抱いただろうと秀明は思った。

秀明の休みの水曜日は大抵会っていたので、十回以上になるだろう。

夏の初め、秀明が勢いで綾子を抱いてしまった時、きっとこれ一度きりだと思っていた。不倫の交際を続けていけるような女性ではないだろうと思っていたからだ。

ところが、綾子の方からこれからも会いたいと言い出したのだ。秀明さんの家庭を壊すつもりはないし、自分も家族を捨てるつもりはないけれど、時々こうやって抱いてくれると嬉《うれ》しいと綾子は言った。

ドライなふりをしているだけだと、秀明にも分かっていた。けれど彼の感情も、もう後戻りができないところまできていた。

綾子はうっとりと目を閉じている。何もかも忘れたような顔をしているけれど、子供の帰宅時間は決して忘れない。

彼女はあと五分もしないうちにぱっちりと目を開け、秀明の肩ごしに壁の時計を見上げて起き上がるだろう。

そう思っているうちに、綾子の瞼《まぶた》が開かれた。

秀明は、綾子を家のそばまで送って行くことはできない。

緑山鉄道の終点、杉林駅まで秀明は彼女を車で送る。その駅からみどりヶ丘駅までは、二十分ほどかかる。家族にはフラワーアレンジメント教室に通っていると言って出掛けている綾子は、そこから電車に乗って帰るのだ。

杉林駅周辺は、みどりヶ丘ほどではないが、だいぶ開発が進んでいる。昨年、かなり大きな駅ビルもオープンした。

秀明は、駅の裏の目立たない路地に車を停めた。綾子が悲しそうな顔で秀明を見る。

「来週も会える？」

「うん。たぶん大丈夫だよ」

秀明がにっこり笑うと、綾子はほっとした表情を作った。けれど、その笑顔はすぐに曇った。助手席の彼女が、彼の手を握ってくる。

「秀明さん、私のことが好き？」

綾子のすがるような目に、秀明は戸惑った。

「ねえ、答えて。私のこと、愛してる？」

女というのは、どうしてそう言葉が欲しいのだろうと秀明は思った。そんなことを、いちいち口にするのは面倒だし恥ずかしい。

「好きだよ。愛してる」

それでも秀明は、綾子の手を握り返してそう言った。これは不倫なのだ。ムードぐらい盛り上げないといけない。

「本当ね？」

綾子は念を押した。秀明は頷《うなず》いてみせる。

今日の綾子は、少し情緒不安定だった。秀明は彼女をなるべく刺激しないように、極力優しい声で言った。

「十四分の急行に乗るんだろう？　もう行かないと間に合わないよ」

「いいの。その次のに乗るわ」

綾子はそう言って、運転席の秀明にもたれかかった。秀明は腕を回して綾子の肩を抱いた。そして次の急行までの十分間の話題を考えた。そしてふと〝話題を捜している自分”に気が付いた。

「綾子さん」

首を一度ぽきりと鳴らしてから、今考えてしまったことを振り切るように明るい声を出した。

「なあに？」

「茄子田さんは、家のこと何か言ってるかな」

「……え？」

「いや、この前渡した図面は、結構気に入ってもらえたみたいなんでね。他の会社はどんな感じかな？　うちと契約してくれるつもりがあるのかな」

最初綾子は、秀明の言葉をきょとんとした顔で聞いていた。それから徐々に、眉間《みけん》のあたりを曇らせる。

「どういうつもりで、そんなこと聞くの？」

「え？」

「家のことも主人のことも、私は知らないわ。私はスパイじゃないのよ。それとも秀明さんは契約欲しさに私と付き合っているの？」

責める綾子の目に、また涙が滲《にじ》みはじめる。秀明は慌てて首を振った。

「違うよ。そんなつもりで聞いたんじゃないんだ」

「じゃあ、どういうつもりなのよ」

「どういうって……」

秀明は言葉に詰まった。他に話題がなかったからとも言えない。

綾子はしくしく泣きだした。秀明はその姿を見ながら、また首をぽきりと鳴らした。

とたんに綾子が顔を上げ、堰《せき》を切ったように彼にくってかかる。

「家なんて建て直したくないわ」

彼女は涙も拭《ぬぐ》わずに言った。

「二世帯住宅って言ったって、結局今と何も変わらないじゃない。家なんか建て直したら、私はあの家から本当に出られなくなるわ」

秀明はその言葉に、背中がぞくりとするのを感じた。出られなくなるということは、出たいと思っているわけだ。

「秀明さんは私をどうするつもりなの？　私を愛しているんでしょう？　どうしてそんなことを言うの？　本当は奥さんと別れるつもりなんてないんだわ。私といっしょになるつもりなんてないんだわ」

これ以上我慢できないとばかりに、綾子は泣き崩れた。秀明は運転席に座ったまま、全身が固まっていくのを感じた。

自分の家庭も、彼の家庭も壊す気はないと言ったのは綾子だった。それを鵜呑《うの》みにした自分も自分だったが、綾子がそこまで思い詰めているとは思っていなかった。

もう、会わない方がいいのかもしれない。

秀明は泣き続ける彼女を見ながら、そう考えた。しかし別れを考えたとたん、驚くほど胸が苦しくなるのを感じた。

秀明は綾子が好きだった。その気持ちに嘘はなかった。女房の真弓よりもずっと愛していると思った。

では、綾子の望む通りお互い離婚していっしょになればいい。ふたりとも配偶者に嫌気がさしているのだから、そうするのが一番自然なことかもしれない。

明日《あした》の朝まで泣き続けそうな感じに見えた綾子が、そこで顔を上げて腕時計を見た。次の急行に乗らなければ、子供より早く家に着くことができないからだ。

「そんな顔で帰ったら、何かと思われるよ」

秀明は洟をかむ綾子にそう小声で言った。綾子は答えず、車のドアを開けた。秀明もドアを開け運転席から下りる。

人に見られては困るという理由で、綾子は秀明が改札口まで付いて来るのを拒んでいた。けれど、今日は秀明に手を差し延べると、彼の手を握って駅に向かって歩きだす。

切符を買って改札口の前に立つと、綾子はやっと弱々しいながらも笑顔を見せた。

「ヒステリーを起こして、ごめんなさい」

「いいんだ。僕が悪いんだ」

秀明がそう言うと綾子は肩をすくめる。

「ねえ、秀明さん。知ってる？」

「……何を？」

「首をこう、ぽきっと鳴らす癖があるでしょう」

綾子のしぐさを見て、秀明は笑った。

「そうだね。癖だな、それ」

「秀明さんはね、自分に都合の悪い時や怒った時に、その癖をするのよ。知ってた？」

言葉を失った。彼が何か言う前に、彼女は身をひるがえすようにして改札口に入って行く。その後ろ姿を見送ってから、秀明はポケットに手を入れて、ゆっくり歩きだした。

まだ、午後の三時にもならない。秀明は滅入《めい》った気持ちのまま、駅の構内から続いている駅ビルの方へ何となく歩いた。雑誌でも買って帰ろうかと思ったのだ。

駅ビルの入口に煙草の自動販売機を見つけて、ラークを買った。財布を取り出したついでに、入っている金額を確認する。給料日までまだずいぶんあるのに、財布の中身はもう寂しかった。

今まで秀明は、特に金を使う方ではなかった。服はボーナスで買っていたし、普段は食費ぐらいしか金を使っていなかった。

しかし綾子とのことがはじまってから、出費がかさんでしょうがなかった。いくら休憩とはいえ、ホテルへ行けばそれなりに金はかかる。ホテルに行く前に食事ぐらいはするし、最近また煙草を吸いはじめたので、その金も馬鹿にならない。

夏のボーナスを崩してやってきたが、それももうすぐ底をつくだろう。ボーナスで真弓に何も買ってやらなかったことを、きっと彼女はおかしいと思っているだろうし。

秀明は駅ビルの中をぶらぶら歩きながら考えた。

こんなことはきっと、いつまでも続けてはいられないだろう。綾子と真弓、どちらの女に金を使うべきなのか、秀明は判断できなかった。

ふと秀明はショーウィンドーの前で立ち止まる。秋のスーツが彼の目を引いた。

「……新しいスーツ、欲しいなあ」

ガラスに映った秀明が、ゆっくりと首を鳴らすしぐさをした。

茄子田太郎は、風呂《ふろ》に入りながら米米《こめこめ》クラブの「君がいるだけで」という歌を歌っていた。

太郎がカラオケで歌うのは演歌かムード歌謡だったが、最近行きつけの『レイナ』でも演歌は少数派になっていた。

ホステスのアイが、その歌が好きだということを小耳に挟んだので、太郎は練習することにしたのだ。来月、アイの誕生日がある。その時に歌ってやったら喜ぶだろうと思ったのだ。

太郎は湯舟を出て、からだを洗い始めた。彼の家の風呂は、今ではもう珍しい木製の風呂桶《おけ》だ。数年前までは薪《まき》で沸かしていたのだが、さすがにガスに取り替えた。家を建て替えるとなると、この風呂ともお別れだなと太郎は思った。古くてぎしぎしいうし、端の方は腐りかけている。それでも、なくなってしまうと思うと少々感傷的になった。

家の新築の計画は、思ったように進んでいなかった。夏休みの間には、どこのハウジング会社にするか決めるつもりでいたのだが、家そのものよりも、営業マンが気に入らない奴ばかりなのだ。

太郎が言うことに、ことごとく反対ばかりするし、そんなことも知らないのかという馬鹿にした目で見る営業マンもいた。

「やっぱ、佐藤のとこかな……」

太郎は独り言を呟《つぶや》いた。

茄子田家に来ている数人の営業マンの中で、一番若い人間はグリーンハウジングの佐藤秀明だった。

最初はこんな若造に任せられるかと相手にしていなかったが、次第に若い男の方が素直に客の言うことを聞くことが分かった。

一生に一度の高い買い物なので、太郎は納得のいくものが建てたいと思った。その点佐藤だったら、何でも素直に聞いてくれるだろう。相談にも快く乗ってくれるだろう。

「宝くじでも当たらねえかなあ」

太郎は湯気の中でそう呟いた。

贅沢《ぜいたく》は嫌いだが、もう少し余裕があれば家族のためにもっといろいろなことをしてやれる。生命保険だって躊躇《ちゅうちょ》せずに入ることができるのに。

先日、学校に来た保険会社の女を太郎は思い出した。

もう少し若い頃、太郎は家族のために生命保険に入ったことがあった。けれど、外交員の態度の悪さに、すぐに解約してしまった。保険会社なんて、契約をするまではまとわりついてくるくせに、契約してしまえばボールペン一本よこさないのだ。ちょっと文句を言うと嫌な顔をされる。まったく、客をなんだと思っているのか。

リーフ生命の真弓という女は、離婚してひとりで子供を育てていると言っていた。グリーンハウジングの森永祐子ほど若くはないし、確かによく見ると子供を産んだ女らしく、腰のあたりに肉が付いていた。けれど、いい女だった。人を中年扱いする祐子より、真弓に乗り換えようと太郎は思った。

あんないい女をつらい目にあわすなんて、旦那《だんな》だった男はどういう奴なんだと、太郎は軽く歯ぎしりする。

真弓の態度がいいようなら、家族全員で保険に入ってやろうか。そうすれば、彼女はきっと俺に感謝するだろう。食事ぐらい付き合ってくれるかもしれない。

太郎はそう考えながら、石鹸《せっけん》の泡をお湯で流した。そしてふと股間《こかん》に目を落とす。

他の女のことばかり考えていたが、女房の綾子をもう何週間も抱いていなかったことを思い出した。

太郎が風呂から上がると、テレビの前には父親しかいなかった。

「父さん、綾子は？」

瓶ビールとコップをテーブルの上に置いて、太郎はあぐらをかく。

「頭痛がするとかで、もう寝たよ」

「頭痛？」

「ああ」

「子供達と母さんは？」

「部屋」

父親は太郎を見ず、じっとテレビに顔を向けたまま答えた。

そういえば、今日の綾子は元気がなかったように太郎は思った。目のまわりがなんとなく腫《は》れぼったい感じだったし、声にも張りがないような気がした。

太郎はコップにビールを注ぐと、一気にそれを飲み干した。ぶはっと息をついたところで父親が言った。

「綾子さんをもっと大事にせんかい」

父親の言葉に、太郎はビールを注ぐ手を止めた。父親はまだテレビに顔を向けたままだ。

「どういう意味だよ」

「遊ぶのもほどほどにしろという意味だ。お前が外で遊ぶ金を全部貯めてたら、家の資金だってもっと余裕が持てたはずだぞ」

「父さんに言われる筋合いはないね」

笑いさえ含んで、太郎は言い返した。やっと父親は太郎の方を見た。

「ずいぶん熱心に慎吾たちを動物園や遊園地に連れて行ってくれると思ったら、動物園は動物園でも馬しかいない動物園だろう？　遊園地はボートか自転車のレースか？」

父親は太郎の顔を見たまま、何も言い返さなかった。

「俺のことを言うなら、父さんはなんだい。父さんが定年になるまで遊びに注ぎ込んだ金をそのまま貯めてたら、とっくに立派な家が建ってただろうよ」

太郎はテーブルの上にあった爪切りを取って、畳の上に足を投げ出した。

「別にいいよ。父さんの稼いだ金をどう使おうが父さんの自由だからね。でも、退職金には手を出さないでくれよ。あれは俺が建てる家の頭金にするんだから」

パチンと足の親指の爪を切る。父親の顔にその爪が飛んでいった。

「太郎っ」

「父さんには、何も言う権利はないよ」

掌を上げて、太郎は父親が怒鳴るのを止めた。

「追い出しはしない。俺は家族みんなの幸福を願ってるんだ。な、そうだろう、父さん。自分の分の給料は、どう使ったって文句は言わないよ。その代わり家の金に手を出すのはやめてくれ」

「どういう意味だ」

「慎吾と朗を連れて遊びに行くと言っちゃあ、綾子から二万も三万も持っていかないでくれよ。動物園の入場料ってそんなに高いのかい？」

父親のこめかみに浮き出た血管を太郎は眺めた。

「子供達に、悪い遊びを教えたくない。もう連れて行かないでくれ」

父親は全身を震わせて、畳の上に立ち上がった。テレビからは、クイズ番組の笑い声が聞こえてくる。

「子供なんてものはなあ」

絞り出すように、父親は言った。

「親がどんなに愛情を注いで育てても、勝手に悪い遊びを覚えるもんなんだ。自分の子供になど、期待するもんじゃないぞ」

そう言い捨てて、父親は部屋を出て行った。


「また、おじいちゃんと喧嘩《けんか》したの？」

彼が二階の寝室の襖《ふすま》を開けると、布団をかぶったまま綾子がそう聞いてきた。太郎は答えずに、綾子の隣に敷かれた布団にもぐり込む。

「頭が痛いんだって？」

「……ええ」

布団の中から、綾子のくぐもった声がした。

「薬、飲んだのか？」

「薬は嫌いだから」

「そうだったな」

太郎は暗い天井を見上げて、そう答えた。

綾子は昔からそういう女だった。薬ひとつにしても、飲めば楽になるのに、化学合成されたものを体に入れたくないと、余程のことがないと薬を口にはしなかった。

野菜も無農薬のもの、ジュースもお菓子も手作りで、コーヒーや酒は絶対口にしない。そんな潔癖で頑固なところのある女だ。

頑固なわりには、綾子が弱い女であることを太郎は知っていた。舅《しゅうと》にせがまれれば言われるままに小遣いを渡し、もう十年近くいっしょに暮らしているのに、まだ姑《しゅうとめ》の視線におどおどしている。息子のことを本気で叱ることができないし、太郎の夜遊びにも文句ひとつ言えはしない。

綾子に比べて、世の中の女は皆なんて強いのだろうと太郎は感心した。

『レイナ』のアイは、尻《しり》を触られようが何を言われようがスナックで楽しげに働いているし、祐子はあの若さでハウジング会社の営業をしている。リーフ生命の真弓は、離婚して女手ひとつで子供を育てていると言っていた。綾子には、決してできないことだろう。

そんな弱い綾子の中心に、一本の頑固さが棒のように立っている。それはしなやかには曲がらないので、綾子の頑固さには、いつかぽきりと折れてしまいそうな危うさがあった。

太郎は、そんな綾子を愛していた。

自分が守らなければ、きっとぽきっと折れてしまう女なのだ。

「また、母さんに何か言われたのか?」

太郎は暗闇の中で、そっと綾子に聞いた。

「……いいえ」

「慎吾のことか?」

「……違うわ。ただ頭痛がするだけ」

太郎はゆっくり起き上がると、綾子の布団の膨らみに手をやった。綾子はぴくりとも動かない。

「父さんに、もっと綾子を大事にしろって言われたよ」

綾子は答えない。

「大事にしてるつもりなんだけどな」

彼女の背中のあたりを太郎は布団の上からゆっくり摩《さす》った。そして、足を彼女の布団の中にそろそろと入れる。

太郎は綾子から拒まれたことは、一度もなかった。そしてその日も、太郎は綾子の布団にもぐり込み、綾子のパジャマを下だけ脱がせた。

綾子は声ひとつ出さなかった。

秀明が休みの水曜日、真弓は休みを取った。

前の日、真弓が「明日は私も会社を休むから、たまにはどこかに遊びに行きましょう」と言うと、秀明はかすかに狼狽《ろうばい》を見せた。

真弓はあえてそれを指摘しなかった。きっと、どこかに出掛ける予定があったのだろう。もしそれが、やましいことのない用事ならば、秀明は「用事がある」と言ったはずだ。やましいからこそ「用事がある」とは言えなかったのだと真弓は思った。

本当は秀明といっしょにいるのは苦痛だった。このまま何も考えず、すれ違いの生活を送っていこうと思えばいけたのだが、真弓の方もそろそろ限界にきていた。

もし秀明が一日中機嫌が悪かったら、何としてでもその原因を追及しようと真弓は決心した。

それに、浮気をしているかもしれないというのは真弓の思い違いで、一日いっしょに遊べば、以前のようなふたりに戻れるかもしれないというかすかな期待もあった。

その日の朝、真弓はチャイムの音で目が覚めた。ドアチャイムが三回続けて鳴らされた。

枕元の時計を見ると、もう昼近い。早く起きてお弁当を作るつもりだったのにと舌打ちをする。横を見ると、秀明はぐっすりと眠っていた。娘の方もくうくう眠っている。

真弓はパジャマのまま玄関に行って、薄くドアを開いた。ドアの前には隣の部屋の奥さんが立っていた。

「あ、すみません、まだお休みでしたか?」

「いえ……まあ、仕事が休みだったもので」

真弓はもごもごと言い訳をした。

「あの、もしよろしかったら、一階の管理人室に来て頂けませんでしょうか」

隣の奥さんは抑揚のない声で言った。彼女はたぶん真弓と同い年ぐらいだろうと思われる。けれど、潑剌《はつらつ》としている真弓に比べてどこか疲れた感じがあった。

「下の花壇をつぶして、自転車置場にしようっていう話が出ているんですけど」

「はあ……」

「佐藤さんは、どう思われます?」

隣の奥さんは、やる気のなさそうな声でそう聞いた。

「うちは別に、何でもいいですよ」

「今、管理人室でそのことを話し合ってるので、できたら来て頂けませんか」

上目遣いで彼女はそう言った。真弓は断る口実を考えたが、うまい言い訳が思いつかなかった。

「あの、差し出がましいですけど」

真弓が何も答えずにいると、隣の奥さんはおずおずと言った。

「佐藤さんはいつもお家にいらっしゃらないから、たまには顔を出しておいた方がいいと思いますよ」

彼女の言葉に厭味《いやみ》はなかった。たぶん、他の住人達から文句が出ているのだろうと真弓は思った。先月、マンションの自治会の当番が回ってきた時、とてもそんなことをしている時間の余裕がないと言って断ったのだ。それでご近所に反感をかったのかもしれない。

「分かりました。すぐ行きます」

そう言って、真弓はドアを閉めた。

パジャマを脱ぎ捨て、急いで服を着た。髪をざっと梳《と》かしながら寝室を覗《のぞ》くと、秀明が起き上がって煙草を吸っていた。

「ヒデ、子供のそばで吸わないでって言ったでしょう。吸うんならベランダへ行ってよ」

真弓が文句を言うと、秀明は無表情のまま灰皿に煙草を押し付けた。煙のせいか、娘も目を覚ましたようだ。

「今、管理人室で、自転車置場を作る相談をしてるんだって。呼びに来られちゃったから、ちょっと顔を出して来るわ」

「飯は？」

秀明の何気ない問いに、真弓はむかっとする。

「大人なんだから、自分で食べられるでしょう。麗奈にも食べさせておいてね。私だって何も遊びに行くわけじゃないんだから」

言葉を荒らげると、秀明は首を傾《かし》げてぽきりと鳴らした。真弓は怒りの言葉を飲み込んで玄関に向かう。

力まかせにドアを閉めたところで、廊下の壁に寄り掛かっていた、隣の奥さんと目が合った。

「あ、待ってて下さったの？」

「ええ、まあ。私も実は憂鬱《ゆううつ》で」

子供のような顔をして、隣の奥さんは笑った。真弓もつられて微笑んでしまう。肩を並べて、真弓と彼女はエレベーターに向かった。

「その自転車置場の話って、もめてるんですか？」

真弓が聞くと、彼女は曖昧《あいまい》に首を傾げた。

「花壇をつぶすこと自体は、反対している人は二、三人なんですけど」

「ええ」

「本当に自転車置場にするとなると、結構費用がかかるみたいなんですよ。この棟の人達でお金を出し合うことになると思うんですけど、自転車を持ってない人からもお金を徴収するのはおかしいって言う人が大勢いて」

なるほどねと真弓は頷《うなず》いた。

真弓の家でも自転車は使っていない。駐輪場にしたいのなら勝手にすればいいけれど、使いもしない施設のためにお金を取られるのは腹がたつ。金銭的に余裕があれば、気持ちよく出してあげたいが、苦しいのはどこの家もいっしょだろう。

それにしても、そんなことで住民達がもめているところへ行くのは気が重かった。

真弓はこのマンションに越して来た当初、同じ棟の人達と生協の共同購入をやっていた。すぐそこにスーパーはあるのだが、生協の方が安いし、米や牛乳など重いものは配達してもらった方が便利だ。そういう理由の他に、真弓も真弓なりに隣近所の人と親しくなりたいという気持ちもあった。

けれど、真弓は生協を半年足らずでやめた。

理由はいろいろある。生協というのはわりと大きい家族向けで、肉も野菜もひとつの単位が大きすぎて、食べないうちに腐らせてしまうことが多かった。いくら安くても、食べないものをたくさん買ってもしょうがない。それよりは、スーパーで人参《にんじん》一本、タマネギ一個を買った方が結果的に割安になる。

そして、生協というのは思ったよりもいろいろと係がある。当時真弓は専業主婦だったが、初めての出産で心の余裕がなかった。

それに、近所の奥さん達に、真弓はうまく馴染《なじ》むことができなかった。年齢的にはそう変わりはないはずなのに、マンションの主婦達は完全におばさんだった。

生協の配達の人に図々《ずうずう》しい文句をつけたかと思うと、三時のおやつのことを「お三時」なんて言い方をする。突然訪ねて来て、お茶もお菓子も遠慮なく平らげ、勝手にテレビを点《つ》けてワイドショーを見てなかなか帰ってくれない。

ああはなりたくない、と思ったのが、真弓が仕事に出たいと思う発端だった。安穏と暮らす自制心をなくしたおばさんだけにはなりたくないと、真弓は思ったのだ。

「あ、手塚さん」

手塚というのが、隣の奥さんの名前だ。

「……はい？」

「猫、飼い始めたんですね」

真弓は思い出したから何気なく言っただけだったのだが、彼女は狼狽して立ち止まった。

「あ、あの」

「え？　どうしたの？」

「佐藤さんの部屋まで行きました？」

「いいえ。ベランダに出たら、手塚さんちの窓のところにいたから」

「誰かに、おっしゃいました？」

「いいえ、別に誰にも」

「そうですか」

隣の奥さんは、ほっとしたような様子で言った。

「このマンションって、ペット飼ったらいけないんでしたっけ」

「ええ……あの、だから、黙っていてもらえますか？」

「もちろんよ。マンション住まいだって、今は猫ぐらい黙認されてるんじゃないかしら。平気よ。手塚さんのところだけじゃないわよ、きっと」

彼女があまりにびくびくした様子なので、真弓は元気づけるように言った。彼女は弱々しく微笑む。

エレベーターに乗ると、真弓は隣の奥さんの横顔をそっと眺めた。

隣に住んではいるが、ちゃんと口をきいたことはほとんどない。同じ年ぐらいの感じだが、彼女はどこかおばさんくさかった。ぱっとしない色のセーターと、きっとウエストがゴムであろうギャザースカート。素足に白い靴下を穿《は》いて、サンダルをつっかけている。長い髪も何となく垢《あか》抜けない。

子供はいないようだが、どこかに働きに行っている様子もない。旦那《だんな》さんは時間の不規則な仕事らしく、夜中の三時頃帰って来たりする。秀明がいつかエレベーターで顔を合わせた時、出張らしい旅支度だったと言っていた。いつもしんとしているので、旦那さんはいないことの方が多いのだろうと思った。

子供もいないし、仕事もしている様子はない。生協には入っていて、近所の主婦達との付き合いはあるようだけれど、それだけでは時間が潰《つぶ》れないだろうと真弓は思った。

夫のいない長い時間、この人はいったい何をしているのだろう。真弓は少し意地悪な気分になって、彼女に聞いた。

「手塚さんは、お仕事していらっしゃらないの?」

エレベーターが開いたと同時に、真弓は聞いた。彼女が真弓の顔を振り返る。真弓はさっさと先にエレベーターを下りた。慌てた様子で彼女も後に続く。

「私、春から保険会社のセールスレディーをはじめたんだけど」

「……知ってます」

真弓はその答えに目を丸くした。

「私、言いましたっけ?」

「いえ、あの……どなたかがおっしゃってたから」

もごもごと彼女が言う。なるほど、ご近所ではすっかり噂になっているのだと真弓は悟った。

「手塚さんも、時間が余ってしょうがないのなら、いっしょに働きません?」

愛想よく笑って真弓は言った。セールスレディーの仕事というのは、保険の勧誘だけでない。人の出入りが激しい職場なので、人材の確保も大切な仕事なのだ。

「セールスレディーなんて大変そうって思うでしょ。私も最初はできっこないって思ってたの。でも、やってみると意外とできるのよ。いろんな方と知り合いになれるし、勉強になることも多いし、第一楽しいわよ。今度、一度支部に遊びに来ない?」

真弓の顔を、彼女はうつろな目で見ている。真弓は彼女の反応のなさに少し苛《いら》ついた。

「手塚さんにも、夢があるんじゃない？」

真弓は研修で習った、外交員の勧誘の仕方を思い出して言った。女というのは〝夢〟という言葉に弱いのだ。

「夢？」

案の定、彼女が問い返す。

「夢を叶《かな》えるには、ただ待ってたんじゃ駄目なのよ。どんな夢だって、やっぱりお金や人生経験が必要でしょ。何かはじめなくっちゃ」

真弓が笑顔でそう言うと、彼女は視線をふっとそらした。そして呟《つぶや》くように言った。

「仕事、する気はないから」

そう言って彼女は背を向けた。真弓はその態度にむっとする。何だか馬鹿にされたような気がした。

自転車置場の話し合いは、午後の三時近くまで続いた。真弓は起きてからお茶の一杯も飲んでいなかったのでさっさと引き上げたかったが、立ち上がるきっかけが摑《つか》めなかった。

女同士の感情的な話し合いは、時間をかけても結局結論が出なかった。真弓はぐったりして部屋へ戻った。

「遅かったじゃない」

ソファに座って麗奈を膝《ひざ》に抱いていた秀明は、顔を上げてそう言った。

「なんかね、下の花壇をつぶして自転車置場を作るんだって。でも意外と反対してる人が多くて、全然決まらないの」

秀明は珍しく麗奈をあやしていて、真弓の話に相槌《あいづち》さえも打たない。真弓は腕を組んで、ふたりの様子を眺めた。

子供といっしょにいる時間は少ないし、ほとんど世話をしない父親に、娘が笑顔を見せているのが真弓は気に入らなかった。ちっともいい父親ではないのに、何故娘は無邪気になつくのだろう。自分といる時は、言うことを聞かずぐずったりするくせに、と真弓は腹がたった。

真弓は首を振って、台所へ歩いた。テーブルの上には、もちろん真弓の食事など用意されていない。流し台には、汚れた皿が重ねてあった。

「ヒデ、ちょっと来て」

真弓は今にも爆発してしまいそうな感情を抑えて言った。けれど返事はない。

「ちょっと来てくれる?」

声のボリュームを上げる。夫が顔を上げた。

「ここに座って」

「何だよ」

「お願い。ここに来て座って」

秀明は億劫《おっくう》そうに立ち上がると、キッチンの椅子に腰掛けた。露骨に嫌そうな顔を真弓に向ける。

「ご飯は食べたの？」

「うん。麗奈にも食べさせたよ」

「私の分は？」

秀明は無表情に真弓を見つめ返す。

「遊びに行ってたわけじゃないのよ。おなか空《す》かせて帰って来るのは分かってたはずでしょう？　私だったらきっとヒデの分も作っておいたわ。どうしてあなたはそうなの？お皿ぐらい洗っておけばいいじゃない」

冷静に、と思って話しだしたのに、真弓はどんどん感情的になっていくのを感じた。

「くだらない話し合いだったわよ。私だって行きたくなかったわよ。でも、どうして私なの？　あなたが行けばよかったじゃない。そうすれば私は、ヒデが帰って来たらお疲れさまでしたって、トーストの一枚も焼いて出すわよ。何で知らん顔してるのよ。疲れてるのはヒデだけじゃないのよ。どうしてもっと気配りをしないのよ。どうしてもっと優しくなれないのよっ」

真弓がまくしたてるのを秀明は何も言わずに聞いていた。ゆっくり腕組みをすると、露骨に溜《た》め息をつく。それで真弓はかっとした。

「その溜め息は何よ。私、何か間違ったこと言ってる？　どうして、ごめんなさいの一言が言えないのよ。ヒデはいつもそうだわ。私が何か言うと、面倒臭そうな顔してばっかり。仕事だって何だって、いつも嫌々やってる感じだわ。私より年下なのに、もう人生疲れたって感じよ。公園でゲートボールしてるおじいちゃんの方がよっぽど生き生きしてるわ。覇気がないのよ。やる気がないのよ。いつから、そんな人になっちゃったの？　私のお父さんが無理に映画会社を辞めさせたから？　でも辞めたのはヒデよ。あなたが自分の意志で転職したんじゃない」

秀明は真弓の顔をちょっと見て、また目をそらした。

「君は、今日なんで休んだの？」

「え？」

突然関係のないことを聞かれて、真弓は目をぱちくりさせる。

「何でって……いけない？」

「いけなくないよ」

「話をそらさないでよ。何よ、自分の立場が悪くなると、そうやってごまかしてばっかりで。どうして素直に謝れないの？　だいたいね、ヒデは自分のことしか考えてないのよ。私は仕事が休みの日は、溜まった洗濯をしたり掃除したりしてるわ。スーパーに買いだしに行くのだって私だけじゃない。休みの日は家事と麗奈の相手だけで終わっちゃうのよ。テレビも新聞も見てる暇はないんだから。それなのにあなたは何？　休みの日

「何してるの？　前はただ家でごろごろしてたけど、今はお出掛けすることが多いみたいじゃない？　あなたが休みの日に穿《は》いた靴下やパンツは誰が洗ってると思ってるのっ？」

真弓は自分でも何を言っているのか、よく分からなくなってきていた。とにかく感情だけが先走り、言葉が後から付いてくる。真弓が言葉を切ったところで、秀明が椅子から立ち上がった。

「何よ、逃げるの？　自分が間違ってないと思うんなら反論しなさいよっ」

「出掛けて来る」

きっぱり言われて、真弓は一瞬言葉を失った。

「どうしてよ。どうしてそういうことが言えるの？」

「喧嘩《けんか》するために休みを取ったのかよ。頼むから、少し頭を冷やしてくれ」

「何ですって」

その時突然、リビングで娘が激しく泣き叫ぶのが聞こえた。

真弓と秀明は顔を見合わせてから、急いでリビングに駆け込む。麗奈はテーブルのそばに座り込み、むせながら泣き声を上げていた。足元にひっくり返った灰皿が見えた。

真弓は叫ぶこともできなかった。転がるように走り、泣き叫ぶ娘の口に指をねじ込んだ。

うえっと声を上げて、娘が煙草の吸殻を吐きだす。真弓は更に口に指を入れた。苦しがって娘がもがく。

「救急車！」

真弓は後ろに突っ立って呆然《ぼうぜん》としている秀明を怒鳴りつけた。

「救急車を呼びなさいよ！　この役立たず！」

6

窓から差し込む西日が、真弓の横顔を赤く照らしている。泣き疲れたその顔は、瞼《まぶた》が腫《は》れ頰もむくんで見えた。

秀明は絨毯《じゅうたん》の上に腰を下ろし、真弓はソファに座ってうつむいている。

真弓は家に戻って来てから、もう一時間近く黙っていた。肩までの髪はもつれ、唇が荒れているのが見える。

この女は、いつからこんなブスになったのだろうと秀明は思った。初めて出会った時は、なんてきれいな女《ひと》なのだろうと思った。自分には釣り合わないと思うほど、上等な女に見えた。

あれは錯覚だったのだろうか。秀明は妻の横顔を眺める。そうだ、彼女は顔の造作が美しいわけではない。顔の作りは、綾子の方が何倍もきれいだ。真弓が昔、きれいに見えたのは何だったのだろうと秀明は首を傾《かし》げた。

「それでも、まだ煙草が吸いたいの？」

真弓の声がして、秀明は手を止めた。無意識のうちに、テーブルの上にあった煙草に手が伸びていたのだ。秀明は手にした煙草の箱を近くにあったゴミ箱に放った。

吸殻一本食べただけで、乳児ならば死んでしまうこともある。けれど、麗奈はほんの少ししか飲み込んでいなかったし、真弓がすぐに全部吐かせた。結果的に救急車は大袈《おおげ》裟《さ》だったが、それでも運が悪ければどうなっていたか分からない。

動転した真弓は、救急車が来る前に自分の実家にも電話を入れた。麗奈が死んでしまうと泣き叫んだ。

真弓の母親が病院に駆けつけて来た。元看護師の彼女はさすがに冷静だったが、事の次第を聞いて目を吊《つ》り上げた。親としての責任をふたりでよく話し合いなさいと言って、麗奈を連れて帰ってしまった。

「一言ぐらい、謝ったらどうなの？」

真弓が呟《つぶや》くようにそう言った。床に落ちていた長い髪を見ていた秀明は、ゆっくり顔を上げた。

「子供のために、煙草をやめたんじゃなかったの？　どうして今になって、また急に吸い始めたのよ」

「……うん、まあ、仕事で苛々《いらいら》することがあって」

「仕事だったら私だってしてるわよ。私だって苛々することもあるわよ。そんなの理由にならないわ。あなた、子供を殺すところだったのよ」

涙に潤んだ瞳《ひとみ》が、秀明を睨《にら》みつけていた。彼は息を吐いた。

「ごめん」

「私に謝ってどうするのよ。麗奈に謝ってよ」

突き放すような言い方に、秀明は奥歯を噛《か》みしめた。

煙草のことは、秀明は心から反省していた。吸うにしても娘のそばで吸うべきではなかったし、吸殻も子供の手の届かない所へ置いておくべきだった。誰に言われなくても、十分反省しているし、娘にも済まなかったと思っている。けれど、分かっていることを人から厭味《いやみ》ったらしく言われると腹がたった。

「ヒデは、何がそんなに気に入らないの？」

彼が黙っていると、真弓が言った。

「どうしてもっと家族のことを考えてくれないの？　いつもそうやって知らん顔して、私が何を言っても嫌な顔ばっかり。働いてるのはあなただけじゃないのよ。お金を入ればいいってもんじゃないのよ。ヒデは家族のために何かしようって思ったことある？　ないでしょう？　私が働くのが気に入らないの？　だったら何で最初っから反対しなかったのよ。ヒデが働いてもいいって言ったのよ。いいってことは、協力してくれるってことでしょう？　ヒデは何か協力してくれた？　保育園のお金はどうして私だけが払うの？　保育園の送り迎えはどうして私だけの仕事なの？　ヒデのボーナスは家族のお金なんじゃないの？　麗奈にも私にも、何か買ってくれてもいいんじゃないの？　あなたひとりで稼いだお金じゃないのよ」

煙草の話から、どんどん話がずれていく真弓を、秀明は半分放心して見ていた。さっきもそうだった。感情的になって、どんどん論点がずれていく。思ったことを思ったままに口にする。

「どうして黙ってるのよ。何か言いなさいよっ」

真弓が部屋中に響くような声を出した。それでも秀明が黙っていると、真弓はソファの上にあった、麗奈のおもちゃを秀明に投げつけた。プラスチックのミッキーマウスが、彼の肩に当たって音をたてた。そのとたん、真弓が声を上げて泣き崩れた。

秀明は足元に落ちたミッキーマウスを拾い、テーブルの上に置いた。片耳が割れて、どこかに飛んでいってしまったようだ。

「何がそんなに気に入らないんだ?」

秀明は嗚咽《おえつ》する妻にそう聞いた。

「それは私の台詞《せりふ》でしょう——」

真弓が顔を上げる。涙と洟《はな》で顔がぐしゃぐしゃだ。

「僕が聞いてるんだ。何が気に入らなくて、真弓は働きに出たんだ?」

娘の昼寝用のタオルで、真弓は涙を拭《ぬぐ》っている。その動きが止まった。

「子供ができた。だから結婚したよ。仕事だって変えた。君のお父さんに勧められたことだけど、自分で納得して転職したんだ。今さら君にそんなことでぐちゃぐちゃ言われたくない。このマンションに引っ越して来た時、君は幸せそうだったじゃないか。普通の主婦になりたかったんだろう？　望み通りだったんだろう？　何がそんなに気に入らなかったんだよ」

　秀明の強い口調に、真弓はひるんだ表情をした。確かに自分は、これまで一度も妻に声を荒らげたことはなかったなと思った。

「いいか。君には小さい子供がいる。だから働けない。だから僕が働いてお金を貰《もら》ってきていた。それが僕の役割だからだ。じゃあ、君の役割は何だ？　一日家にいたくせに、どうしてろくに食事も作れないんだよ」

　真弓が何か言おうとするのを、秀明は手で止めた。

「最後まで聞けよ。君が働きたいって言った時反対しなかったのは、働いてみればいいと思ったからだ。どんなに大変なことか分かっただろう？　家は荒れる。ふたりの気持ちも荒れる。子供に目がいかなくなって事故が起こる」

　そこで真弓がすっと立ち上がった。構える間もなく、左頰を嫌というほど叩《たた》かれた。もう一撃しようと振り上げられた真弓の手を、秀明は慌てて摑《つか》んだ。

「自分の言ったことが、どんなことか分かってるの？」

　秀明が何か言う前に、真弓が叫んだ。

「気持ちが荒れてるのは誰のせいよ。よくそんなことが言えるわ。全部私のせいだって言うの？」

　秀明は真弓の腕を押さえながらも、胸の鼓動が速くなるのを感じた。もしかしたら、妻は自分の浮気に気が付いているのかもしれないと思った。

「役割って何？」

秀明が掴んだ手首を、真弓は振りほどいてそう言った。

「いつ役割を決めたの？　ヒデがお金を稼いでくるんだから、私は家でおとなしく家事だけしてろってこと？　誰がいつ、そんなことを決めたの？」

真弓の話が浮気の方へ行かなかったことに、秀明は内心ほっとした。

「私だって働きたいわ。私が働くことはそんなに悪いことなの？　子供がいる女の人は働いたらいけないの？」

「……だからそれは、家庭の主婦だって立派な職業で」

「そんなの詭弁《きべん》よ。心にもないこと言わないで」

彼はかっときて言い返した。

「詭弁とは何だよ。主婦は立派な職業だよ。料理にしても掃除にしても、君なんか手を抜いてばっかりじゃないか。プロ意識のある主婦はな、文句なんか言わずに創意工夫ってもんをしてるんだよ」

「だったらヒデがやんなさいよ」

真弓と秀明は、そこでお互いの顔を見た。沈黙が流れる。いつの間にか日は暮れかかり、絨毯の柄さえ見えないほど暗くなっていた。

秀明は首を一度ぽきりと鳴らすと、歩いて行って電気のスイッチを入れた。蛍光灯の光の下に、妻の涙で汚れた顔が浮かび上がった。

「いいか、真弓。君と話してると、どんどん話がずれていくんだよ。今話し合ってるのは」

「今話し合ってるのは何よ。私達の家庭のことでしょう？　どこもおかしくないじゃない」

真弓は床に落ちていたエプロンを拾うと、秀明に向かって投げつけた。

「そんなに主婦が立派な仕事だと思うなら、あなたがやればいいじゃない」

鼻で笑うように、真弓が言う。秀明も負けずに口の端で笑った。

「何言ってんだ。そうしたら、誰が生活費を稼いでくるんだよ」

「私が稼いでくるわ」

秀明は首をぐるりと回すと、投げつけられたエプロンをソファに放った。

「もう少し実のある話をしよう。頼むよ、真弓。落ちついて、そこに座って」

秀明がそう言うと、真弓は少しためらってからソファに腰を下ろした。そしてじっと秀明の顔を見上げる。改めてそういう顔をされると、秀明は何を言ったらいいか分からなくなって戸惑った。

「役割分担だよ」

彼はいつか課長が言っていた話を思い出してそう言った。

「僕が外で働く。君は家で働く。そうやってはじめた生活だったじゃないか。そのうち君は自分の役割を果たすのが嫌になって、少しでも僕に押し付けたいために外に働きに出た」

反論されるかと思ったら、真弓は黙って秀明の顔を見たままだった。そう静かに聞かれると落ちつかない。

「いいか、真弓。僕は君の言うことを聞いてきたよ。こんなことを今更言いたくないけど、君が安全日だって言うから避妊しなかった。それで子供ができた。それで結婚した。結婚式だって君がやるって言うからしたさ。子供を養っていくために転職だってしたよ。子供の名前だって君が決めた。僕の親が考えた名前を鼻で笑ってね」

秀明はそこで大きく息を吸った。言うまいと思っていたことが、腹の底からこみ上げてきて止められなかった。

「麗奈なんて名前、僕は反対だった。君の親ですら喜ばなかったじゃないか。何だよ麗奈って。どうしてもっと普通の名前が付けられないんだよ。日本人の間に生まれた日本の女の子なんだぜ。ケイコとかサチコとか普通の名前でいいじゃないか。この前客と行ったスナックの名前が『レイナ』だったよ。笑っちゃうね」

そこまで一気に言ってしまってから、秀明は唇を嚙んだ。子供の名前に、自分がここまで根に持っていたのかと、秀明は自分でも驚いていた。

「言いたいことはそれだけ？」

真弓の声が震えていた。

「嫌ならどうして嫌だって言わなかったの?」

涙声ではあったが、その声は低くはっきりと部屋の中に響いた。

「結婚したのも、転職をしたのも、子供の名前を承諾したのも、仕方なくだったの? ヒデは一度も嫌だったって言わなかったじゃない。あなたには意志ってもんがないの?」

「嫌だったわけじゃない」

「だったら何で今頃そんなことを言うのよっ」

今度はクッションが飛んで来た。秀明は咄嗟《とっさ》に腕を上げてそれを避《よ》ける。

「そんなに女々しい性格だとは思わなかったわ。最低よ。あんたとなんか結婚しなけりゃよかったっ」

「ああ、そうかい。僕だって君となんか結婚しなけりゃよかったよっ」

つい勢いで言ってしまった言葉だった。けれど、秀明のその言葉に真弓の顔がみるみるうちに強張《こわば》った。

大きく見開いた両目に、新たな涙が盛り上がる。秀明は妻から慌てて目をそらした。

恐いほどの沈黙が、部屋の中に漂った。

秀明は先程捨てた煙草をゴミ箱から拾い上げ、一本抜いてライターで火を点《つ》けた。煙草を吸いながら、秀明はこの沈黙の後何が起こるかを想像した。

きっと真弓はヒステリーを起こして部屋を出て行き、実家に帰る。迎えに行って何度も頭を下げなければ、真弓は彼を許さないだろう。

もし迎えに行かなかったら？　秀明は目をつぶってそう考えた。きっと真弓の父親が母親がやって来て型通りの仲裁をし、それでも秀明が折れなかったら、きっと秀明は真弓から離婚を言い渡されるだろうと思った。

そうしたらどうなるだろうと秀明は思った。

自分が独身になったら、綾子は息子達を連れて茄子田家を出て来てしまうかもしれない。それを自分はどう受け止めたらいいのだろう。

「ごめんなさい」

そこまで考えたところで、真弓がそう呟《つぶや》いた。

「言い過ぎたわ。ごめんなさい」

秀明は真弓のしおらしい様子に戸惑った。ここで謝るのは狡《ずる》いような気もするが、少しほっとしたのも事実だった。

別れたいとも思う。けれど、まだもう少し考えたかった。秀明は自分の気持ちが自分でもうまく摑めていなかった。

「でも、この際だから聞いておきたいことがあるの」

真弓の言葉に、秀明は再びどきりとする。

「何？」

「ヒデ、本当は働くのが嫌なんじゃないの？」

「え？」

「さっきの話、私は本気よ。私が働きに行って、ヒデが家で家事をすればいいじゃない。ねえ、そうしない？」

真弓の顔には、笑みさえ浮かんでいた。秀明はどう反応したらいいか分からず、ぽかんと口を開けた。

「何言ってんだよ」

「だから、本気なんだってば。自分で言うのも何だけど、私思ったよりセールスの才能あるみたいなの。きっとあなたと麗奈のこと、養っていけると思うわ」

秀明はほとんど吸わずに灰にしてしまった煙草を消した。

「あのなあ。言いたかないけど、よくそんな世間知らずな人が保険のセールスをやってるよ」

「どういう意味よ」

真弓が口を尖《とが》らせる。

「どういう意味もこういう意味もあるか。よく考えてみろよ。君がやってるのはパートだろ。月給いくら貰《もら》えるんだよ。十万ちょいなんじゃないか。それでどうやって生活していくんだよ」

「今はそのぐらいでも、すぐにお給料は上がるわ。支部長だってパートのセールスレディーからはじめて、今は年収一千万以上なのよ」

秀明は自信たっぷりに言う真弓を見て、露骨に首を振ってみせた。

真弓の言うことが嘘だと思うわけではない。たぶん本当に、その支部長という人はセールスレディーからはじめて支部長になり、一千万を超える年収を取っているのだろう。だからと言って、真弓に同じことができるかと言うのはまた別の問題ではないか。どうして女というのは、自分の身の程が分からないのだろうと秀明は苛《いら》ついた。

「君は自分が支部長になれるとでも思ってるのか?」

真弓は秀明に聞かれて、ゆっくり瞬《まばた》きをした。

「なれると思う」

「なれないね」

「何を根拠にそんなことを言うの?」

「根拠もクソもあるか。君にできるわけがない」

「どうしてよ。私が働いてるのを見たこともないくせに」

秀明は何か言い返そうと息を吸った。けれど言葉が出てこない。

「もう、たくさんよ」

真弓は吐き捨てるようにそう言った。

「馬鹿にしないで。私にだってやればできるわ。ヒデにできることなら、きっと私にもできるわよ」

真弓は立ち上がると、秀明の前に立って彼を見下ろした。

「女だからっていうだけで、どうして一生家事をしなきゃならないの？　向いてる人はやればいいわ。でも私には向いてない。私は働きたいの。私が働いてくるからヒデは家にいてご飯を作ったり掃除をしたり、麗奈の世話をしてよ」

つんと顎《あご》を上げた真弓を、秀明は呆《あき》れて見上げた。

「君は本気で言ってるのか？」

「あなた耳があるんでしょう？　さっきから本気だって言ってるじゃない」

秀明は大きく息を吐いた。

「できるわけがない」

「できるわ」

「できないよ」

「じゃあ、どうしたら認めてくれるのよ」

真弓はソファに掛かっていたエプロンを再び拾い上げ、秀明に向かって投げつけた。

「言いなさいよ。どうしたら私がこの家の働き手になることを認めてくれるの？　どうしたら私が一人前だって認めてくれるの？」

秀明は真弓の真剣な顔に、少し恐怖のようなものを感じた。

妻は自分が分かっていない。自分の力がどの程度であるか分かっていない。自分の甘さが分かっていない。

自分の限界を知らないということは、ある意味で幸せなことかもしれないと秀明は思った。自分の限界が分からなければ、夢はどこまでも広がるだろう。それが叶《かな》うことも安易に想像することができるだろう。

「そんなに言うならやってみろよ」

秀明は低くそう言った。

「これから半年間、いや三ヵ月でいい。君が僕より給料を取ったら、僕は会社を辞めて専業主夫になってもいいよ」

「本当に?」

「ああ」

「でも駄目よ。ヒデと私じゃ勤続年数が違うじゃない。基本給が違うもの」

秀明は少し考える。

「ハンディーをやるよ。君の基本給っていくらなんだい?」

秀明は真弓の基本給を聞いて頷《うなず》いた。そんなものしか貰っていないのに、よく一家を養うなんて言えたものだ。

「月に十万のハンディーだ。これでいいだろう」

真弓はそれを聞いて、深くゆっくり頷いた。

「いいわ。じゃあ、一月から三月のお給料でいい?」

「いつでもいいよ」

秀明はからかうように言った。いくら口で言っても、彼女には分からないのだ。どんなに馬鹿なことを言っているか、できないことをできると言い張っているか、これで身に沁《し》みて分かるだろう。

　秀明は先程から二度も投げつけられた花柄のエプロンを、真弓の膝《ひざ》へ放った。

「いいか。それで負けたら、君は仕事を辞めて主婦業に徹するんだぞ」

　真弓が彼の顔を見上げる。

「いいわ」

　妻の瞳《ひとみ》にはもう涙はなかった。

「その代わり、あなたが負けたら、あなたが主夫になるのよ」

　負けるわけがない。

　甘ったれで、世の中のことは何でも自分の思い通りになると信じている、世間知らずの女に自分が負けるわけがない。

　私が間違っていましたと妻に言わせるのだと、秀明は大きく頷いた。

　森永祐子は恋人の話を上の空で聞いていた。

　彼女の恋人は土日が休みのサラリーマンなので、祐子とは休みが合わない。その上彼は仕事がとても忙しいので、ふたりは月に一度か二度しか会うことがなかった。

　今日は水曜日で祐子は休みだった。昼間はすることもなくてごろごろしていたが、久しぶりに彼に電話で呼び出されたのだ。

会社帰りの彼はスーツ姿だ。居酒屋のカウンターに並んで座り、先程から仕事の愚痴ばかりこぼしていた。

「おい、聞いてんのかよ」

言われて祐子ははっと顔を上げた。

「ごめん。なんだっけ」

「もういいよ。お前には難しい話だったよな」

そう言って彼はサワーをぐっと飲み干す。まだ店に入って一時間もたっていないのに、彼はもう三杯サワーを空けていて、呂律《ろれつ》もおかしくなってきていた。

冗談じゃないわよ。祐子はそう思った。

たまにしか会えなくて、会ってもいつも自分の話ばかりして勝手に酔っぱらい、もう一時間もすればきっと店を出て、彼は祐子をホテルに連れ込むのだ。いつもそう。もう一年以上いつも同じパターンだった。

彼は大学の時の先輩だ。もう付き合いは三年ほどになるが、祐子は彼が本当に好きなのかどうか分からなくなってきていた。

結婚を考えたこともあった。いや、今でも結婚できるものならしたかった。お互い仕事が忙しくて、たまにしか会えないのがいけないのかとも思う。結婚すれば、祐子は仕事を辞めることができる。そうすれば、ふたりの仲にまた変化があるかもしれないとも思った。

そう思う反面、祐子は隣に座った恋人に、嫌悪感のようなものを感じはじめていた。

祐子はお酒は嫌いではない。けれど酔っぱらいは嫌いだった。以前はどんなに飲んでも、どこかしゃんとしたところがあったのに、今の彼は酔っぱらうとよれっと疲れた感じになる。

以前は祐子の話も聞いてくれた。仕事はどうだ、体調はどうだ、最近何か面白いことあったか、そうやって話を振ってくれた。でも今は、彼は仕事の愚痴しかこぼさない。話がつまらないから、つい上の空になる。それを「お前には難しい話だった」などと言われるとすごく腹がたった。

だいたいそんな話ばかりしていたかと思うと、急に肩を抱いて「ホテルへ行こう」と言うのだ。ムードも何もない。手をかけなくても、やらせろと言えばすぐやらせてくれる女だと思われているのだろうかと、祐子は憮然《ぶぜん》とした。

彼に比べると、佐藤秀明はなんて清潔感のある人だろうと祐子は思った。優柔不断そうに見えるのに、男らしいところもある。

最近、茄子田が電話をかけてこなくなった。日曜日の朝、駅で待ち伏せされることもなくなった。

秀明のおかげだと祐子は思った。以前茄子田と三人で飲まなくてはならなかった時、秀明は祐子を先に帰してくれて、きっとその時茄子田に何か言ってくれたのだろうと祐子は思った。

今、天上から神様でも悪魔でもどちらでもいいから降りて来て「お前の好きな男は誰だ？」と聞いたら、祐子はためらいなく佐藤秀明だと言うだろうと思った。

そうだ、私はこの男より秀明の方がずっと好きなのだ、祐子はちらりと隣の男を見て思った。

祐子の視線を何か勘違いしたらしく、彼は祐子の背中に手を回して来た。

「そろそろ行こうか」

まるで買い物にでも行くように、彼は簡単にそう言う。祐子は頷かなかった。

「どこに？」

「どこって……」

そんな返事は予想していなかったのだろう。彼は戸惑った顔をした。

「もう帰る」

祐子はうんざりして立ち上がった。


店を出ると、祐子は通りかかったタクシーを手を上げて止めた。ちらりと振り返ると、慌てて会計を済ませた彼が店を出て来るところだった。彼女はひとりでタクシーに乗り込んだ。

家の住所を告げると、祐子は車のシートに沈んで深く息を吐いた。少し酔いが回ってぼんやりした頭に、秀明の顔が浮かんだ。

「会いたいなあ」

思わず小さく呟《つぶや》いた。

明日モデルハウスへ行けば、秀明に会える。明日だけではない。この先異動がない限り、休日以外は毎日会うことができるのだ。

けれど、会って話をするだけだ。彼には妻子がいる。奥さんや子供からお父さんを取り上げようと思うほどの激しい感情も、その責任も祐子には重すぎた。

いくら好きでも出口はないのだ。到達する場所はないのだ。

祐子はそう思って切なくなった。秀明と手をつなぎたい。抱きしめてもらいたい。キスしてほしい。いっしょのベッドで眠りたい。

胸の中で感情が膨らんでいく。祐子は車の窓に映る自分の顔に目をやった。

秀明は自分のことをどう思っているのだろうと祐子は思った。誰にでも当たりの柔らかい人なので、祐子にも最初から優しかった。いつだか祐子が課長に叱られた時に、モデルハウスに残って慰めてくれた。茄子田につきまとわれた時も助けてくれた。もしかしたら、秀明も自分のことを好きだと思っていてくれるのかもしれない。

けれど彼は責任感のある人だ。きっと家族を大事にしているのだろう。悲しませることはできないと思っているのだろう。

祐子はガラスにこつんと額を当てた。

ふと茄子田がうらやましくなる。あの男のように、見栄も恥も相手の気持ちもおかまいなしに、好きなものにはバンバンぶつかっていけたら気持ちがいいだろうなと思った。

その時、右側の車線を走る白い軽自動車が目に入った。車のドアに『グリーンハウジング』と書かれている。助手席に髪の長い女性が乗っているのが見えた。驚いて目を凝らす。運転席に秀明の顔が見えた。

「あっ」

そう声を出したものの、どうしたらいいか分からない。そのうち軽自動車はウィンカーを出し、祐子の乗るタクシーの前に割り込んで来た。

首を伸ばして、祐子は前を走る秀明の車を見た。秀明は会社の車を使って通勤している。休日にはそれで買い物にも行くから、会社の名前が書いてあって恥ずかしいと言っていたことがあった。では、隣に乗っているのは奥さんだろうか。

そんなことを考えているうちに、軽自動車がまた左にウィンカーを出した。そして徐行をはじめる。車の先にネオンの点《つ》いたホテルがあった。あっと思っている間に、車はそのホテルの中へ消えて行った。

「と、止めて下さい。早く」

祐子は千円札を運転手に押し付けて、左の路肩に急停車したタクシーから飛び下りた。あたりを見回して誰も人が歩いていないのを確認すると、祐子はゴム製の目隠しが掛かったホテルの駐車場に、そっと足を踏み入れた。

ちょうど車を下り、建物の入口に向かって歩いて行く秀明が見えた。祐子は慌ててそこにあった車の陰にしゃがみこむ。

そして、そっと顔を出した。三メートルぐらい先を秀明と連れの女性が横切って行く。口から心臓が飛び出そうなほど、祐子はどきどきしていた。

連れの女性は痩《や》せていて髪が長い。小花模様のフレアースカートを穿《は》いている。秀明はラフなジャケット姿だった。ふたりは手をつないでも肩を抱いてもいなかったが、微妙な感じで寄り添っていた。

外灯の下を通る時、彼女の顔が見えた。誰かに似ている。祐子は咄嗟《とっさ》にそう思った。誰か芸能人に似ているのだろうか。

ふたりの姿がホテルの中に消えると、祐子はアスファルトの地面にへなへなと尻餅《しりもち》をついた。


真弓はグリーンビューホテルのレストランで、支部長を待っていた。今朝、真弓が相談に乗ってもらいたいことがあると支部長に告げると、彼女の方もちょうど話したいことがあるのと言って、ここで待ち合わせをしているのだ。

夕方の五時を過ぎて、店はティータイムからディナータイムへと変わった。白い制服のウェイターがテーブルの上の蠟燭《ろうそく》に火を点けていった。

真弓は頬杖《ほおづえ》をついて、白い紅茶茶碗《ぢゃわん》を眺めた。待ち合わせの時間は十五分過ぎているが、まだ支部長は現れない。真弓は文庫本を広げる気にもなれず、躾《しつけ》のいいウェイターが隣のテーブルの客にワインを注ぐしぐさを見ていた。

頭に浮かぶのは、夫の秀明のことばかりだった。お前なんかと結婚しなければよかった、という台詞《せりふ》が頭から離れない。

真弓は先日の喧嘩《けんか》で、秀明が浮気をしていることをほぼ確信した。確かな根拠はない。けれど真弓には分かった。彼には他に好きな女の人がいるのだと。

あれほど取り乱した喧嘩の最中に、秀明の浮気のことを口にしなかった自分は偉かったと思った。喉《のど》まで出かかった「私より好きな人がいるんでしょう」という言葉を何度も飲み込んだ。

浮気を確信したのと同時に、真弓は秀明のそれが〝本気〟ではなくただの〝浮気〟であることも確信した。そうでなければ、勝負に負けたら仕事を辞めて家庭に入れなどと言うわけがない。

真弓はテーブルに両肘《りょうひじ》をついて、額の前で両手をぎゅっと握った。ここのところ、ずっと落ち込んでばかりだったが、先日のあの喧嘩以来、からだ中に力が漲《みなぎ》ってくるのを感じていた。

負けない。絶対負けない。

真弓はそう思った。秀明の言う勝負に勝つことができれば人生が変わるのだ。夫が自分を一人前と認めてくれるのだ。

絶対負けられないと思った。こんなチャンスは二度とないかもしれないのだ。女であるというだけで、主婦という職業を押し付けられてしまう風潮に、勝ちたいと思った。

秀明がどんな人と浮気をしているのか知らないが、その人にだって負けないと真弓は思った。夫は自分のものだ。その辺の小娘になんか渡すものかと思った。

もし自分が秀明との勝負に勝って、彼が主夫になったとしたら、彼も身をもって知るだろう。向かない人間が主婦をしなくてはならない苦しさを。

「……案外向いてたりしてね」

そう独り言を言って、真弓はくすりと笑った。

「あら、ひとりで笑ってどうしたの？」

顔を上げると、目の前に支部長が立っていた。

「遅れてごめんなさいね。お客様に引き止められちゃって。何だか今日は元気そうじゃない？」

ツイードの上着を脱ぎながら、支部長は真弓の前に座った。

「最近顔色が悪かったりしてたけど、今日はずいぶん元気そうよ。いいことでもあったの？」

「いえ。いいことではないんですけど」

「相談ってそのこと？」

「ええ」

「旦那《だんな》様のことかしら」

支部長はやって来たウェイターに、飲み物を頼んだ。ウェイターの顔をちゃんと見て、にっこり笑う。真弓は支部長のそういうところが素敵だと思った。自分が店でお茶を頼む時、ああやって店員の顔を見ることがあるだろうかと思った。大抵はぶっきらぼうに注文を告げるだけだ。

「支部長の方のお話からどうぞ。私の方は、プライベートなことですから」

「いいのよ。真弓さんの話を先に聞くわ」

支部長はそう言って掌を見せた。そのしぐさが可愛らしかった。

真弓は秀明との喧嘩のことを支部長に話した。娘が煙草の吸殻を食べてしまったこと、そこからはじまった言い争い、そして夫が出した提案。これから三ヵ月の間に真弓が秀明よりも稼げなかったら仕事を辞めなくてはならないこと。

真弓が話していくうちに、だんだん支部長の顔が厳しくなってきた。話し終えた時には、彼女の顔から微笑みが消えていた。

愛川由紀は、腕を組んで佐藤真弓の顔を見つめた。由紀が何も言わないので、真弓は居心地が悪くなったのか、もぞもぞとお尻の位置を動かす。

この子は頭がいいのかしら。それとも、ものすごく馬鹿なのかしら。由紀はそう考えながら佐藤真弓の顔を見ていた。

子犬のような濡《ぬ》れた大きな瞳《ひとみ》が、こちらの様子をおどおどと窺《うかが》っている。彼女は子供がいるように見えない。それは若く見えるというよりも、彼女自身がまだ子供に見えるのだ。

自分から応募して来ただけあって、最初からやる気のある子だった。けれど、あまり頭はよくないなと愛川由紀は思っていた。

それが営業活動が始まると、予想以上に成績を挙げるので驚いた。無邪気で馬鹿な感じに見えるのは、もしかしたら計算してそうしているのではと思う程だ。

「それは大変なことになったわね」

そう言って様子を見ると、真弓は深刻な顔でこっくり頷《うなず》く。由紀はどうしたものかと内心舌打ちをした。

辞められては困るのだ。真弓はこのまま育てていけば、いい戦力になる。自分の手足となって働いてくれるだろう。だからこそ、こんなに目をかけているのだ。

それを、そんなつまらない勝負事に負けて辞められては困る。いったい仕事を何だと思っているのだろう。こちらは遊び半分でやっているわけではないのだ。

やはり、この子は根本的に愚かなのだと由紀は思った。

だいたい男なんてものは、うまく持ち上げておけばいいのだ。正面からぶつかったら女が損をする。いい年をしてそんなことも分からないのかと思った。

彼女は勝負に勝って家庭の大黒柱になりたいと言っている。これが友人だったら大馬鹿だと言うだろうが、相手は部下だ。長く真面目に働いてくれるのなら何も文句はない。

「真弓さんに辞められたら、私はすごく困るわ」

なるべく優しくそう言った。すると真弓の顔が嬉《うれ》しそうな悲しそうな微妙な表情になる。反応のいい子だと思った。

「真弓さんのこと、頼りにしてるのよ。その勝負、絶対勝たなきゃ駄目よ」

愛川支部長は、テーブルから身を乗り出すようにしてそう言った。力のこもったその声に真弓は少々驚く。

「あなたの旦那さんは、あなたの能力が分かってないのよ。男なんてものは、みんなそうよ。物分かりがいいふりをしても、やっぱり女は自分より馬鹿だと思ってるの。女には結局ちゃんとした仕事なんかできないと思ってるのよ」

真弓は目を丸くして、支部長の卵形の顔を見た。

「あなたならできるわ。ご主人をぎゃふんと言わせてやりましょうよ。私も協力するわ。どんなに真弓さんが大変か分かってないのよ。分からせてやりましょうよ。とりあえず三ヵ月でいいんでしょ。大丈夫、私がついてるわ。あなたを辞めさせてたまるもんですか」

真弓は言葉が出て来なかった。感激したのだ。ここまで支部長が親身になってくれるとは思っていなかった。やはり、女手ひとつで子供を育ててきた人は違うと真弓は思った。

「ありがとうございます。私、頑張ります」

「ええ、頑張りましょう。大丈夫、だってハンディーを貰《もら》ってるんでしょう。この調子ならきっと平気よ」

支部長はそう言ったが、真弓は不安だった。今までの倍は契約を取らないと、勝てないだろう。

「でも、ちょうどよかったかもしれないわ」

支部長がふいにそう言った。

「は？」

「私の方の話って言うのはね、実は真弓さんに手伝ってほしい仕事があるのよ」

コーヒーを一口飲んでから、支部長はゆっくりカップを下ろした。そしてやれやれという感じで肩をすくめる。

「先月、続けてふたり人が辞めちゃったでしょう。なるべく早く、補充しなきゃならないの」

「はい」

「ひとつの支部のセールスレディーは二十人って決まってるのよ。いくら契約を取っても、人数が揃ってないと本社がうるさいの。年内には何とかしろって言われててね」

「そうなんですか」

「それでね、何とか頭数を揃えたいんだけど、真弓さんも協力してくれるかしら」

「それは、もちろんです」

真弓が即答すると、支部長の顔に安心したような笑顔が広がった。

「よかったわ。真弓さんが協力してくれたら、きっと大丈夫だわ」

「そんな。私には大したことはできそうもないですけど」

「いいえ。真弓さんはちゃんと期待に応《こた》えてくれる人よ」

支部長は大きく頷いてそう言った。

「それでね、具体的なことなんだけど、あなたにもタウンキャッチングをしてほしいのよ」

タウンキャッチングというのは、文字通り街を歩いている人に声をかけ、保険の仕事をやらないかと勧めることだ。平日の昼間にデパートなどに行って、暇そうな女性に声をかけるのだ。

「はい。ええと、でも」

返事はしたものの、真弓はちょっと口ごもる。人員獲得の仕事はセールスレディーの大事な仕事のひとつだが、契約を取るのと違って、即来月の給料に手当が付くというわけではない。真弓は今、とにかく一件でも多く契約を取って給料を増やしたいのだ。

そんな真弓の考えを察してか、支部長は素早く言った。

「人数が揃うまでは、私のお客さんを真弓さんに回すわ。私が取った契約も回してあげる。とにかく、真弓さんのお給料が減るようなことにはしないから」

私に任せて、と言って支部長は自分の胸元を手で押さえた。真弓はそれで安心する。支部長が味方に付いてくれれば、きっと勝てるような気がした。

「ほっとしたら、お腹が空《す》いちゃったわ。ね、真弓さん。ご飯食べない？」

ステーキのいい匂いが、隣のテーブルから流れてきていた。支部長は悪戯《いたずら》っぽく隣に視線をやった。

「ええと、でも……」

ここで夕飯など食べたら、いくらかかるか分からない。真弓は財布の中のお金を考えてためらった。

「経費で落とすから大丈夫よ」

「でも私、いつもご馳《ち》走《そう》になってばかりですし」

真弓はもう何度も支部長に夕飯をご馳走になっていた。彼女はいつも会社の名前で領収書を貰っている。自腹を切られるよりは気が楽だったが、自分だけがこんなにご馳走になっていいのだろうかと真弓は思った。

「いいのよ。そんなこと、真弓さんが気にしないで。私がいっしょなんだから」

あまりにも無邪気な支部長の様子と、分厚いステーキに目を奪われ、真弓はおずおずと頷いた。

秀明は洗濯用の洗剤を捜して、家中の扉を開けていた。

勝負が決まる三月末まで、秀明の仕事が休みの日は娘を保育園に預けず、彼が子供の世話と家事をすることになったのだ。

今日の秀明の仕事を、真弓が紙に書いて壁に貼って行った。彼が今日中にやらなくてはならない仕事は、洗濯と掃除機かけと夕飯の支度である。

面倒臭かったが、やらなければまた真弓がうるさい。秀明が仕方なく洗濯をはじめようとすると、洗剤の箱が空だった。買い置きがたぶんあるはずだと捜してみたのだが見つからない。

「洗剤ぐらい買っとけよ。なあ？」

秀明のまわりをうろちょろしている娘に、彼は話しかけた。娘は同意する様子はない。トイレットペーパーの買い置きや洗濯物を入れる籠《かご》を倒して遊んでいる。

「しょうがない。買いに行くか」

秀明はそう呟《つぶや》いてジャケットを羽織った。はしゃぎまわる娘を捕まえ、靴下を穿《は》かせ上着を着せた。財布を持って玄関を出ようとしたところで、どうせスーパーに行くのなら晩のおかずを買おうと思った。

台所に戻って冷蔵庫を開ける。すかすかに空いた冷蔵庫は、秀明の独身時代とあまり変わらない。冷蔵庫のドアを開けたまま、彼は考え込んだ。何を作ろうか。夕飯の献立が何も頭に思い浮かばなかった。

「麗奈、何食べたい？」

足元にまとわりついてくる娘に、彼はとりあえず聞いてみる。

「バナナ。バーナナ」

「そうか、バナナか」

秀明はテーブルの上にあったメモ用紙に、バナナと書き込む。

「あとは？」

「バーナナ、しゅき」

「あとは何がしゅき？」

「バーバ」

「バーバ？」

「しゅきなの、バーバ。バーバとジージ」

「ああ、おばあちゃんとおじいちゃんね」

好きなのはパパとママではなく、バーバとジージと言われたところが少し淋《さび》しかった。

彼はメモに、牛乳、ジュース、ヨーグルトと書き込んだ。ちょっと悩んで、そのままメモをポケットに押し込む。スーパーに行って考えればいいと思ったのだ。

娘を乳母車に乗せて行こうかどうしようか、彼は迷った。スーパーはすぐそこだし、麗奈の足取りも最近はだいぶしっかりしてきた。秀明は娘の手を取って家を出た。しかし、エレベーターで下まで下りてスーパーへの道を歩き始めたところで彼は後悔した。

一歳半の子供の足は、大人が思うよりずっと遅い。その上麗奈は手をつなぐのがあまり好きではなくて、すぐちょろちょろと好き勝手な方向へ行ってしまう。

秀明は今にも転びそうな娘に注意しているのが面倒になって、捕まえて抱き上げた。

抱く度に娘はずっしり重くなっていくような気がした。

スーパーの買い物用のカートに娘を乗せて、秀明は買い物をした。野菜や肉を見ても、そこからメニューを想像することができなかった。結局彼は出来合いの惣菜《そうざい》を買うことにした。

平日の正午前のスーパーは空いていた。麗奈の機嫌もいいようだし、真弓といっしょに来る時は見もしない棚を丁寧に眺めた。

洗剤ひとつにしても、値段の差がずいぶんあるし種類も多い。しばらく洗剤の棚の前にいると、何人かの主婦が洗剤を買って行った。四人中三人が買った、二番目に安い洗剤を秀明も買うことにした。

そうしているうちに、秀明は買い物を楽しんでいる自分を発見した。もともと買い物は好きなのだ。それで、三十代後半ぐらいの色っぽい主婦を見つけると、彼女の後を付いて行って同じものを籠に入れた。しらす、とろけるチーズ、スパゲティーソース、昆布の佃煮《つくだに》。他人の買うものは不思議だった。

主夫も悪くないのではないか。秀明は娘を乗せたカートを押しながらふとそう思った。

「毎日これでいいなら楽だよな」

スーパーマーケットの通路に立ち止まり、秀明は呟いた。そして肩をすくめる。どうも今日は独り言が多い。

秀明は決して家事が好きではない。独身時代も、部屋など掃除したことはほとんどなかった。必要最低限のことしかせず、靴さえ磨いたことはなかった。料理にも興味がない。自分の娘は可愛いけれど、特に子供好きだというわけではない。

けれど、誰かがお金を稼いできてくれて、養ってくれるというのであればどうだろう。もし家庭の中の細々した仕事と、外で働いてくる仕事が同列であるのなら、ハウスキーピングの方が楽なのではないかと秀明は思った。

男に生まれて、男として育てられた。だから自分は一生働き続けるのだと何となく思っていたが、考えてみればそれはどうしてだろう。真弓は女に生まれて、女として育てられた。だから結婚して自動的に〝奥さん〟になった。けれど彼女は〝奥さん〟であることを拒否しようとしている。

楽なのに、何故？

秀明はレジに並んでそう思った。スーパーのレジスターでは、パートの主婦が品物のバーコードをチェックしている。その手慣れた様子を秀明はぼんやり眺めた。

楽じゃないか。こういう仕事の方が楽じゃないか。売上げが目標金額に到達しなくても、厭味《いやみ》を言われたり減俸されたりすることはないのだ。

なのに何故？

女に生まれてよかったじゃないか。ローンの心配や、仕事の責任や、上司や嫌な客や、そういうことに頭を悩まさず暮らせるんだから幸せじゃないか。具合の悪い時は家でゆっくり休めるんだからいいじゃないか。

秀明は娘をカートから下ろし、買った物をビニールの袋に詰めた。目の前の壁に『ご自分でショッピングバッグをお持ちのお客様にはスタンプを差し上げます』とポスターが貼ってあった。スタンプが溜《た》まると、買い物がいくらか割引になるらしい。

今度は買い物籠を持って来ようと彼は思った。


スーパーマーケットの前には、グリーンヒルズの中で一番大きな公園がある。ゆるやかな坂に芝生が植えられ、木製のブランコやフィールドアスレチック風の遊び道具があった。子供連れの主婦達が、砂場のまわりでお喋《しゃべ》りをしている。

声をあげて麗奈が公園の方へ駆けだした。慌てて秀明は後を付いて行く。少し遊ばせた方が昼寝をしてくれていいかもしれないと秀明は思った。

麗奈は砂場に直行した。娘より少し大きな子供が、プラスチックのおもちゃで遊んでいる。麗奈はそれを物欲しそうに見ていた。

「これ、貸してさしあげましょうか」

砂場の横にいた主婦がひとり、秀明におもちゃのスコップを差し出した。

「あ、でも、申し訳ないですから」

「いいんですよ。どうぞ」

きっと真弓よりも若いであろうその主婦は、麗奈にスコップを渡した。娘は喜んで砂を掘りはじめた。

「買い物ですか？　男の人なのに偉いですねえ」

屈託のない笑顔で、その主婦が言う。

「いえいえ。今日はたまたま休みだったんで」

秀明は頭を掻《か》いて笑顔を作った。その主婦は会釈をすると、仲間達のところへ戻って行く。

そこにあったベンチに腰掛け、シャツのポケットから煙草を出すと、秀明はくわえて火を点《つ》けた。

砂場で遊ぶ麗奈と、先程の主婦の背中を彼は交互に眺める。彼女は痩《や》せ具合も、長い髪の感じも綾子に似ていた。

好みのタイプだと秀明は思った。彼の好みは昔から一貫している。やや年上で、痩せていて、目が大きいしっとりした美人。

妻の真弓は年上ではあるが、秀明の好みから少し外れる。初対面の時は落ちついた大人の女性に見えたのだが、実は感情的で子供っぽい女であることを秀明は早い時期に知った。それなのに、何故結婚してしまったのだろうと秀明は思った。

何故も何もない。子供ができたからだ。

秀明はそう思って苦く笑う。

一切の状況を無視して考えれば、秀明は真弓よりも綾子の方が女として好きだった。

「あーあ……」

空に向かって、煙草の煙を彼は吐きだした。

先週の水曜日の夜、自宅に綾子から電話がかかってきたのだ。秀明は最初の頃一度、自宅の電話から綾子の携帯にかけたことがあって、その時の着信が残っていたのだろうと思ったが、その切羽詰まった感じに秀明は少々怖《お》じ気《け》づいた。

住宅展示場が休みの水曜日は、ほぼ毎週綾子と会っていた。その日は営業所に用事があって休めなかったのだ。

お互い家庭のある秀明と綾子は、最近携帯のメールではなく、インターネットのメールサービスを通じて連絡を取るようにしていた。用心のため、携帯を使うのはよほどのことがない限りやめようと決めたのだ。

先週の水曜日、急に営業所に用事ができた秀明は、メールサービスを通じて綾子に会えなくなったことを伝えた。念入りに謝ったつもりだった。

その日の夜七時過ぎ、秀明が家に戻ると家の電話が鳴っていた。真弓なら携帯にかけてくるので誰だろうと思って出ると綾子だった。携帯どころか自宅にかけてくるとはとうろたえた。彼女は激しく泣きじゃくり「会いに来て」と言った。

これは何かあったなと慌てた秀明は、車で綾子を迎えに行った。住宅地の片隅に、ブラウスにスカートの普段着で綾子が立っている。ただごとではない感じに、秀明は茄子田にふたりのことがばれたのだろうかと思った。

綾子の目は真っ赤だった。車に乗せて、何かあったのかと聞いても綾子は答えない。どうしたらいいのか分からなくて、秀明は綾子をホテルに連れて行った。綾子を抱くと、やっと彼女の肩から力が抜けていった。

夜に出て来て大丈夫なのか、茄子田に知られたのか、それとも姑《しゅうとめ》に何か言われたのか。彼の胸にうっとりと頭を凭《もた》せかけている綾子に秀明は尋ねた。綾子は黙って首を振る。会えると思って楽しみにしていたのに、急に会えなくなったので動転してしまったのだと、彼女はぽつりと言った。

綾子は今は何とか冷静でいる。感情が高ぶった時、秀明がこうして飛んで行って抱きしめてやりさえすれば、今は治まる。けれど、それも長く続きそうになかった。

もう綾子は秀明に「奥さんと別れて、結婚してほしい」とは言わなくなった。けれどそれは言葉にしないだけで、彼女のメッセージはその瞳《ひとみ》やしぐさからビリビリと伝わってきた。

綾子が爆発すれば、何もかも終わりだろう。茄子田にも真弓にも、ふたりの関係がばれてしまうだろう。

秀明は昼間の公園の、のどかな景色を眺めながらぽきりとゆっくり首を鳴らした。

面倒だった。真弓のことも、綾子のことも、仕事も子供も、何もかも面倒だった。

何故こんなことになってしまったのだろうと秀明は思った。どうしてだろう。どこで何を間違ってしまったのか。

考えることさえ面倒で、秀明は煙草を足元に落とした。

みどりヶ丘駅のバスターミナルで、真弓は誰かに声をかけられた。

「真弓ちゃん」

男の声に彼女は振り向く。夕方のバスターミナルは人がごった返していて、知った顔は見つからない。それにマユミなんてありふれた名前なので、自分のことではなかったのだと歩きだした。

「リーフ生命の真弓ちゃんだろ。僕です、僕」

大声で言われて、真弓はもう一度振り返る。人混みをかき分けて、見覚えのある太った男が笑顔でやって来た。内心「げ」と思う。

「あ、茄子田先生。こんにちは」

真弓は仕方なく笑顔を作った。

「偶然ですね。今、帰りですか？」

「ええ」

「あれからちっとも来ないじゃないですか。待ってたんですよ」

「すみません。ちょっと色々忙しくて」

人混みの中で立ち話をしているので、人がどんどんふたりの背中を押し退《の》けて歩いて行く。向かい合った茄子田が、至近距離まで近付いて来るので真弓は慌てて後ろに下がった。そのとたん、道行く人に肩を突き飛ばされた。

「てめえ、何すんだ」

真弓にぶつかったサラリーマンに茄子田が悪態をついた。サラリーマンはちらりと振り返っただけで急ぎ足で行ってしまう。

「失礼な奴だなあ。真弓ちゃん、大丈夫？」

「え、ええ、平気です」

最初から好人物だとは思っていなかったが、こんな乱暴な口をきく人だとは思っていなかったので、真弓は内心驚いていた。実は恐《こわ》い人なのかもしれないと思った。

「こんなところじゃなんだから、よかったら飯でも食いませんか？」

「申し訳ないですけど、私、子供を迎えに行かないと」

「ああ、そうか。保育園に預けてるんだったね。じゃあ、三十分ぐらいだったらいいでしょう？　お茶でも飲みましょうよ。保険のことで聞きたいこともあるし」

保険のことと言われて、真弓は唇を噛《か》んだ。消費税分しか奢《おご》ってくれない男となんか、お茶など飲みたくなかったけれど、保険のことを言われると弱い。もし彼が家族全員で契約してくれたらお給料もずいぶん違う。これから三ヵ月間は、贅沢《ぜいたく》を言わずに仕事に生きるつもりだった。自分のこれからの人生がかかっているのだ。背に腹は代えられない。

真弓は仕方なく茄子田に付いて行った。駅前にあるパーラーに入る。時間が時間なだけに、ものすごく混んでいた。すぐそこにあるグリーンビューホテルのティールームなら静かですよ、と言いそうになって、真弓は慌てて口を閉じる。何もこんな男と、静かなティールームでじっくり話をすることなんかない。

茄子田は学生や買い物帰りの主婦達の嬌声《きょうせい》を気にかける様子もなく、にこにこ笑ってウェイトレスにプリン・アラモードを頼んだ。

「プリン、ですか？」

思わず尋ねると、茄子田は頭を掻く。

「僕は甘い物も酒もいける口でね。両刀使いなんですよ。でもあっちの方は両刀じゃなくて、女性オンリーですけどね」

下品な上に強烈につまらない冗談を言われて、真弓は返答に困った。やけくそな気持ちになって真弓もプリンを頼む。

「保険のことは、ご家族のみなさんにもご相談されたでしょうか？」

時間は三十分しかないのだ。変な世間話をはじめられる前に、真弓は仕事の話を切りだした。

「うん、まあね」

「奥様はどうおっしゃっていました？」

極力柔らかく真弓は聞く。

「うん、まあ、僕の好きなようにしていいって言ってたよ」

真弓は内心舌打ちをする。これは家族と相談したなんていうのは嘘だ。生命保険に入ると聞いて、賛成にしろ反対にしろ、何かコメントしない主婦などいるはずがない。

「それでしたら、ぜひご家族のために」

真弓は笑顔を作って言った。

「先生のところは、お子様は？」

「息子がふたりでね。上が四年生で下が二年生」

茄子田は嬉《うれ》しそうな顔をして、ポケットから定期入れを出した。

「これが息子達。これが女房。これが僕の両親」

定期入れから出てきた写真は、一枚ではなかった。家族全員で写っているもの。奥さんと子供達が写っているもの。そして奥さんのアップの三枚だ。

呆《あき》れながらも、真弓はその写真を手にとって見た。茄子田の妻の写真に真弓は手を止めた。

美人だった。どこか海岸で撮ったものらしく、風になびく髪を手で押さえて笑っている写真だ。ほっそりした上半身に長い髪。整った顔の美人で、どこか儚《はかな》げな印象がある。優しそうな目許《もと》をしていた。まるで女優のポートレートのようだ。

「おきれいな方ですね」

お世辞ではなく、心からそう思って真弓は言った。

「そうだろう。美人だろう。結婚した頃はね、もっと美人だったんだよ」

照れもせず惚気《のろけ》る茄子田に、真弓は苦笑いをする。けれどまあ、こんな美人な奥さんならば、惚気られても仕方ないかと思った。

真弓はもう一度三枚の写真を見た。息子ふたりは母親似だった。ふたりとも可愛くて賢そうな顔をしてるが、下の子の方が輪郭が茄子田に似ていた。

真弓が写真から顔を上げると、肉まんのような顔をだらしなく緩めて、茄子田がにこにこ笑っていた。それにしても何故、この女性はよりによってこんな男と結婚してしまったのだろう。

「奥様とは恋愛結婚ですか？」

失礼かなと思いながらも真弓は聞いた。

「ああ、見合いなの。見合い。でも、会ったとたんにお互いピーンときてね。運命ってやつは分からないよねえ」

お互い、というのは茄子田の勝手な思い込みに違いないと真弓は思った。けれど、見合いにしても、何故こんな美人が茄子田のような男と結婚したのか。もう少しマシな男を見つけようと思わなかったのか。

もっと追及してみたい気がしたが、あまり時間もないし、興味があると思われても困るので真弓は仕事の話に戻した。

「こんなに幸せなご家庭があるんですから、大黒柱の茄子田先生がもし病気や怪我で入院でもしてしまったら大変じゃないですか」

「いや、僕は丈夫だから」

「誰でもそうおっしゃるんですよ。不吉な話で恐縮ですけれど、もし重い病気や交通事故に遭われて、茄子田先生が突然先立たれてしまったら、ご家族の皆さんは途方にくれてしまうでしょうね」

茄子田はテーブルに届いたプリンを口に運びながら、真弓を上目遣いに見ている。

「でもなあ、毎月の払いを考えると」

真弓は内心むかむか腹がたっていた。保険に入りたいようなことを匂わせたのは茄子田の方だ。それを何が「毎月の払いが」だ。

きっと彼は保険に入る気などなかったに違いない。自分のことをからかったか、もしくはスケベな下心があったのだ。

「息子がふたりもいるし、うちには両親も同居してるんだよ。それに家を新築する予定もあるし、保険料まで払う余裕がねえ」

逃げ腰になる茄子田を、真弓はじっと見つめる。真弓の視線に、茄子田はおどおどと下を向いた。それを見て真弓はおや、と思った。図々《ずうずう》しいだけのスケベ親父かと思ったのに、案外気の弱いところがあるのかもしれない。

「茄子田先生のおっしゃることは、よく分かります」

真弓は笑顔に戻ってそう言った。茄子田は真弓が引いたと思ったのか、安心した表情になる。

「でも先生。こういう時代ですから、余裕というものは、やってくるのを待つのではなく、自分で作りだしていくものではないでしょうか」

うーんと彼は唸《うな》る。

「ご家族の幸せを守るのが、一家の主《あるじ》の仕事ですよね。もし茄子田先生の身に突然何かあったら、ご家族の皆様はどうなります。お子様のこれからの学費はどうですか。お子様だけじゃなく、ご家族の皆様はご両親もご健在とのことですから、さぞや手塩にかけた息子さんに先立たれたりしたら悲しいことでしょう。せめて、お金だけでも残してあげなくっちゃいけませんよ。だいたい災難というのは、余裕がある人ない人、選んで起こったりはしないですからね」

茄子田はスプーンを持ったまま、口を開けて真弓を見ている。人の言うことを聞いてんのかしら、と真弓は眉《まゆ》を顰《ひそ》めた。

「茄子田先生、ご結婚なさる時に、奥様のご両親に何と言いましたか？」

この台詞《せりふ》は、真弓の切り札だった。これで何件も契約を取ったことがある。

「必ず幸せにします、そう言いませんでしたか？」

目の前の太った男が、大きく息を吸った。よし、これでいけるか。真弓は茄子田の目を覗《のぞ》き込む。そのとたん、彼が全身で大きな溜《た》め息をついた。

「そうなんだよなあ。そうなんだけどさあ」

薄くなりかけている髪を両手でくしゃくしゃ掻《か》いて、彼は口惜《くや》しそうに言う。

「僕はね、いつでも家族の幸せを考えてるんだよ。だけどね、家の新築もするしさ、どうやって保険の金まで出せばいいんだよ」

涙さえ浮かべている彼を、真弓はぎょっとして眺めた。大丈夫だろうか、この人は。

「お家の新築といいますと……」

夫の秀明もハウジングメーカーに勤めている。純粋な好奇心から、真弓は聞いた。

「いつ頃建て替えをお考えなのですか？」

「来年の春ぐらいと思ってるんだけど」

「では、もうお見積が終わる頃でしょうか？」

「いや、まだ図面の段階でね」

真弓は苛《いら》ついた様子の茄子田を眺めて思った。きっとハウジング会社のセールスマンもこの男相手では苦労しているだろうと。

「失礼ですけど、どちらの会社とご契約なさったのですか？」

「まだ契約してないよ。でも一応グリーンハウジングに頼もうと思ってるんだ」

真弓は咄嗟《とっさ》に掌で口を押さえる。喉《のど》まで出かかった驚きの声を辛うじて飲み込んだ。

夫の秀明が勤めているグリーンハウジングは、緑山グループがバックには付いているが、それほど大きな会社ではない。真弓は一度彼が勤める住宅展示場に行ったことがあるけれど、グリーンハウジングの建物は、他社のモデルハウスよりも何となく見劣りがした。小振りでリーズナブルではあるかもしれない。けれど、平凡で地味で、会社独特のセンスのようなものを感じることができなかった。

「あの、担当者のお名前は……？」

恐る恐る彼女は聞く。

「うん。佐藤って奴。まだ若造だけどね、素直な性格だから、結構気に入ってるんだよ」

やっぱり。真弓は今度はあまり驚かなかった。悪い予感というのは当たるものなのだ。

「何でそんなことを聞くの？　グリーンハウジングに知ってる奴でもいるの？」

「いえ、あの……ほら、リーフ生命も系列会社ですから」

本当は資本が同じというだけで、現場レベルでは系列会社同士の交流はまったくない。真弓もリーフ生命に入ってから、夫の会社と同系列だと知ったのだ。

茄子田は、ハウジング会社の佐藤と、リーフ生命の真弓ちゃんが同じ『佐藤』であることに、気が付いていないようだ。それに真弓は茄子田に「離婚してひとりで子供を育ててる」と言ってしまっている。彼はそれを頭から信じて、疑う様子はないようだ。

案外、純粋な人なのかもしれない。真弓はかすかな良心の呵責《かしやく》とともにそう思った。

「まあ、そういうわけだから、真弓ちゃん。保険のことはもう少し待って……」

茄子田がそう言い訳を始めた時、真弓は誰かに肩を叩《たた》かれた。びっくりして振り返ると、リーフ生命で経理を担当している女性が立っていた。

「あら」

「お話し中申し訳ないけど、真弓さん、支部に戻った方がいいかもよ」

いつものように、しらっとした感じで彼女は言った。まだ三十代前半らしいのだが、彼女は着ているものも地味だし、余計なことは一切口にしない人だ。セールスレディー同士の揉《も》め事には巻き込まれたくない、という感じがいつも滲《にじ》み出ている。

「……え？」

「何だか知らないけど、樺木さんが保坂さんのこと張り倒してたわよ。泣きながら保坂さんが真弓さんのせいだとか言ってたわ」

「私の？　どういうこと？」

「知らないわ。だから戻った方がいいかもねって言ったの」

そう言って彼女はさっさと行ってしまった。真弓は慌てて立ち上がった。

私のせい？　私が何かしたって言うの？

7

年内いっぱいで会社を辞めようと、森永祐子は決心した。そのことを竹田課長に伝えると、彼は大して驚いた顔はしなかった。

「何それ、もう決めちゃったの?」

モデルハウスの事務所で暇に任せて爪を切っていた課長は、祐子の顔を見上げてそう聞いた。

今日は朝から冷たい雨が降っている。もうすぐ夕方の五時になるというのに、今日は一組もお客が来なかった。佐藤秀明は休みを取っているし、他の社員は外回りに行ってしまったので、モデルハウスには祐子と課長のふたりきりだった。

「……ええ、一応」

「一応って何だよ、一応ってさ。説得されたら辞めないかもしれないってこと?」

頭のてっぺんまで額が後退している課長は、その広い額に不機嫌な皺《しわ》を寄せてそう言った。祐子は泣きたくなった。

「あの、いえ、それは……」

「ま、いいや、いいや。黙って辞められるより、相談してくれてよかったよ」

怒っているのかと思ったら、課長は突然くしゃりと笑った。そして壁の時計を見上げると、あーあと大きく伸びをした。

「もう閉めて、飯でも食いに行くか」

「まだ五時ですよ」

「どうせ今日は客なんか来ないよ。飯行こう、飯」

そう言って課長は帰り支度を始めた。課長と食事などしたくなかったが、断るわけにもいかない。課長だって立場上、ご飯でも食べさせて引き止めなければならないのだろう。

早々にモデルハウスを閉めて、祐子は課長の車に乗った。秀明は会社の車に乗っているが、課長は自分の車を使っている。後部座席には大きなぬいぐるみや、手作りらしいクッションが積まれていた。

「なんか食いたいものある？」

「いえ、お任せします」

「じゃあ、たまにはいいもん食うか。グリーンビューホテルでいい？」

祐子は頷《うなず》きながらも、ホテルと聞いて、課長にはもしかしたら下心があるのではないかと疑った。けれど、グリーンビューホテルは、このあたりで一番高いホテルだ。ツインは三万以上すると聞いた。この前課長は、子供の塾の月謝のせいで、今日からざるそばしか食えないと言っていた。そんな彼がいくらなんでも祐子を部屋に誘うわけがないと思い直す。

グリーンビューホテルに着くと、課長は祐子の意見も聞かずに、まっすぐ寿司《すし》屋に向かった。そのことに祐子はほっとする。フランス料理のような店だったら、課長と向かい合わなければならないし、そういう店に恋愛感情のない男性といるのは苦痛だった。寿司屋のカウンターなら、正面から顔を見ないで済むし、話も気軽にできる。

「それでどうして辞めようなんて思ったの？　仕事がつらいか？　俺が苛《いじ》めるからか？」

おしぼりで手と顔と、あげくの果てに耳の穴まで拭《ふ》きながら課長はそう尋ねてきた。これは下心などないな、と祐子は判断した。座ったとたんにいきなり仕事の話だし、女性の気を引こうと考えている男が、耳の穴までおしぼりで拭くはずがない。

「正直言って、私にはやっぱり営業なんて無理なんです。向いてないと思ったんです」

祐子が話しだすと、課長は板前に刺し身と日本酒を頼み、今日のお勧めなんかを聞いて談笑している。質問しておいて、人の話を聞こうとしていない課長に祐子は呆《あき》れたが、あれこれ説得されるよりはいいかと思った。この調子なら、問題なく会社を辞めることができそうだ。

祐子は以前からこの仕事を辞めたいと思っていた。それでも辞めずにいたのは、佐藤秀明が好きだったからだ。

先日、秀明が女性とホテルに入るのを目撃した。それが、祐子に退職を決意させるきっかけになった。秀明のことを嫌いになったわけではない。けれど、やはり諦《あきら》めた方がいいのだろうという結論を祐子は出した。

あの女性はきっと奥さんなのだと祐子は思った。早くに結婚して子供を作った友人が、たまに子供を預けてそういうホテルへ行くと惚気《のろけ》ていたのを、祐子は思い出した。ちらりとしか見えなかったけれどきれいな人だった。秀明と並んでいる姿がとてもしっくりきていた。あの人ならば、秀明が心から愛していて大切にしているのも分かるような気がした。

いくら祐子が秀明を好きで、そのために誠意を尽くしたとしても、彼は家庭を壊すようなことはしないだろう。諦めなければならない。それならば、そばにいては駄目だと思った。

しかし、いくら祐子が子供であっても、失恋だけが退職を決めた原因ではなかった。

祐子は、こんなに物事を考えたのは初めてだった。

何となく学校を出て、何となく就職をした。まわりの意見のまま、人に言われるまま、成り行きでここまできてしまったけれど、生まれて初めて祐子は自分に疑問を持った。

何となく付き合っている恋人、何となくはじめた仕事、何となく過ごす休日。

決して自分は不幸ではないと祐子は思った。友人も恋人もいる。両親も自分を愛してくれる。きっとこのまま、誰かと結婚をして、子供を産んで、母親のような人生を送るのだと思っていた。

本当にそれでいいのだろうか。ちゃんと考えてみたいと思った。そういう人生を本当に自分が求めているのかどうか。

「あーあ、頭がいてえよ」

刺し身を口に運びながら、課長が言った。

「どいつもこいつも、自分のことしか考えてなくてよお」

「……すみません」

「本当に悪いと思ってんのか、お前は」

課長は手酌で猪口《ちょこ》に酒を注ぐ。

「次の仕事、もう決まったのか？」

「いいえ」

「行きたい会社とかあんの？　当てがあるの？」

「いえ、まだ何も」

「おいおい。勘弁しろよなあ」

先程から、刺し身もお酒も課長ひとりが口に入れている。祐子はからだが強張《こわば》ってしまって食欲がでない。

「だったら、次が決まるまではうちにいてよ。頼むよ。半人前の奴でも、急に辞められたら困るんだよ。佐藤の奴も最近やる気があんだかないんだか分かんないしさ」

秀明の名前が出て、祐子はどきりとする。

「佐藤さん、調子悪いんですか？」

「知らねえよ。あのなんだっけ、森永に付きまとってた小太りのセンセー」

「茄子田さんですか？」

「そうそう、ナス坊。あそこにかかりっきりになってってさあ。脈がないんなら、そろそろ違うとこ取りかかってくれなきゃ困るんだよな」

茄子田のことを言われて、祐子は何かが記憶の底の方で引っ掛かっているような感じがした。外国の俳優の名前をどうしても思い出せない。そんな頭の中が痒《かゆ》いような感覚。

「佐藤も佐藤だけどさ、お前もね、もう少しまわりのことを考えてくれよ。自分のことばっかりじゃなくてさあ」

課長は喋《しゃべ》り続ける。祐子は上の空で相槌《あいづち》を打った。

「……はあ」

「お前はいいよ。うらやましいよ。そうやって次の就職先も考えずに簡単に辞めちゃってさ。それでも誰にも責められないんだから。適当に働いて、お嫁にでもいけばいいやって思ってんじゃないの？　そのくせ結婚して子供産んだ後、やっぱり社会に出たいの、ハゲ親父の世話で一生を終わりたくないのとか言うんだろう」

それは課長の家のことでしょう、と祐子は心の中で文句を言った。

「お前さ、営業に配属になって、いくつ契約取った？」

課長はひとりでどんどんお酒を空ける。板前が何か握りましょうかと声をかけてきた。

「うん、握って握って。俺、嫌いなものないからね。森永は？　光りものは駄目？　女はどうしてそうなのかね。それで何件契約したんだっけ？」

だんだん呂律《ろれつ》がおかしくなっていく彼を、祐子は嫌な顔でちらりと見る。

「二件です。ふたつとも、課長に回してもらったものです」

「だろう。そうだろう」

課長は大袈裟《おおげさ》にそう言った。

「それで一軒はまだ建築中だろ？　アフターケアーはどうするの？　そんなの引き継ぎすりゃあいいって思ってんだろうけれどね。そうだよ、もともと俺の客だよ。俺がまた見ればいいよ。でもね、俺の信用はどうなるの？　新人でまだ至りませんがよろしくお願いしますって頭下げたじゃない。お前も一生懸命やりますって言ったじゃない。それが建築中にころっと担当が変わってみなよ。グリーンハウジングさんは信用できないね、やっぱり女は駄目だね、頼むんならやっぱり男だねって言われるよ。お前のせいで、また世の中の女の評価が下がるんだよ」

喋り続ける課長に、反論しようとすればできた。けれど、祐子は目の前に置かれた中トロの寿司をじっと見て涙を堪《こら》えた。

一生懸命やったつもりだった。でもまだ足りないというのだろうか。自分は甘いのだろうか。どうしたらいいのだろうか。

「あれ？」

その時、課長が入口の方に顔を向けた。スーツ姿の女性がふたり入って来る。片方は中年で片方は二十代中頃の女性だ。ふたりとも、大きめの鞄《かばん》を持っている。いかにも働いています、という感じだ。

「なあ、あの若い方。どっかで見たことない？」

課長が祐子に聞いてくる。彼女には見覚えはなかった。

「さあ」

「ええと、あれ、誰かの女房だよ。結婚式で見た気がするな。清田だったかな、佐藤だったかな」

カウンターではなく、テーブル席の方に彼女達は座ろうとした。若い方の女性が、じろじろ見ている課長の視線に気が付いたのか、こちらを振り返った。

最初、訝《いぶか》しげだった彼女の顔が、さっと笑顔に変わった。

「竹田さん、ですよね？」

そう言って彼女はこちらにやって来る。課長はまだ思い出せないのか、困ったような笑顔を作った。

「いつも、うちの佐藤がお世話になっております。結婚式の時は、いろいろとありがとうございました」

「あ、いえいえ。もうずいぶん前の話ですな」

「デートですか？」

その人は微笑んで課長と祐子にそう聞いた。祐子は会釈をするのも忘れて、その人の顔を見た。横で課長が下品に笑った。

「いや、こいつはうちの新人でね。今、説教してたんですよ」

「まあ、お説教？」

「仕事がつらいんで辞めたいなんて言うんですよ、まったく最近の若い奴は根性がなくて」

談笑するふたりの横で、祐子は箸《はし》を持ったまま目を見開いていた。

秀明がホテルに連れていったのは、この人じゃない。この人じゃなかった。

祐子はどぎまぎとうつむいた。

じゃあ、あれは誰だったのだろう。祐子は目をつぶって記憶の底を探った。

「あ」

かちりと電源が入るように、秀明が連れていた女性と、もうひとつの記憶が繋《つな》がった。

あれは、あの人は。

「どうしたの？」

そこで課長が祐子の顔を覗《のぞ》き込む。秀明の奥さんはもう自分の席に戻って行っていなかった。

「どっか具合でも悪いのか？」

「……いえ、あの、何だか酔っぱらっちゃったみたいです」

それを聞いて、何故だか課長は嬉《うれ》しそうににっこり笑った。

「大丈夫かい？　そろそろ行こうか」

「はい」

早くひとりになって、今思い出したことをちゃんと考えたかった。心臓が引っ繰り返ったようにどきどきと波打っている。

その時、ふと肩に誰かの手がのった。祐子は「え？」と顔を上げる。

「少し、どこかで休んでいこうか」

「は？」

「ここにはさすがに部屋は取れないけどね。ちょっとタクシーに乗っていい所にさ」

祐子はやっと、課長が何を言っているのか理解することができた。怒りよりも何よりも、祐子は啞然《あぜん》として口がきけなかった。

男って、分からない。

両手で祐子は顔を覆った。叫びだしそうだった。


感じが悪いわね、と佐藤真弓は思った。

秀明の上司といっしょにいた若い娘は、真弓に笑顔ひとつ見せなかった。上司の奥さんに、何故愛想笑いのひとつもできないのだろうか。

不愉快な思いを抱えてテーブル席に着くと、真弓よりもっと不機嫌そうな顔をした支部長が座っていた。両腕を組み、眉間《みけん》に皺《しわ》を寄せ、何やら考え事をしているようだ。

「支部長、何を頼みましょうか」

そっと真弓は聞いた。支部長は目を上げて真弓を見る。

「ビール。真弓さんは？」

「じゃあ私も」

支部長がここまで露骨に不機嫌な顔をするのを、真弓は初めて見た。支部長は「真弓さんは悪くない」と言ってくれているが、本当はすごく怒っているのではないかと思った。

「それにしても、困ったことになったわね」

支部長がそう漏らす。

「……すみませんでした」

「いいのよ。何度も言うけど、真弓さんが悪いわけじゃないわ」

先日、経理の女性が支部に帰った方がいいと教えてくれたあの時、急いで戻ると、事務所の中では大乱闘が起こっていた。

原因は真弓と同期で入った保坂やよいが、他のセールスレディーのお客を取ったことだった。

真弓はいつか、保坂やよいにアドバイスをした。端末で客の保険の状況を見て、担当者がもう辞めているようだったら、自分が担当者になればいいと言った。

保坂やよいは、それを早速実行した。最初のうちは、結構それがうまくいった。長いこと放っておかれた客は、新しくてマメなセールスレディーが担当になったことで、保険を掛け替えてくれたりもした。

しかし、そのやり方だけではいつまでも続かない。なかなか該当する客が見つからなくなると、彼女は月のノルマが果たせなくなってきた。

そして彼女は、まだ支部に勤めているセールスレディーの客にまで接触するようになった。リーフ生命の保険に入っている客を訪ね、最近セールスレディーが来ているかどうか聞く。最近来てないね、と不満の色を客が見せると、では私がこれから担当になりますのでと名刺を渡す。それであれこれとケアーをして、新しい保険に入ってもらう。

そんなことをしていたら、他のセールスレディーに知られるのは時間の問題だった。真弓がアドバイスした、もう辞めているセールスレディーの客をキャッチするという方法でさえ、あまり褒められた方法ではない。

ある日、樺木がご無沙汰《ぶさた》していたお客を訪ねると「他の人に担当が代わったんじゃないの？」と言われて愕然《がくぜん》としたのだ。

保坂やよいは、片っ端から先輩セールスレディーの客を横取りしていた。それを知った樺木を含めた三人のセールスレディーが、保坂やよいを吊《つ》るし上げた。

おばさん三人に囲まれて小突かれた彼女は、泣きながらも訴えた。

方法を教えてくれたのは佐藤真弓だと。それに、大事な客を放っておいたあなた達にも非はあると。

女同士の乱闘に、真弓が割って入った。当然真弓も樺木達から責められた。真弓が樺木達に冷静になるように説得しても、頭に血が上ったおばさん達を黙らせることはできなかった。真弓も保坂やよいといっしょに泣きだしてしまおうかと思った時、支部長が事務所に帰って来た。

樺木が支部長にくってかかる。新人にどういう教育をしているのか、数字さえ挙げれば何をしてもいいのかと。普段の鬱憤《うっぷん》が爆発したようだ。それを支部長は、顔色ひとつ変えずに聞いていた。

樺木の話を全部聞いた後、支部長は言った。

保坂さんが正しいことをしたとは言いません。けれど、客を取られるような油断を見せた樺木さん達も悪い。何であれ、契約を取ってくるのが優秀なセールスレディーなのだと。

それを聞いて、樺木はそこにあった椅子を蹴《け》り倒した。そしてくるりと背中を見せ、力まかせにドアを閉めて出て行ってしまった。

その日から、保坂やよいと樺木は、二度と支部に姿を見せなかった。真弓はふたりの家に何度も電話をかけたが、彼女達は返事もせずに電話を切った。

「あと四人も、どうしたらいいのかしら」

樺木の仲間の、ふたりのセールスレディーは支部長の説得で何とか会社に残ってくれた。けれど、保坂やよいと樺木は辞表を郵送してきた。

支部の人数を揃えるということは、支部長にとって重要な仕事だ。本社も支店も、とにかくセールスレディーの頭数を揃えることに意外なほど口やかましい。いつまでも規定の人数を揃えられない支部は、他の支部に吸収される場合もあるらしい。それは支部長にとって、地位と収入の両方を奪われる最悪の事態なのだ。

「真弓さん、どう？　誰か当てのある人いる？」

届いたビールを気がなさそうに飲みながら、支部長が聞いてくる。

「……いえ」

「そう、困ったわねえ」

「求人広告をうったらどうでしょう」

「そんなの、いつも新聞に出てるわよ。真弓さんみたいに、自分から応募してくる人は珍しいの。当てにしていられないわ」

ぶっきらぼうに言われて、真弓は少しカチンとくる。けれど、責任の一端は自分にもあるのだと思い直した。

「支部長、元気出して下さい。私、一生懸命やりますから」

真弓がそう言っても、彼女の顔は晴れない。

「大丈夫ですよ。私、明日から家庭訪問もしますし、やよいさんをもう一度説得してみます。マンションの人達も勧誘してみます」

真弓が力を込めてそう言うと、やっと支部長はいつもの笑顔を見せた。

「真弓さんって、頼もしいわ」

「そんな……、とにかく支部長にはお世話になりっぱなしなんで、恩返ししたいんです」

「嬉しいわ。ありがとう」

そこで店の板長らしい男がテーブル席までやって来て、支部長に頭を下げた。

「いつも、どうもありがとうございます」

「いいえ。先日はご馳走《ちそう》様でした」

「お父様はお元気でいらっしゃいますか？　最近、お見えにならないんですがね」

「ええ、ちょっと旅行に行っているのよ」

「今度はどちらに？」

「聞かないで。ハワイなの」

「ああ、ゴルフですね」

ふたりは親しそうに話している。真弓は半分呆気《あっけ》に取られて、ふたりの顔を見比べた。

「何かお作りしましょうか」

「そうね、お任せするわ」

支部長は柔らかく笑ってそう言った。真弓は改めて店の中を見渡す。壁に値段は貼っていないし、メニューもない。

支部長とふたりで食事をする時は、必ず彼女が支払ってくれるけれど、そんなに経費を使っていいのだろうかと、ふと真弓は思った。いつでも領収書を貰《もら》っているから、自腹を切っている様子はない。コピーや電話でさえ、セールスレディーに自腹を切らせる会社なのに。それとも、支部長にでもなれば、経費など使いたい放題なのだろうか。

支部長は、このホテルをしょっちゅう利用しているように見える。ご両親とでも来るのだろうか。

真弓は出された豪華な刺し身の盛り合わせに、複雑な思いを抱いて箸《はし》を付けた。


茄子田朗が学校から戻ると、家には誰もいなかった。

ただいまーっと大声を出したのに、どこからも返事がない。古い家の中はしんと静まり返っている。

朗はスニーカーを脱ぎ捨て、玄関に上がった。下駄《げた》箱の上のカレンダーが目に入った時、今日は水曜日であることを思い出した。水曜日はお母さんのお花教室の日だ。

「おばあちゃん、いないのー？」

玄関の鍵《かぎ》は閉まっていなかった。ということは、祖母は家にいるはずだ。けれど朗の声に誰も応《こた》えない。

「まったく、もお」

唇を尖《とが》らせて朗は二階への階段を上がる。そうだ、誰もいないならゲームをやろうと朗は思った。

ゲームは一日一時間と決められている。けれど、兄の慎吾はシミュレーションや将棋のソフトばかりやりたがり、朗がやりたいような〝ガキッぽいゲーム〟にはなかなか付き合ってくれない。

ふんふん歌を口ずさみながら階段を上がりきると、そこに祖母がぬっと立っていた。

「わっ」

びっくりして朗は声を上げた。薄暗い廊下からいきなり出て来られると心臓に悪い。

「お、おばあちゃん、いたの？」

「おかえり」

ぼそっと祖母が言う。

「上に何か用だったの？」

「いや、料理の本を借りようと思って」

「そんなの言ってくれれば僕が取ってあげたのに」

「いいんだよ。あたしだって、少しは動きたいんだ」

そう言って、祖母は手すりに摑《つか》まりながら一歩一歩階段を下りて行く。その曲がった背中を朗は見つめた。手を貸そうとしたって、どうせ断られるんだ。朗は兄といっしょに使っている子供部屋へ入った。

ランドセルをどさりと置いて、彼は机の前に座った。椅子の背を鳴らしながら、天井を見上げる。

家を建て直すのはいつだろう。夏休みにはやるのかと思っていたら、もうすぐお正月だというのに、全然工事をはじめる気配がない。

「あーあ、ほんとに建て直すのかなあ」

家が新しくなれば、兄と別々の部屋を貰える。空が見える自分だけの部屋が貰える。子供部屋にもテレビが買って貰える。そう朗は思っていた。

今時、テレビが一台しかない家なんて珍しい。うちは本当は貧乏なんじゃないかと朗は思った。そう言えばうちにはエアコンもないし、ホットカーペットもBSチューナーもない。前に一度だけ兄に連れていってもらった〝葉山君ち〟とは大違いだ。

「あきらー、おやつ食べるかい？」

下から祖母の声が聞こえた。朗は仕方なく「はーい」と返事をする。祖母が出してくれるおやつは、いつも饅頭《まんじゅう》や羊羹《ようかん》だ。朗は和菓子も祖母も苦手だった。

下りて行くと、案の定テーブルの上にきんつばと日本茶が待っていた。台所のテーブルで、祖母と孫は向かい合ってお茶を啜《すす》った。朗は生まれた時からいっしょに住んでいるのに、祖母の前に出ると何を言っていいか分からなくて緊張する。

「ねえ、いつお家建て直すのかなあ」

黙っているのも気まずくて、朗は祖母に尋ねた。

「さあ、どうかねえ。きんつば、もうひとつ食べるかい？」

「いらない」

「かりんとうもあるよ」

「いらない。お母さんがきっと何か買ってきてくれるから」

朗の言葉に、祖母の顔から笑みが消えた。

「まったく、あんたのお母さんはちゃらちゃら遊んでばっかりで。ケーキ買ってくれれば済むと思ってるんだから」

朗がそれに答えないでいると、祖母はさすがに文句を引っ込めた。

「ねえ、おばあちゃん、ゲームしていい？」

「宿題済ませてからやる約束だろう」

「お母さんが帰って来るまでだよ。もう三十分もしないうちに帰ってくるもん」

「しょうがないねえ」

祖母がそう言って微笑んだので、朗は早速テレビの前に座った。コントローラーを操りながら、朗は自分の背中に祖母の視線を感じていた。自分の部屋に行ってほしかったが「あっちへ行け」とも言えない。

朗は知っていた。祖母は僕が可愛いのだと。兄の慎吾よりも、祖母は自分を〝跡取り〟にしたいのを朗は知っていた。その愛情の深さが、朗にはうっとうしかった。父も母も祖父も自分を可愛がってくれる。けれど、どうも祖母の愛情には、ねばりつくような何かを感じていた。

玄関の扉が開く音がした。そしてバタバタと階段を駆け上がって行く音。「ただいま」を言わないのは、家中で兄の慎吾だけだ。

「まったく、あの子は……」

祖母が小さく愚痴を言う。朗はちらりと祖母の方を見た。

まったく、お兄ちゃんは。朗も祖母と同じように胸の中で呟《つぶや》いた。

要領が悪すぎるや。

朗には、大人の考えていることがだいたい分かる。もちろん全部ではないが、朗は臨機応変ということを知っていた。誰に対してどう振る舞えばいいのか、どうすればうるさいことを言われないで済むのか。

兄は四年生になるのに、まだそれに気が付かない。「ただいま」ぐらい言えばいいじゃないか。出掛ける時は〝葉山君ち〟ではなくてただ〝友達のとこ〟だと言えばいいじゃないか。

将棋にしたってそうだと朗は思った。去年、兄は将棋で父親を負かした。父親もまさか小学校三年生の息子に負けるとは思っていなかったのだろう。無言で立ち上がると、家を出て行った。その晩は夜中に酔っぱらって帰って来たらしい。

それから父親は、兄の慎吾が将棋番組を見たり、将棋のゲームソフトをやっていると機嫌が悪い。お父さんもお父さんなら、お兄ちゃんもお兄ちゃんだよ、と朗は思う。

みんな要領が悪すぎる。

おじいちゃんもそうだ。競馬や競艇に行きたいなら、黙って勝手に行けばいいのに、いい顔をしようとして僕達をだしにしている。まあ、お馬が走ってるのを見るのは結構面白いけどね。

お母さんもお母さんだ。おじいちゃんが競馬に使っちゃうのを知ってて、お金を渡すんだから。知ってるくせに、動物園はどうだった？　なんて聞くんだから、案外性格悪いや。

でも、最近のお母さんはちょっと変だと朗は思っていた。

以前よりも笑わなくなった。三面鏡の前でいつまでもじっと座っている時がある。そうかと思うと変にはしゃいだり、急に涙を浮かべてぎゅっと抱きしめてきたりする。

朗は、どうして祖母が悪い足を引きずってまで二階にいたのか知っていた。祖母も母の様子が変だと思っているのだ。きっと、日記とかそういうものを両親の寝室から捜していたのだろう。

朗は母親が大好きだった。だから、単純に心配だった。以前のような、少々馬鹿でも明るい母に戻ってほしかった。

母親の様子が変になったのは、お花教室に行きはじめてからのような気がした。最初の頃は、朗が学校から戻る前には絶対帰って来ていたのに、最近は夕方にならないと帰って来ない。

先日、母親が夜、突然いなくなった。夕飯が終わった後、急に「買い物に行く」と言って出掛け、夜遅くまで帰って来なかった。父親が帰って来たのが夜中だったからよかったけれど、全員でひやひやしていた。祖父と兄は近所を捜し回り、朗は怒る祖母を宥《なだ》めた。

お父さんと喧嘩《けんか》でもしたんだろうか。

父はわがままだ。何でも自分が正しいと思っている。自分の思うようにならないと怒りだす。けれど、母と喧嘩をしているところは見たことがない。いつも母は、父の意見に〝賛成〟だから。

朗は父親が嫌いではなかった。酔っぱらった時とケチなところは嫌いだけれど、普段の父は優しかった。ゴールデンウィークに家族四人でキャンプをした時は楽しかった。飯盒《はんごう》でご飯を炊くのが父はうまかった。魚の釣り方も教えてくれた。母も兄も楽しそうだった。

「朗」

兄の声がして、朗は振り返った。塾用の鞄《かばん》を持った兄が立っていた。

「お母さんは？」

「まだ帰って来てない」

祖母は兄には何も言わない。ただ黙って蜜柑《みかん》の皮を剝《む》いている。

「遊びに行ってくる」

そう言い残して、兄は廊下をぱたぱたと行ってしまった。玄関の閉まる音がすると、祖母が露骨に溜《た》め息をついた。

「まったく誰に似たんだか……」

「本当のお父さんでしょ」

朗はゲームの画面に顔を向けたまま言った。祖母がゆっくり顔を上げる。

「……え？」

「僕、知ってるんだ」

朗はコントローラーを持ったまま、笑ってそう言った。祖母の顔が歪《ゆが》むのを、目の端で見る。

なんだ、本当だったのか。

朗は祖母の表情を見て、そう思った。


結婚式は嫌いだ。

秀明はそう思いながら、マイクの前でスピーチしている妻を見ていた。

「わたくしと一美さんは、中学時代からの親友です。一美さんは昔から面食いで、男の人は性格よりもお金よりも、顔なんだといつも言っていました」

真弓は楽しそうにマイクに向かっている。花嫁もにこにこ笑って親友のスピーチを聞いていた。

ウェディングドレスの花嫁の横に、白いタキシードを着せられた花婿が、ずっと困ったような笑顔を浮かべて座っている。日本人の男で、結婚式の衣装が似合う男がいるだろうかと秀明は思った。

芸能人なら、まあいけるかもしれない。けれど、普通の男は駄目だ。白いタキシードを着ると場末のマジシャンのようだし、紋付き袴《はかま》は漫才師のようになる。自分の結婚式の時も、ああいう風に見えたのだろうなと思うと、秀明は少し悲しかった。

「一美さんに初めて彼を見せてもらった時、失礼ですけど私は驚きました。彼女は胸を張って私に言ったんです、男は顔じゃなかったわと」

スピーチはくだらないし、料理は大しておいしくないし、何と言っても金がかかる。

今朝も真弓と、いくらお祝いを包むかで喧嘩になった。

秀明は、うちは今家計が苦しいのだから三万円にしようと言った。真弓は式場が一流ホテルなのだし、親友の式なのだから五万円は包みたいと言った。グリーンビューホテルのどこが一流ホテルなのだと秀明は思った。値段だけ都心の真似をしているだけではないか。結局、秀明が二万、真弓が三万出すことで話がついた。

「ビール、お飲みになりますか？」

隣に座っている、新婦の友人らしい女性がビール瓶を持って彼に言った。

「すみません、結構です」

その人は、気を利かせたのに断られた、という表情をしたので、秀明は慌てて付け加える。

「僕、下戸なもので」

「あ、そうですか。すみませんでした。じゃ、ジュースがいいですか？」

「どうもすみません」

振り袖《そで》を着た若い女性にジュースを注いでもらっても、全然嬉《うれ》しくなかった。これだから結婚式は嫌いなのだ。

「一美さん、健一さん、どうか末永くお幸せに。早く二世の顔を見せて下さいね」

真弓のスピーチが終わる。秀明は力なく拍手をした。彼女は席に戻って来ると、テーブルの上のビールをぐっと一気に飲んだ。

「あー、緊張した。ね、ね、どうだった？」

「別に、いいんじゃないの」

「どうせ聞いてなかったんでしょう」

笑いながら、真弓は言う。今日の彼女は機嫌が良かった。

ドレス姿の真弓を見て、秀明は彼女がだいぶ痩《や》せたことに気が付いた。髪をまとめ、化粧をし、笑っている彼女はきれいだった。久しぶりに秀明は妻をきれいだと思った。

「ねえねえ、やっぱり二次会行かないの？」

フォークを使いながら、真弓が聞いてくる。

「せっかく麗奈を預けてきたんだから、たまにはいっしょに飲みに行かない？」

「僕は酒が飲めないし、金がない」

「じゃあ、二次会行くのやめるわ。デートしましょうよ」

「今更デートなんかしてどうするんだよ」

秀明の言葉に、真弓は不機嫌そうな顔をした。秀明は肩をすくめる。

「親友の結婚式の二次会だろう？　行ってきなよ。僕は麗奈を迎えに行って先に帰ってるから」

「そう？」

「友達に会うのも久しぶりなんだろう。楽しんでくればいいじゃない」

真弓は小さく頷《うなず》いた。秀明は息を吐く。友達でもない人間の結婚式に出るだけでも苦痛なのに、二次会まで付き合わされてたまるか。

花嫁と花婿は、お色直しで退場して行った。聞く人間がいないのに、それでもスピーチは続く。

秀明の斜め前に、六歳ぐらいに見える息子を連れた母親が座っていた。特別に子供用のメニューがあるらしく、お子様ランチのようなものを食べていた。母親は子供が服を汚さないように気を遣っている。

綾子の姿が浮かんだ。

秀明は首を鳴らそうとして、思い止《とど》まる。この癖は直そうと思っているのだ。

どうしたらいいのだろう。秀明は皿の上の伊勢海老《いせえび》を眺めながら思った。

綾子とは何回寝ただろう。もう数えきれないほどだ。彼女とのセックスは素晴らしい。肌が合うとはああいうことをいうのだろうと彼は思った。

初めて彼女を抱きしめたのは、まだ夏前だった。心臓が張り裂けそうだった。このまま時間が止まればいいと思った。

彼女と寝ることができた時は、もう何もいらないと思った。何もかも捨ててもいいと思った。綾子を守るためならば、綾子を幸せにするためならば何でもする、確かにそう思った。

嘘ではなかった。あれは恋だった。

秀明は、ナイフとフォークを持った自分の両手を見つめた。この手は誰かを幸せにすることができるのだろうか。もしかしたら、人を不幸にすることしかしていないのではないだろうか。

最近の綾子は、やはりどこかおかしかった。必死で平静を保とうとしている。けれど、秀明の背中に血が滲《にじ》むほど強く爪を立てる。秀明はもう半年ほど真弓を抱いていないので、背中の傷はまだ知れてはいないと思うが、真弓に見られないようにこそこそと着替えをしている。

知れてもいいじゃないか。秀明はぼんやりとそう思った。何もかも打ち明けてしまえばいいのだ。そうすれば、真弓は自分から離れていくだろう。

そうして、綾子の手を取ればいいのだ。彼女を茄子田から奪えばいいのだ。彼女の夫に、彼女の息子の父親に、秀明がなればいいのだ。

秀明はまだ伊勢海老を見つめている。

愕然《がくぜん》としていたのだ。

彼の考えていることは、決して想像の域を出ることがなかった。決してそれを実行しないだろうと、自分自身で分かっていた。

何故なんだろう。秀明は沈んだ心で思った。

金のこともある。いや、それが第一なのかもしれない。

もし真弓と別れて、綾子と結婚するのであれば、まず真弓には慰謝料と子供の養育費を払わなければならないだろう。

そして、綾子と綾子の息子ふたりを養わなければならないのだ。いったい月にいくら稼いだら間に合うのだろう。

そうしたら、自分の人生はどこにあるのだろうか。

金のことだけではない。真弓はきっと泣き狂い、茄子田にはどうされるか分からない。悪いのは歴然と秀明なのだ。誰が自分を庇《かば》うだろうか。

自分の人生は、いったいどこにあるのだろう。秀明はそう思った。

映画に興味を持ったのは、中学一年の頃だった。少ない小遣いから映画雑誌を買いあさり、地元では公開されない単館ロードショーを東京までひとりで見に行った。楽しかったあの頃。あの頃には人生は自分の手の中にあった。いつから、自分はそれを手放してしまったのだろうか。

今度の水曜日は綾子に会えない。日曜日の今日、この結婚式のために代休を取ってしまったからだ。

会いたいのか、会いたくないのか、もはや秀明にはよく分からなかった。会って抱きしめたい。キスをしたい。笑顔を見たい。その気持ちは確かにある。けれど、そうすればそうするほど、綾子を追い詰めているのではないかと秀明は思った。

そこで、ふっと会場のライトが落ちる。秀明は伊勢海老から顔を上げた。

白い扉が開き、スポットライトの中から衣装を替えた新郎新婦が登場した。手には花とキャンドルを持っている。

にこやかに笑って、ふたりは各々のテーブルに蠟燭《ろうそく》の火を灯《とも》していく。秀明はナイフとフォークを置いて彼らの姿を眺めた。

やがて彼らは秀明のテーブルにもやって来た。花嫁と真弓は楽しそうに言葉を交わす。近くで見ると花嫁はとてもきれいだった。そうだ、ウェディングドレスを着た真弓も、彼女のようにきれいだったと秀明は思った。綾子もきっときれいだっただろう。写真を見てみたい、秀明はそう思った。

固い笑顔の新郎を秀明は見上げた。君の人生は君だけのものなんだよ、と言ってあげたかったが、そんなことをいきなり言っても気味悪がられるだけだ。

突然そこでメールの着信音が鳴り響いた。真弓も新郎新婦も丸テーブルについた招待客達も、皆秀明の方を見た。

秀明は慌てて携帯をマナーモードにした。心臓が止まるかと思った。

式が終わると、秀明はロビーの隅で隠れるように携帯で電話をした。綾子から「お願いだから電話をして」とメールが入っていた。

「秀明さん？」

電話をすると、すぐ綾子が出た。

「どうしたの。びっくりしたよ」

「ごめんなさい。今日は、お友達の結婚式だったのよね。大丈夫だった？」

「ああ、平気だよ」

全然平気ではないのだが、彼はそう言っておいた。

「今晩、会えないかしら。あの人飲みに行くみたいだから」

綾子は茄子田を主人と言わず、あの人と言うようになっていた。

「ごめん、悪いけど娘を迎えに行かないとならないんだ」

そう、と綾子は落胆した声を出した。

「水曜は会えないけど、金曜あたりに休めると思うから」

「本当に？」

「うん。また連絡する」

「きっとね」

嬉《うれ》しそうな綾子の声を聞いてから、秀明は電話を切った。後ろを振り向くと、大きなガラスの向こうに日本庭園があり、そこで花嫁と真弓が写真を撮っている姿が見えた。

秀明はもう一度携帯のディスプレイに目を落とした。そして散々迷った末に、実家に電話をかけた。

「あ、母さん。俺」

電話の向こうで、母親が久しぶりじゃないと嬉しそうな声を出した。

「うん。父さんも元気？　ああ、みんな元気だよ。麗奈もずいぶんちゃんと歩けるようになった。え？　正月は帰れそうもないんだ。忙しくてね。うん。悪い」

秀明は少し伸びた顎《あご》の髭《ひげ》を手で触りながら言った。

「申し訳ないんだけど、今年ボーナスがほとんど出なくてさ。ほら、この不況だろう。マンションの返済がさ。うん。そうなんだ。夏のボーナスで必ず返すから。え？　そんなにいらないよ。十万でいいんだ」

冬のボーナスは真弓に全額渡してしまった。十万余裕があれば、しばらく綾子とのホテル代も払えるだろう。

秀明は後ろに人影を感じて、携帯を耳に当てたまままちらりと振り返った。真弓が立っていた。

「あ、じゃあ、うん。また電話するよ」

慌てて彼は電話を切った。真弓は腕を組み、無表情に秀明を見ていた。

「写真撮ったのかい？」

秀明は苦し紛れにそう言った。いつから真弓は後ろにいたのだろう。どこから聞かれたのだろうか。

「じゃあ、悪いけど二次会に行くから。そんなに遅くならないと思うけど」

「ああ、麗奈と家で待ってるよ」

足元に置いた引き出物の袋を持つと、秀明は背中を向けてそそくさと歩きだす。

「ヒデ」

真弓が彼を呼び止めた。

「な、何？」

「あれ、本気だからね」

真弓はそう言った。化粧をした妻の顔が、能面のように白く燃えている。

「……あれって？」

「勝負よ。三ヵ月間の収入が少なかった方が、家で奥さんをやるの」

いやに落ちついた声で真弓は言った。ハイヒールを履いた足が、強く床を踏みしめている。

「逃げたら許さないわよ。ヒデってそんな卑怯《ひきょう》な人じゃないでしょう？」

秀明はかろうじて「分かってるよ」と呟《つぶや》いた。妻から目をそらし、秀明はタクシー乗り場に急いだ。

8

昼休み、茄子田太郎は職員室の机で、弁当の蓋《ふた》を開けた。

結婚してから十年、妻は仕事に行く彼に欠かさず弁当を持たせてくれている。料理上手な妻の作る弁当は、いつでも工夫が見られ、茄子田の好物ばかり入っていた。しかしその日、彼は弁当箱の蓋を開けたまま、箸《はし》も持たず腕組みをしていた。

やはり、おかしい。

茄子田はそう思った。少し前から何か変だなとは思っていたが、今日は決定的だった。綾子は決して食事に関しては手を抜くようなことはしなかった。それが、どうしたことだ。彼はじっとアルミの大きな弁当箱を見下ろした。

今日の弁当のおかずは、茄子田の嫌いな冷凍食品のハンバーグだった。そして昨夜の残り物の煮物も入っている。

何ヵ月か前から、弁当に同じおかずが続いたり、冷凍食品らしい物が入るようになっていたのは気が付いていた。もう結婚して十年だ。いくら料理好きでも、そろそろ妻だって手を抜くこともあるだろうと彼は思っていた。けれど、今日の弁当には愛情が感じられなかった。

　茄子田は怒りよりも、戸惑いを感じていた。

　弁当だけではない。確かに綾子は最近、様子がおかしかった。以前のような明るさがなくなっているように思えた。

　元気がないじゃないか、と彼は先日聞いてみた。すると綾子は微笑んで「風邪気味なの」と言った。確かによく洟《はな》をすすっている。目許《もと》も少し赤くなっている。けれどそれは、こっそり泣いているからだということぐらい彼にも分かっていた。

　母さんがまた何か言ったのだろうか。茄子田は眉間《みけん》に皺《しわ》を寄せて唸《うな》った。

　女同士というのは、どうしてそうなのだろうと彼は思った。いっしょに住んでいるのだから、仲良くすればいいではないか。いがみ合って暮らして、何が楽しいだろう。気に入らないことがあるのなら、話し合って解決すればいいではないか。

　それとも、父さんがまた金の無心でもしたのだろうか。慎吾のことで何かあったのだろうか。それなら、どうして相談してこないのだろうと彼は思った。

「まったく、苦労が絶えねえなあ」

　弁当箱の蓋を閉めて、彼はそう呟いた。

　結婚をしてからずっと、いくら彼が苦労をかけても、綾子は耐えてくれた。茄子田が外で遊んでいることも、綾子は知っているだろう。けれど、それも男の甲斐性《かいしょう》のうちと思っていてくれているのだろう。

いったい、綾子はどうしてこっそり泣いているのだろうか。何を悩んでいるのだろうか。何故夫である自分に相談してくれないのだろうか。

正月疲れもあるかもしれないと茄子田は思った。今年も彼女は文句ひとつ言わず、甲斐甲斐しく働いてくれた。考えてみれば、家庭の主婦にとって年末年始は休みではない。大掃除に買い出しにお節作り。年が明ければ、家族と客のためにご馳走《ちそう》を振る舞う。毎年というわけにはいかないけれど、たまには妻にも〝楽な正月〟を与えてやった方がいいかもしれない。

去年のゴールデンウィークに、両親に留守番を頼み、四人でキャンプに行ったのは楽しかった。綾子も本当に嬉しそうだった。来年の正月は四人でどこかへ行くか。いや、でも正月の旅行は、ものすごく割高だと聞く。四人で旅館になど泊まったら、いくら金がかかるだろう。

茄子田は食べないままの弁当箱を、赤いチェックのナプキンに包みながら溜《た》め息をついた。

金がかかってしょうがない。家族の幸せを考えれば考えるほど金が要る。

そう言えば、家の新築の話も保留にしたままだった。最近、グリーンハウジングの佐藤の奴は顔を見せないなと彼は思った。

いっそ、家の新築は見送ろうか。冷たいようだが、両親もあと二十年は生きないだろう。彼らがいなくなってから建て直してもいいかもしれない。いや、もしそうするのならば、シビアなようでも、両親に生命保険をかけておいた方がいいな。

「茄子田先生。こんにちは」

突然後ろから言われて、茄子田は振り返った。リーフ生命のセールスレディーだった。彼は笑って立ち上がる。

「やあ、真弓ちゃん」

「これからお食事ですか？」

机の上の弁当箱を見て、彼女が言う。

「いや、えっと……君は昼飯は？」

「いえ、まだですけど」

「そうか、ちょうどよかった。いっしょに飯食いに行きましょうよ」

ついてるな、と茄子田は思った。ちょうど五時間目は授業がない。ひとりで蕎麦《そば》でも食べようかと思っていたのだが、彼女といっしょならば、レストランのランチでも食べようか。どうせ、彼女が会社の経費で落としてくれるのだろうし。

「でも、茄子田先生、授業は？」

「いいの、いいの。五時間目はないの。バス通りの向こうに、フランス料理屋ができたの知ってる？　そこのランチうまいらしいよ。さ、行こ、行こ」

茄子田は食べなかった弁当を鞄《かばん》にしまうと、さっさと歩きだした。

真弓はこの茄子田という男からは、絶対契約を取ってやると思った。

十二月中は三日に一度は彼の所に足を運び、何度も自腹を切って彼にお茶や食事をご馳走した。ちっとも聞いていない彼に、何度も商品の説明をした。

この仕事をはじめて思ったことだが、手のかかる客ほど諦《あきら》めるのは悔しいのだ。どうせ、この三千円のランチもこちらに払わせるつもりなのだろう、この男は。絶対絶対、契約させてやる。

「どうしたの、真弓ちゃん。恐い顔して」

フォークに海老《えび》を刺したまま、茄子田がにこにこと笑って言った。

「い、いえ」

「こういう気取った店は苦手だって思ってたけど、食べてみればおいしいもんだね。お店もなんかこう、トレンディって感じじゃない。今度はぜひディナーを食べましょうよ、ディナーを」

真弓は目をつぶって自分を宥《なだ》めた。怒るな、怒るな、怒ったら負けだと自分に言い聞かせる。考えてみれば、いいチャンスではないかと。

「茄子田先生、お家の新築の方はどうなりましたか？」

さりげなく真弓はそう聞いた。ナイフとフォークをぎごちなく使っていた茄子田の手が止まる。

「うん、いや、別にね」

「もう図面なんかはできたんですか?」

あくまで無邪気に真弓は聞く。

「いや、まあ、あれだよ。なかなか資金との兼ね合いがねえ」

真弓は茄子田の何かを誤魔化す様子を見て、夫の秀明は相当彼に手を焼いているのだろうと思った。そして茄子田の方も、まだ新築しようかどうしようか、決めかねているような感じもした。

「そうでしょうねえ。ゆっくりお考えになった方がいいですよね。お家はいつでも建てられるんですから」

「ま、そうだね。ゆっくりね」

「グリーンハウジングさんも最近はちょっとあれですし……」

わざと言葉尻《じり》を濁して真弓は言う。

「あれって?」

真弓は帆立のマリネを口に入れて、じっと茄子田の顔を見た。

「あら、ご存じないですか?」

「だから何を」

「いえ、ただの噂ですけどね。ほら、リーフ生命は系列会社ですから、時々噂を聞くんですけど、どうも経営がねえ」

「良くないのかい?」

「さあ……でも、緑山鉄道も最近はこの不況でしょう。あまりにも手を広げ過ぎたみたいで、まあ不振な部門は整理していくみたいなことを聞きまして……」

茄子田はナイフとフォークを置くと、目をぱちぱちさせて真弓の顔を見た。

「本当かい、それ？」

「いいえ、単なる噂ですよ。ごめんなさい、茄子田先生、驚かしちゃって」

彼は落ちつきなく、視線をあちこちにやった。そしてもごもごと言う。

「リーフ生命はどうなの？　大丈夫なの？」

「ええ。こう言っては何ですけれど、もう十年以上黒字ですので。それだけ、皆さんが保険というものを理解して下さっているわけですね」

ふーんと呟《つぶや》いて、茄子田は食事を再開した。何やら急に寡黙になった彼を、真弓はパンを千切りながら観察する。

結構、効いたかもしれない。真弓の真っ赤な嘘を、茄子田はまるで疑っていないようだった。

「先生、まあ、そういうこともありますし、今はお家の新築のことより、保険のことを考えて下さらないかしら」

死ぬほど努力をして、真弓は媚《こ》びた口調で言ってみた。パンにバターを塗っていた茄子田が顔を上げる。

「そうだな」

うんと頷《うなず》き、彼は指に付いたバターをぺろりと舌で舐《な》めた。真弓はぞわっと鳥肌がたつのを感じた。

「真弓ちゃんの言う通りかもしれないな」

茄子田はふふんと笑う。

「では、考えていただけます？」

「ああ、いいよ。確かに保険には入っておいた方がいいと思ってたところだったんだ」

真弓は胸の中でやった、と思った。これだけ努力したのだ。でっかい保険を勧めてやるぞと思った。

「でもな、やっぱり、あれだよ」

「え？」

「一回ぐらい僕とデートしてくれると、嬉《うれ》しいんだけどな。うん、一度でいいんだ、一度で」

そう言って、バターを塗りたくったロールパンを、茄子田はゆっくり齧《かじ》った。その唇を見て、真弓はフォークを持ったまま硬直してしまった。

まだ午後の三時だと言うのに、茄子田四郎は、炬燵《こたつ》で日本酒を飲んでいた。

今日は風邪気味で仕事を休んだ。仕事といっても嘱託の身なので、雑用ぐらいの仕事しかしていない。休んだところで、昔のように罪悪感や焦りのような気持ちはなかった。

先程綾子が卵酒を作ってくれた。それを飲んだら、日本酒の熱燗《あつかん》が飲みたくなってしまったのだ。

息子と孫は学校だし、ばあさんは部屋に入ったきり出て来ない。綾子は生協の荷物を取りに近所の家に出掛けていた。

テレビをつける気にもなれず、彼はぼんやり天井を見上げた。

電気の笠《かさ》に埃《ほこり》がうっすら積もっているのが見えた。今までそんなことに気が付いたことがなかったのは、埃が積もる前に綾子が掃除をしていたからだろうと彼は思った。

最近の綾子は変だった。彼はちびちびと手酌で酒を飲みながらそう思った。

少し前から、彼が孫達を遊びに連れて行くと言っても、金を渡してくれなくなった。前は競馬に行くということは暗黙の了解だったのに。太郎の奴が止めたのかなと思った。

競馬も競艇も、負けてばかりではない。勝った時は、綾子から貰《もら》った以上の金額を返している時もあるのに。

それに、綾子は元気がなかった。

今までずっと、楽しそうに家の仕事をしていたのに、最近は何だかだるそうにしている。ばあさんが厭味《いやみ》を言っても、小さく返事をするだけでぼうっと座っていることが多い。正月は笑顔で働いていたが、それも空元気のように見えて仕方なかった。

何かあったのだろうか。

彼は酔いが回った頭でそう思った。

彼は綾子がとても好きだった。息子の嫁でなく、自分があと二十歳若かったら、絶対求婚しただろうと思う。

あんないい女を、太郎は何故もっと大切にしないのだろう。よほど、あの事を根に持っているのだろうか。

「あー、おじいちゃん。お酒飲んでる」

背中から子供の声がした。彼が振り向く前に、慎吾が炬燵に滑り込んでくる。

「ただいまは？」

祖父に言われて、慎吾はランドセルを背負ったまま、ばつの悪そうな顔をした。

「ただいま」

「お帰り」

「お母さんは？」

「生協」

「ふーん」

慎吾は唇を尖《とが》らせ、つまみのイカの燻製《くんせい》に手を出す。

「おじいちゃん、風邪は？」

「うん、平気だよ。熱はないから」

それを聞いて慎吾はにっこり笑った。弟の朗より兄の慎吾の方が、彼になついていた。

もちろん朗も孫として可愛いと思っていたが、要領の良すぎる朗より、ちょっと不器用で純粋な慎吾の方が彼は好きだった。何より頭のいいところがいい。今では将棋の腕はほぼ互角だった。

「今日も塾かい？」

「うん。毎日だよ」

「大変だなあ。子供も楽じゃないなあ」

「そうでもないよ。だるい時は、友達の家でさぼったりするから。でも太郎の奴には内緒だよ」

「分かってるさ」

「また、競馬行こうね。僕がまた予想してあげるよ」

うんうんと頷いて、彼は猪口《ちょこ》の酒を飲み干した。孫に空いた杯を渡すと、半分ほど酒を注いでやる。

「ねえ、お母さん最近変だと思わない？」

猪口の酒をくっと飲み干して慎吾が言う。

「お前もそう思うか？」

「うん。最近、お弁当に冷凍食品が入ってるんだよね」

「そうか。そう言えば、この前は水加減を間違えたとかで、えらく固いご飯が出てきたもんな」

「僕がお風呂《ふろ》に入ってると、突然入って来てじーっと見たりするんだよ」

祖父と孫は、顔を見合わせる。

「何かあったのって聞いてるんだけどさ。ただ泣くだけなんだよ。僕、どうしたらいいか分かんないや」

心配そうに睫毛《まつげ》を伏せる孫の頭を、彼はくしゃくしゃと撫《な》でた。

「わしがどうしたのか聞いてやろう。慎吾はあんまり心配するな」

「太郎のせいかな。それとも、おばあちゃんのせいかな」

慎吾は父親のことを、陰で〝太郎〟と呼び捨てにしている。彼は何度かそれを叱ったことがあるが、そのことに関してだけは、慎吾は祖父の言うことを聞こうとしなかった。無理もないかと、今ではもう諦《あきら》めている。

「違うよ。きっと他のことだよ」

優しく諭すように彼は言った。その時、玄関のチャイムの音がした。

「誰かな」

「僕、見てくる」

家の人間はチャイムを押したりしない。慎吾は炬燵を出ると玄関に向かって走って行く。もう一本熱燗をつけようと、彼も炬燵から立ち上がった。

「おじいちゃん、お客さん」

慎吾がそう言いながら戻って来た。

「誰だ？　セールスだったら断っておくれ」

「お家の会社の人だよ」

彼は仕方なく廊下に出る。玄関では、グリーンハウジングの営業マンが畏《かしこ》まって立っていた。

綾子が家にいなかったことで、秀明は半分がっかりし半分ほっとしていた。

しかし、出てきた舅《しゅうと》は昼間から赤い顔をしていた。ずいぶんと酒臭い。こんな時に契約の話をして大丈夫だろうか。いや、かえって快く話を聞いてくれるかもしれないと秀明は思った。

「君も一杯飲むかね」

「いえ、車ですし」

「そうかい。じゃあ、悪いけどわしはもう少し飲むよ」

よいしょと言って炬燵に座ったところで、慎吾がお盆にのせた徳利《とっくり》を一本持って来た。

「おじいちゃん、これで終わりにしときなよ」

「分かってる、分かってる」

「じゃあ、僕は塾に行くからね。九時頃には帰って来るからお母さんにそう言っといて」

「気を付けてな」

慎吾は秀明の顔を見ると、ちょっとはにかんだように笑った。そしてぱたぱたと走って行ってしまう。

「可愛い男の子ですね」

秀明は思わずそう言った。

「うん。あの子はいい子だ」

舅はそう言って笑う。秀明もつられて笑った。

「今日、お伺いいたしましたのは」

秀明が話を始めようとすると、舅はゆっくり首を振った。

「家の話だろ」

「そうです」

自分はハウジング会社の営業マンなのだ。家の話をして当たり前だろと秀明は思った。

「わしには聞かんでくれ。息子に全部任せてあるんだ」

「はい、でもそれは」

舅は掌で秀明を止めた。

「分かってる。君はさぞ太郎に手を焼いているだろうよ。でも、それも君の仕事のうちだ」

確かにその通りなので、秀明は仕方なく口をつぐんだ。

秀明は今度舅と顔を合わせたら、彼を説得して契約を貰おうと考えていたのだ。新築する金の半分は舅が出すのだから。

しかし秀明は、舅の無気力な目を見てがっくりと肩を落とした。何故あの馬鹿息子の言うことを黙って聞いているのだろう。そんなに息子の機嫌が大事なのだろうか。

「あの、ちょっと立ち入ったことなんですけど」

秀明は珍しく、腹の中で怒りがふつふつと湧いてくるのを感じた。この家の人間は、何故こんなにあの男に気を遣っているのだろう。

「何かな」

「茄子田様では、本当にお家を新築なさる気持ちがあるのでしょうか」

ゆっくりと舅は秀明の方を見た。乾いた頬がうっすらと赤くなっている。

「どうしてかな」

「大変失礼ですけれど、皆さんはどこかおかしいです。新しい家が建てたいのであれば、何故皆さんで話し合われないのですか。何故茄子田先生に任せきりなのでしょうか。先生は、家族の幸せを考えているとおっしゃっていました。けれど、本当でしょうか。皆さんは幸せなんでしょうか。何故、不満をぶつけないんでしょうか。何故」

きょとんとした顔で、舅がこちらを見ている。秀明は慌てて口を閉じた。

舅はティッシュを取って洟《はな》をかんだ。ゴミ箱にそれを捨てると、着ていた半纏《はんてん》の前を合わせ直し、寒そうに首をすくめた。

「君は息子を誤解しておる」

「……は？」

酒を注ぎながら、舅はそう言った。

「あれはわがままでどうしようもない人間だよ。それは親から見てもそう思う。あれは駄目な人間だ」

秀明は舅の顔を見る。

「でも、あの子はわし達を決して見放さないよ。あの子がいてくれるから、毎日ご飯が食べられるし、安心して暮らせるんだ」

「でも、それは」

「ちゃんと働いているのは、あの子だけだ。わしはもう働いているうちに入らない」

舅は自嘲《じちょう》気味に言う。

「君は子供がいるんだっけ？」

秀明は炬燵《こたつ》の前で正座したまま、黙って頷《うなず》いた。

「男の子かい？」

「女の子です」

「そうかい。じゃあ、嫁さんに次は男の子を産んでもらうといい」

酔っぱらった口調で彼は言う。

「いえ、うちはひとり養うだけでいっぱいです」

秀明はそう言ってから、付け加える。

「けれど、確かに慎吾君なんかを見ると、息子が欲しいような気もします」

「そうだろう、そうだろう」

「こう言っては何ですけど、本当にお母さん似で、利発そうですね」

「いや、あれは父親似だよ」

舅はイカの燻製《くんせい》を噛《か》みきりながら言った。

「慎吾は太郎の子供じゃないんだ」

秀明は舅の言葉の意味が分からなかった。

「は？」

「太郎の子供じゃないんだよ。太郎と結婚した時に、綾子さんのお腹の中には他の男の子供がいたんだ」

まるで、そんなことも知らなかったのかというような口ぶりだった。秀明は目を見開いた。頭の中でキーンと金属音がする。

「……そのことは、茄子田先生は……」

「もちろん知ってる」

「し、慎吾君は？」

「どうかなあ。頭のいい子だからね」

いつの間にか舅は酒を全部空けてしまったようだった。あふ、と大きな欠伸《あくび》をすると、彼は炬燵につっぷし、寝息をたて始めた。

みどりヶ丘駅から徒歩五分の所に、ハローワークはある。その建物の前に小さな公園があり、真弓は公園のベンチに座って缶コーヒーを飲んでいた。

北風がコートの裾《すそ》をめくる。真弓は首に巻いたマフラーに顔を埋め、震えながらコーヒーを啜《すす》った。

一刻も早く、セールスレディーを四人増やさなければならない。本当は昨年いっぱいが本社から言い渡された期限だったのだが、何とか少し猶予をもらったのだ。支部長も真弓も、躍起になって人探しをしていた。

真弓は友人知人に電話をかけ、マンションの住人達にも職を捜していないか聞いて回り、街を歩く暇そうに見える主婦に声をかけた。けれど、誰ひとりとして保険の仕事をはじめてくれそうな人を捕まえることができなかった。

真弓はとうとうハローワークにやって来た。ここに来る人間は当たり前だけれど仕事を捜している。考えることは皆同じで、一時保険会社の人間が中まで入り込み、人を勧誘することが問題になった。だから真弓は、中に入ることはできない。出てきた人間に話しかけてみようという魂胆だ。

今日は朝からここにいて、三人の主婦らしき女性に声をかけた。けれど三人共真弓が保険の仕事のことを言うと、嫌な顔をして行ってしまった。

ブランコと砂場しかないその小さな公園にも、子供連れの主婦の姿が一組あった。天気はいいが風は冷たい。空が抜けるように青かった。

真弓は缶コーヒーを飲んでしまうと、立ち上がってそれをゴミ箱に捨てた。ベンチに戻り、背中を丸めて座った。そしてぼんやりと公園の風景に目をやった。

寝ればいいじゃない。簡単なことよ。

支部長が言った言葉が、頭から離れなかった。

先日、茄子田にデートしてくれれば契約をしてやるようなことを言われて、真弓は真剣に悩んでいた。デートと言うが、まさか映画をみて食事をしてそれで済むわけがない。

これが半年前の自分ならば悩まなかっただろう。あんな男と何かしなくてはならないのなら、契約なんかいらないと思ったはずだ。

けれど、今は違う。彼と彼の家族から大きな契約が取れたら、手当が全然違うだろう。秀明との勝負は、自分の一生が懸かっているのだ。一円でも負けたら、自分は一生外で働くことができないのかもしれないのだ。

けれど、いくらなんでも茄子田とベッドに入るのは勇気がいる。いや、でも茄子田は結婚しているのだ。奥さんは彼と何かしているわけだから、そう思えばできないこともないかもしれない。

でも。でも。

真弓は秀明と付き合い始めてから、彼以外の男性と寝たことはなかった。もともとそうセックスが好きな方ではない。抱き合って眠るのは好きだけれど、それ以上のことは相手が求めるからするだけであって、自分から下着を脱ぎたいと思ったことはない。

夫以外の人間の前で、下着を脱ぐのかと思うと真弓はぞっとした。知り合いの中には、不特定多数の男性と寝ている人もいるが、そういう人を軽蔑《けいべつ》しているわけではなかった。ただ「どうして恐くないのだろう」と真弓は不思議に思っていた。

真弓は思い切って支部長に相談してみた。人に相談をしてどうなるものでもないとは思っていたが、そこまでやる必要はないと上司に言ってほしかったのだ。

「寝ればいいじゃない。簡単なことよ。それで契約が取れるならいいじゃない」

支部長は笑みさえ浮かべてそう言った。ぽかんと口を開けた真弓に、彼女は重ねて言った。

「独身のお嬢さんだって言うならまだしも、あなたはもう子供までいるんでしょう。どうしたらいいかぐらい自分で分かるはずよ」

真弓は頷くことができなかった。分からなかった。確かに真弓とて、結婚する前はそれなりにいろいろ経験した。清廉潔白であるとは自分でも思っていない。けれど、そこまで割り切れる支部長の考えは、真弓には分からなかった。

茄子田を見たことがないから、簡単にそう言えるのだと真弓は最初に思った。それからだんだん、支部長自身もきっと、そういうことを乗り越えて出世したのだと思った。

真弓は腕を組み、コートの襟を合わせ直した。ストッキングを穿《は》いた足が氷のようだ。おばさんくさくても、明日からタイツにしようと思った。

目の前のブランコには、赤ん坊を抱いた母親が、つまらなそうに座っていた。

母親はきっと、真弓より若いであろう。まだ独身ＯＬだと言っても通るような顔をしている。赤ん坊を胸に抱いて小さくブランコを漕《こ》いでいる。

その淋《さび》しそうな横顔に、胸が痛んだ。以前の自分を見ているようだった。

公園で見かけた見知らぬ女性の、現実の事情はもちろん分からない。けれど、彼女はどう見ても幸福そうには見えなかった。

真弓はよく、わざと自分の家から離れた公園に赤ん坊の麗奈を連れて行った。なるべく主婦達が集まらないような、小さくて寂れた公園を選んだ。家に籠《こも》っているのも憂鬱《ゆううつ》だし、近所の人達と当たり障りのない世間話をするのも憂鬱だった。晴々として楽しい時間など一分もなかった。

夫がいる休日も憂鬱だし、夫の帰りが遅くても憂鬱だった。晴々として楽しい時間など一分もなかった。

結婚式を挙げ、娘が産まれるまでのほんの数ヵ月間だけが、夢のように幸福だった。娘が産まれてからの日々は、まるで突然地獄につき落とされたようだった。

傍目《はため》には、どこにも不幸は見えなかったはずだ。好きな男性との間に子供ができて、それで結婚したのだ。仕事だって望んで辞めたのだ。

娘はもちろん可愛い。誰よりも愛していると思う。けれど、まったくこちらの言葉が理解できない生き物と、一日べったりいっしょにいなければならないという事態は、想像を絶して苦痛だった。赤ん坊の奴隷になる日々だ。

夫の秀明は、夜遅くまで帰って来ない。近所の人とは話が合わない。母親は〝自分達で何とかしなさい〟というのが口癖だった。たまに友達に電話をしても、向こうだって忙しい。そうそう真弓の愚痴ばかり聞いてはくれない。

憂鬱な日々。そして、自分が憂鬱であることに対する罪悪感。幸福なはずなのに。不幸だなどと言える立場ではなかった。

鬱憤《うっぷん》が溜《た》まって溜まって、とうとう真弓は我慢できなくなって働きに出た。そして今、真冬の公園で、じっとハローワークから出て来る人を狙って震えている。

もし、あのまま専業主婦の生活を続けていたら、こんな寒くて惨めな思いはしなかっただろう。寒かったら、家に帰って炬燵《こたつ》にでも入ればいいのだ。

しかし、ブランコに乗っている若い母親は、家に帰ろうとはしない。赤ん坊を片手に抱き、ぼんやり空を見上げている。

とうに葉っぱの落ちてしまった楓《かえで》の下には、ホームレスらしき人が膝《ひざ》を抱えていた。その向こうのベンチでは、腰の曲がった老婆が座っている。行く場所のない人々。居るべき場所に居ることができず、居場所を求めて寂れた公園に集まった人々だ。

社会から弾《はじ》き出されていると感じて、真弓は働きに出た。自分は間違ってはいないはずだと真弓は自分自身に言い聞かせた。

間違っていないはず。

少なくとも、今は自分自身の力で生きているという感触がある。人に許可されて生きているわけではないと思う。

もし、秀明との勝負に勝つことができたら、きっと何かが変わるはずだと真弓は思った。

あの幸福だった新婚の数ヵ月間。愛されていること。守られていること。何の心配もない毎日。未来。

今となっては、あの幸福な時間があったから、こんなにもつらいのだと思うようになった。幸せだった自分を後悔するようになるとは思いもしないことだった。

ブランコに乗っていた母親がふいに立ち上がる。真弓の方をちらりと見てから、赤ん坊を乳母車に乗せて、公園の出口に向かって行った。

真弓は彼女に「保険の仕事を始めませんか」とはどうしても言う気になれなかった。それがあなたの幸福に繋《つな》がるのよ、とはどうしても彼女には言えなかったのだ。

真弓は今日三本目になる缶コーヒーを買うために立ち上がった。

森永祐子は、ハローワークに置いてあるファイルをパラパラ見ていた。

世の中には、数えきれないほど多くの職種があり、棚にはぎっちりと求人がある。けれど、祐子には自分がどういう仕事をしたいのか、まったく分からなかった。

結局、グリーンハウジングを昨年いっぱいで辞めることができた。とりあえずボーナスも貰《もら》ったし、大した金額ではないが貯金もある。父親は渋い顔をしているけれど、母親は半年ぐらいゆっくりすればいいじゃないと言ってくれた。

だから、そう急いで職探しに来なくてもよかったのだが、失業保険が貰えると聞いてやって来たのだ。

留学でもしようかな。そう思わないでもなかった。特に語学がやりたいわけではなかったけれど、何か思い切ったことをしてみたかった。かつて一度も、自分は思い切ったことなどしたことがないような気がしたのだ。いや、会社を辞めたことは、自分にしては思い切ったことだったかもしれないが。

もう二度とあのモデルハウスに行くこともない。つまり、もう二度と佐藤秀明に会うこともないのだと祐子は思った。

秀明のことを思い出すと、祐子は鉛を飲み込んだような重さを胸に感じた。

ナス坊の奥さんと寝ていたなんて。

祐子はぎゅっと唇を噛《か》んだ。

秀明は家族思いの真面目で優しい人なのだと思っていた。きっと素敵な奥さんがいて、可愛い子供がいて、幸せに暮らしていると思っていた。子供を風呂《ふろ》に入れないと奥さんに叱られるなんて、祐子には惚気《のろけ》にしか聞こえなかった。

それなのに。

幻滅したというのが正直なところだった。どういう経緯《いきさつ》で茄子田の妻とできてしまったかは知らないけれど、要するに彼は自分など眼中になかったのだ。まったく部外者だったのだ。

祐子はグリーンビューホテルで会った秀明の妻を思い出した。嫌な感じの女だった。「私は仕事ができるのよ」という顔をして、人を見下した目をしていた。あんなツンツンした女が奥さんだったら、確かに秀明が浮気したくなる気持ちも分かる。ああ、どうしてその浮気相手が自分ではなかったのだろう。

祐子はそこまで考えて、ひとりで苦笑いを浮かべた。自分でも考えていることが矛盾していることに気が付いたのだ。

ファイルを閉じ、祐子は椅子から立ち上がった。失業保険というのはもっと簡単に貰えるものと思っていたのに、事務員にあれこれ厭味《いやみ》っぽい質問をされて、気分が滅入《めい》っていた。

もう帰ろう。帰ってご飯でも食べてお布団に入って寝てしまおう。そうだ、冬眠しよう。春までお布団の中で過ごそう。ぐっすり気の済むまで眠って、嫌なことを全部忘れよう。

そう思いながら外へ出た。目の前の公園を突っ切れば駅まで近道だ。

「あの、失礼ですけど」

公園を歩いていると、女の人に呼び止められた。マフラーをぐるぐる巻きにした、寒そうな姿の人だ。

どこかで見たことがある顔だな、お客さんだったかなと思って笑顔を作った瞬間、記憶が蘇《よみがえ》る。佐藤秀明の奥さんだった。

「グリーンハウジングの方でしょう？　前にホテルのお寿司《すし》屋さんでお会いしたわよね」

うっかり笑顔を見せてしまったせいで、彼女はなれなれしい顔をした。祐子は急いで表情を固くする。

「偶然ねえ。佐藤がいつもお世話になってます」

「……いいえ」

「この前、お名前も聞かないでごめんなさい」

妙に愛想が良くて、祐子は気持ちが悪いと思った。

「……森永祐子です」

「そう。祐子さんっていうの。この前、お仕事辞めたいようなことおっしゃってなかったかしら。まさか、もう辞められたの？」

祐子はむっとする。このまま無視して行ってしまおうか。

「ねえ、お時間があるようなら、お茶でも飲みません？　せっかく偶然お会いできたんだから」

何がせっかくなのか分からなかった。よりによって何故こんな時に、秀明の妻になど会わなければならないのだろうと祐子は自分の不運を呪った。

いや、でも。祐子はにこにこ笑っている彼女を見て思い直した。お茶ぐらい飲んでもいい。ちょうど話題もあることだし。祐子はこっくり頷《うなず》いた。

「ここでいいですか？」

　駅前のパーラーの前に立って森永祐子は言った。以前、茄子田といっしょに入った店だ。喧《やかま》しい店だから止めようと真弓が言いだす前に、彼女はずんずん店の奥に進んで行く。真弓は仕方なく彼女の後に続いた。

「私、このスペシャル・トロピカル・パフェというの食べてもいいですか？」

　席に座ったとたん、祐子が聞いてきた。

「いいけど……この寒いのにパフェ？」

「若いから平気です」

　あっそ、と真弓は思う。このぐらいの年齢の女の子は、何故年上の同性と向かい合うと自分の若さを強調したがるのだろう。若さでしか、自分は勝てないのだと認めているようなものなのに。

　真弓はコーヒーを頼む。パフェはコーヒーの三倍の値段だった。まったく常識のない女だわと真弓は内心舌打ちをする。

「それで、森永さんはもう会社を辞められたの？」

「ええ。十二月いっぱいで」

「まあ、そうだったの。佐藤は会社のことは家では何も言わないから。お仕事がきつかったの？　それとも人間関係？」

「まあ、両方です」

「次のお仕事は考えてらっしゃるの？」

「いえ、別に」

森永祐子は質問につっけんどんに答えた。真弓はさすがにむっとしはじめる。

そこでパフェとコーヒーが届く。祐子は頂きますも言わず、スプーンを手にして食べ始めた。こんな女を勧誘したくないなと思いながらも、真弓は笑顔を作った。

「保険の仕事には、興味がない？」

「ないです」

「私も最初はそうだったの。でも、やってみるとすごく面白いわよ」

「そうですか」

ぱくぱくパフェを食べながら、祐子は冷たく返事をする。

「あなたには、夢はないの？」

真弓は少し考えてから、そういう風に聞いてみた。夢、と聞いて祐子がスプーンを動かす手を止めた。

「夢、ですか？」

「ええ。誰だって密《ひそ》やかに夢を持ってるものでしょう。それに対して何かしている？」

祐子はじっと食べかけのパフェを見つめている。まったく、人はどうして〝夢〟という言葉に弱いのか。真弓は笑いたくなる。夢という単語を持ち出すだけで、人は何か心を動かされるようだ。

「どんな夢でも、それを叶《かな》えるためにはお金や時間がかかるものでしょう。何もしないでいるぐらいなら、ぜひ保険の仕事をして」

「じゃあ、あなたは？　佐藤さんの夢は？」

彼女が聞いてきた。真弓は絶句する。

「え？」

「私のを聞く前に、あなたのを教えて下さい。あなたには何か夢があるの？」

「わ、私は」

「何？」

いやに熱心に聞かれて、真弓は戸惑った。まったく若い子の考えていることは分からない。

「そうね、家族がずっと仲良く暮らせることかしら。娘が元気に成長して、いつかお嫁に行って、孫が産まれて、私は可愛いおばあちゃんになるのが夢かしらね」

適当に流そうと真弓はそう答えた。そのとたん、祐子がぷっと吹き出す。

「馬っ鹿みたい」

「え？」

「馬鹿みたいって言ったんです」

笑いながら祐子が答える。真弓はぽかんと口を開けた。

「それは、どういう意味？」

「そんな少女趣味なことを考えている隙に、自分の旦那《だんな》さんがどこで何をしてると思ってるんです？」

祐子の思わせぶりな台詞《せりふ》に、頭の中にぴりっと電気が走った。この子は秀明の浮気のことを言っているのだ。

「あなたなの？」

「え？」

「とぼけないでもいいわ。夫の浮気相手よ。怒ってるんじゃないの。本当のことを知りたいの」

祐子はパフェの長いスプーンを振り回し、くすくす笑った。

「浮気してることぐらいは気が付いてたのね。でも、相手は私じゃないわ」

たぶんそれは嘘ではないだろうと真弓は思った。秀明はこういうきゃんきゃんしたタイプは昔から苦手なのだ。何もわざわざこんな子に手を出すとは思えない。

「秀明さんのお客さんの、奥さん」

ゆっくりと祐子はそう言った。

「茄子田って人よ。その人の奥さん。調べてみたら？　きっと簡単に分かるわよ」

真弓はそれを聞いて、指先がすっと冷えていくのを感じた。いつか茄子田に見せられた愛妻の写真。きれいで線が細くて、優しそうな目許《もと》をしていた。秀明があの人と恋愛をしている。それは、嘘に聞こえなかった。悲しい確信が押し寄せる。ものすごい嫉妬《しっと》が、足元から這《は》い上がってきた。息が苦しく眩暈《めまい》がする。

「もしかして、ナス坊のこと知ってる？」

からかうように聞く祐子に、真弓は返事ができなかった。

「ショック？」

テーブルの向こうから、祐子が顔を覗《のぞ》き込んでくる。目の前のコップの水を頭からぶっかけてやりたかった。

「ねえ、私聞いてみたいことがあったの」

急に神妙な顔をして祐子は言った。

「旦那さんの、佐藤秀明さんの、どこが好きで結婚したの？」

真弓は祐子の顔を見た。

「どうして結婚したの？　結婚すると何かいいことある？」

目の前の、自分よりいくつか若い女の顔が、眩暈でぐるぐる回るような気がした。言葉が何も出てこない。

「私も、秀明さんが好きだったの」

「……え？」

「最初に見た時から好きだった。優しそうだし、実際優しいし、奥さんと子供がいるって聞いてそれでもっと好きになった。奥さんがうらやましかった」

祐子は投げだすように言った。

「秀明さんみたいに、素敵で誠実で家族思いの人と、私も結婚したいと思ってた。平和で幸せな家庭が築けると思ってたの」

真弓はやっとの思いで息を整える。冷静になるんだと自分に言い聞かせた。

「あの人は、誠実でも家族思いでもないわ」

真弓の言葉に、祐子は頷《うなず》いた。

「そうみたいね」

「何もあなたががっかりすることないじゃない。あなたはこれから、いくらでも誠実な人を捜せばいいわ」

「そんな人、世の中にいるのかしら」

「いるわよ、きっと」

「いたって、私のこと好きになってくれるとは限らないでしょ?」

生意気で礼儀知らずな彼女が急に小さな子供に見えた。いや、最初から彼女は小さな子供なのだ。

「悪いけど、もう帰るわ」

食べかけのパフェをテーブルに残し、祐子は立ち上がった。彼女は伝票に見向きもしなかった。

佐藤秀明は、風呂《ふろ》の掃除をする茄子田の背中を見ていた。彼はジャージの裾《すそ》を膝《ひざ》までまくり上げ、ブラシで熱心に風呂桶《おけ》を洗っている。茄子田家の風呂桶は昔ながらの木製だ。きっと手入れも大変なのだろうから、タイルやユニットバスに替えればいいのにと秀明は思った。

それに今日は今にも雪が落ちてきそうな寒空だ。何故こんな底冷えする日に熱心に風呂掃除をするのか、秀明には理解できなかった。

理解できない。

秀明は、風呂場の入口につっ立ったままそう思った。いくらこちらがセールスマンとはいえ、人の話を聞くのに、何故風呂掃除を中断しようとしないのか。何故、そうも傲《ごう》慢《まん》になれるのか。

何故、嘘をついたのか。子供ができたから仕方なく結婚したなどと言ったのか。何故、綾子のお腹の中の子供が、自分の子供でないと承知の上で結婚をしたのか。

分からない。秀明には、この茄子田家の人々がまるで分からなかった。

「それで何？　何の用事？」

ふいに茄子田が聞いてくる。背中を向けたままだ。

「ご契約のことは、考えて頂けたでしょうか」

秀明は今にも爆発しそうになる自分を必死に抑えた。とにかく、この契約だけは何としてでも取らなくてはならない。

ここのところ、ずっと仕事に力が入らなかったので、新規の客はほとんど開拓していない。真弓との勝負は、三月末の給料までだ。負けるとは思えないが、一件も契約を取らないというのは不安だ。

「……うーん」

「図面も引きました。お見積も出しました。茄子田先生にもご家族の皆様にも納得して頂けました。資金の方も問題ないとのことですし、善は急げと申します。なるべく低金利のうちにご契約を」

そこで茄子田が振り返る。鼻の頭に、洗剤の泡が付いていた。

「悪いんだけどさ」

「は？」

「家を建て替えるのは、もうちょっと先にしようと思ってんだよ」

そう早口に言うと、茄子田はまた風呂桶を磨き始める。その気まずそうな空気に、秀明は彼が新築の話をうやむやにしようとしていることを悟った。

「何故ですか。あれほど早く家を建て替えたいとおっしゃってたじゃないですか。家族のために、新しい家を建てるとおっしゃってたじゃないですか」

思わず秀明はそうまくしたてた。茄子田はちらりと振り向くと、ジャージの下から手を入れて、腹をぽりぽりと掻《か》いた。

「どうしてですか。理由をおっしゃって下さい。僕は誠意を尽くしてきたつもりです。

何がいけなかったんでしょうか。僕が悪いのでしょうか」

「いや、まあ、あんたのせいじゃないよ」

茄子田はそこにあったタオルで手を拭《ふ》いた。

「実はね、保険に入ろうと思って」

「保険、ですか？」

「ああ、生命保険ね。家族全員で入ろうと思ってさ」

秀明は突然の展開に、ぽかんと口を開けた。急にこの男は何を言いだすのだろう。

「これが、月々馬鹿にできない金額でねえ。その上住宅ローンなんか組んじゃったら、飯も食えねえんだよなあ」

「そ、そんな」

「まあ、言葉は悪いけどさ。家を建て替えるのは、親がいなくなってからでもいいかと思ってよお」

秀明は愕然《がくぜん》として、そこに立ちすくんだ。まさか、この男から契約が取れないとは思っていなかったのだ。

他のハウジング会社の営業マンは、皆早い時期に茄子田から手を引いた。手のかかる客は誰だって面倒だ。けれど、グリーンハウジングは大手でもないし、それほど特徴のある家づくりをしているわけでもない。茄子田のような客を、最後までじっくり面倒みるように秀明は教えられたし、その通りだと思っていた。

秀明は、茄子田に手をかけた。こんなにも手をかけた客はいなかった。大嫌いな男ではあるが、ここまでくると妙な愛着のようなものを微《かす》かに感じていた。この男を見返すためにも、必ず納得いく家を建ててやろうと思っていた。

ものすごい裏切りにあったような気がした。いや、信頼関係など最初から最後までなかったのだが、それでも秀明は裏切られたと感じた。

「いやあ、あの生命保険のおばちゃん、いや今はセールスレディーって言うのかな」

茄子田は風呂の椅子に腰掛けて、胸ポケットから出した煙草に火を点《つ》ける。

「あのセールスレディーっていうのは、すごいね。俺さあ、こういっちゃ何だけど、生命保険なんか入る気、まるっきりなかったんだよね」

彼はおいしそうに煙草をふかしてそう言った。

「俺んところにきた女の子がさ、あ、保険の勧誘って、今おばちゃんだけじゃなくて、若い子もやるんだよ。びっくりだろ。その子まだ若いのに、離婚してひとりで子供育ててるって言うんだよ」

秀明は茄子田の楽しそうな顔をじっと見る。

「やっぱ、生活かかってるからかもしれないけどさ、すごい熱心なんだよ。あ、あんたが熱心じゃないっていう意味じゃないんだけど」

彼はひとりでくすくす笑う。

「しょっちゅう学校にやって来ちゃあ、飯は奢《おご》ってくれるわ、流し目はくれるわでさ。

茄子田先生の奥さんは幸せですね、なんてにっこり笑っちゃって、可愛いったらないね。あ、でも、そういうことよりさ、その子が言ったことで、すごい俺の胸にじーんと沁《し》みちゃう台詞《せりふ》があってよ。俺、あれ言われて半分決心したね。なんて言ったと思う？」

秀明は黙って首を振る。茄子田がぺらぺらと喋《しゃべ》る口許《もと》を見ているうちに、何だか気分が悪くなってきたのだ。

「茄子田先生は結婚する時に、奥様のご両親になんて言いましたかって聞くんだよ。あんたは、なんて言った？」

秀明は憮然《ぶぜん》としながらも答えた。

「お嬢さんを幸せにします、かな」

茄子田はぱちんと膝を叩《たた》く。

「そうだろ。な、俺も言ったよ。お嬢さんを必ず幸せにしますってさ。言ったよ。男の約束だよ。だから、保険ぐらい入ってやらなきゃと思ってさあ」

悦に入っている茄子田の前で、秀明は拳《こぶし》を握りしめていた。

綾子さんのどこが幸せだ。

そう言って、彼を殴りつけてやりたかった。その出っ張った腹を蹴《け》飛ばし、肉のついた頬を張り倒し、腐りかけた風呂桶に茄子田の頭をがんがんぶつけてやりたかった。

「ま、そういうわけでさ。悪いね。本当に悪い。俺の親だって、もうそんなに長く生きないよ。その時、あんたがまだグリーンハウジングにいたら、その時は頼むから」

そう言って、茄子田は立ち上がった。秀明の肩をぽんと叩き、横をすり抜けて逃げるように歩いて行く。

何かが秀明の胸に引っ掛かった。秀明は茄子田の背中に言った。

「あの」

「何？」

文句あんのか、という顔で茄子田が振り向く。

「そのセールスレディーって……」

「うん。リーフ生命の子だよ。あ、リーフ生命も緑山グループだったよな。真弓ちゃんっていう子。知ってる？」

秀明は大きく息を吸った。気持ちが悪くて、吐きそうだった。

何も答えない秀明を見て、茄子田は気味悪そうな顔をしながら、背中を向けて出て行った。

秀明は風呂場の入口に、ずるずると座り込む。全身の力が抜けてしまったのだ。そこにあった洗濯機に秀明は寄り掛かった。冷たい汗が掌に吹き出す。

本気で吐きそうだった。秀明は手で口許を覆う。

「……秀明さん？」

綾子の声が背後からした。

「どうしたの？」

「……気持ちが悪いんです」

「え？」

「吐きそうなんだ。どうしよう」

「ま、待って」

綾子は風呂場に駆け込んで、プラスチックの洗面器を取った。渡されたとたん、秀明はそこに嘔吐《おうと》する。

大丈夫？　大丈夫？　と聞きながら、彼女が秀明の背中をこする。そうされると余計気分が悪くなったが、秀明は彼女の手を払いのける力もなかった。

一通り戻してしまうと、秀明は洗濯機に掛かっていたタオルを取って口許を拭《ぬぐ》った。胃がハンマーで叩きつぶされたように痛んだ。

妻の真弓の顔が、閉じた瞼《まぶた》の裏に浮かんだ。出会った頃の美しい真弓。娘が産まれた時見せた、力の漲《みなぎ》った誇らしげな笑顔。そうだ、弱いように見えて彼女はいつも強かった。わがままを押し通す強さを、欲しいものを欲しいと言える強さを持っていた。

洗面器を片付けて、綾子が戻って来る。当惑の表情が彼女の顔にあった。

「秀明さん、大丈夫？」

秀明は綾子の手首を摑《つか》んで引き寄せた。びっくりしたように彼女は飛びのく。

「やめて。家なのよ」

「誰の子供なんだ？」

秀明の質問に、綾子は両目を見開いた。

「慎吾君は、誰の子供なんだ？　どういう事情なんだ？　何故話してくれなかったんだ？」

問い詰める秀明の顔を、綾子は化け物でも見るような目で見た。震える両手が、エプロンの端を握りしめている。

「こんなところで、やめて」

「誰の子供なのか、教えてくれ」

「そんなこと知ってどうするの。秀明さんには関係ないじゃない」

絞り出すように、綾子が言う。からだ中が震えているのは、怒りなのか恐怖なのか、秀明には分からなかった。

「関係あるよ」

秀明はようやく、床から立ち上がった。

「頼みがあるんだ」

綾子はちらりと廊下の方に目をやった。隙あらば逃げだそうとしているようだ。

「どうしても、新築の契約が欲しいんだ」

「秀明さん？」

「頼む。綾子さんの家の契約が取れないとまずいんだ。助けてくれないか」

綾子は真っ白な顔で、秀明の方を見ている。秀明はもう一度彼女の手を取ると、自分の胸に引き寄せて抱きしめた。

「頼むよ。助けてくれ」

綾子は何も答えなかった。秀明の胸を力いっぱい撥《は》ねつけ、そのまま彼の顔も見ずに逃げて行ってしまった。

葉山夏彦は、みどりヶ丘駅前のパーラーで、友人達とコーヒーを飲んでいた。

同級生達は、学年で一番可愛い女の子が、野球部のエースピッチャーと付き合いはじめたという噂話で盛り上がっていた。夏彦は彼らの中に黙って座っている。

以前、担任の茄子田の所にやって来ていたリーフ生命のセールスレディーが、背中合わせの席に座っていた。

友人達の話はどうせつまらないので、彼女とその連れの女性の会話を、聞くともなしに聞いていた。

茄子田の奥さんと、セールスレディーの旦那《だんな》さんが浮気ね。

鼻の下をぽりぽり掻《か》きながら、夏彦は肩をすくめた。自分には関係ないけれど、あのボケ茄子を脅すネタぐらいにはなるかもしれない。

そう考えてから、夏彦はくすりと笑った。茄子田など脅すような必要は、彼には何もなかった。成績はトップクラスだし、祖父は学校の理事長だ。校則違反だって、捕まらない範囲でしかしていない。

同級生達の話もつまらないが、大人の話もまったくつまらない。

「なんか、面白いことないかなあ」

夏彦がぼそっと呟《つぶや》くと、同級生達はぴたりと話をやめた。皆は揃って困ったような表情を浮かべ、黙り込んでしまった。

「そうだ、今週のジャンプ誰か持ってない？　僕、まだ読んでないんだ」

夏彦の問いに「俺、持ってるよ」とひとりが嬉《うれ》しそうに返事をした。それで皆もほっとした顔をする。

「借りてっていい？」

「もう読んだから、やるよ」

ちょっと得意気にそいつは言う。夏彦はジャンプを受け取って、サンキューと微笑んだ。

「じゃ、悪いけど用があるから先に帰るな」

自分の分の金をテーブルに置くと、彼は席を立つ。彼らの視線を振り切るように、夏彦は外に出た。

店の前のバス停にゴミ箱を見つけた夏彦は、漫画をそこへ放り込んだ。ジャンプは弟が買って来るので、発売日にもう読んでいたのだ。

家に帰って塾のテキストでもやるか。夏彦はそう思って歩きだした。

彼は勉強が好きだった。好きだから、成績もいい。クラスメイトから人気もある。それは、裕福で幸福な家庭でのびのびと育ったからだった。金持ちの家の内情は不幸であるというのはただの幻想だ。

おぼっちゃんであるから、多少は気が利かず横柄な部分もある。けれど、彼は基本的に人に親切で礼儀正しい。拗《す》ねた部分というものがない。だから彼は、一度もいじめにあったことがなかった。何もしなくても、いつでも彼は人気者だった。

つまらない。夏彦は夕暮れの雑踏を歩きながらそう思った。

ここ最近、夏彦は毎日の生活を「つまらない」と思うようになっていた。

きっと、このまま大人になれば、いずれ緑山グループの経営をすることになるのだろう。それなりの努力が必要だとは承知している。けれどその〝努力する才能〟というものを自分は持っていると確信していた。

交通量の少ない三車線道路を行くようなものだ。信号も守る。歩行者には注意する。お巡りの目がないところではスピードも出す。けれど彼にはあまりにも簡単すぎることだった。

つまらない。

彼は緑山グループの会長である祖父に気に入られていた。彼も祖父が好きだった。粋《いき》で話術がうまく、温和なのに貫禄《かんろく》がある。その祖父に、先日愛人を紹介された。お前にだけ見せてやる、と言って、グリーンビューホテルで食事をしたのだ。

四十歳ぐらいに見える、中年の女だった。卵形の優しそうな顔で、リーフ生命みどりヶ丘支部長をしていると言っていた。

夏彦は異性にほとんど興味がなかったが、少なくとも皆が学年一可愛いと騒いでいる女より、その中年女性の方が〝可愛い〟と思った。いつか自分も祖父ほどの年になったら、ああいう愛人を持つのだろうなと漠然と思った。

つまらない。夏彦はそう思った。

けれど、いくらつまらないからと言って、他の道に進もうという気にはなれなかった。弁護士や医者になろうと思えば、きっとなれるだろう。けれど、夏彦はそういう職業に就こうという熱情がなかった。熱望してもいないものに、努力を注げるわけもない。

不満がないことが不満だなどと、口に出してはいけないことぐらい、彼にも分かっていた。それはあまりにも贅沢《ぜいたく》というものなのだ。例えば担任の茄子田を見ろ、と夏彦は思った。生徒に馬鹿にされ、一生あのままうだつの上がらない人生を送るのだ。

そう言えば、今日は慎吾が家に来ると言っていた。夏彦はそれを思い出して、笑顔になった。

慎吾は、弟の秋由が塾で知り合った友達だ。初めて家に遊びに来た時、あの茄子田の息子だと知って敬遠したが、話してみるとすごく頭のいい奴だと思った。

どんなゲームも慎吾は強かった。さすがに夏彦の方が四歳も年上なので、何をやっても最終的に夏彦が勝つことが多かったが、彼とゲームをするのは楽しかった。

本当にあいつは、父親に似ていない。自分の弟よりも慎吾の方が夏彦は好きだと思った。

「生まれてくる家を間違えたよな、あいつは」

そう独り言を言って夏彦は笑い、家への道を駆けだした。

9

茄子田綾子は、その夜熱を出して寝込んだ。

正月前にひいた風邪がずっと治らず、微熱が続いていたのだが、ここへきて三十九度近い熱が出た。

寒気が止まらず、綾子は布団の中で自分のからだを抱きしめ、がたがたと震えた。

「お母さん？」

呼ばれて綾子はぎゅっと閉じていた目を開ける。慎吾が心配そうに覗《のぞ》き込んでいた。

「寒いの？」

「うん。悪いけど、もう一枚毛布を出してくれるかしら」

「分かった。待ってて」

慎吾は押入れを開けて、客用の毛布を引っ張りだす。その背中を綾子は見ていた。すんなり伸びた背中と長い足。短い髪の下の、ちょっと大きな耳。

「お腹空《す》いてないの？　おばあちゃんに頼んで、お粥《かゆ》作ってもらう？」

綾子に毛布を掛けながら、慎吾が聞いてきた。

「いいの。全然食欲ないから」

「ほんとに？　おばあちゃんに頼むのが嫌なら僕が作るよ」

「違うのよ。本当に食べたくないの。きっと明日の朝になったらよくなってると思うわ。そしたら作ってくれる？」

枕元に座った慎吾は、こっくり頷《うなず》いた。そして立ち上がり、電気を消して部屋を出ていく。綾子は再び目をつぶった。

秀明さん。綾子は声に出さず、彼の名を呼んだ。何度も何度も繰り返し呼んだ。

あれはいったいどういう意味だったのだろう。綾子は熱のある頭で必死に考えた。

助けてくれ。どうしても契約が欲しいんだ。関係あるんだ。慎吾君の父親が誰であるか、僕にも関係があるんだ。

どういう意味だろう。自分は何をすればいいのだろう。

慎吾の本当の父親は、綾子の姉の夫だった。

快活でさっぱりした姉が夫に選んだのは、温和でおとなしい性格の男だった。綾子は優しい義兄に恋をした。

小学校から高校を出るまでの長い時間、綾子はいじめにあっていた。小中学校の時は暴力や暴言をぶつけられ、高校では存在を無視された。

綾子は何故、自分がそこまで他人に嫌われるのか、まったく分からなかった。最初は誰とでも友達になれるのだ。けれど、時間がたつと誰でもが綾子を非難した。うっとうしい。自分の意見はないのか。卑屈だと。

高校を出て、綾子は親に勧められるまま家事手伝いの身になった。一日中家にいて、家族のために食事の支度や掃除をするという毎日は、綾子には涙が出るほど快適だった。このまま一生、家族の中で静かに暮らしていたいと思った。

そんな頃、五歳上の姉が婚約をした。姉の婚約者は、穏やかな男だった。ひとり暮らしをしていた彼は、よく家にやって来てはご飯を食べていった。週末は泊まっていったりもした。

十九の綾子は、生まれて初めて男性に好意以上のものを持った。学生時代にも、密《ひそ》やかに思いを寄せていた人がいたし、ラブレターを貰《もら》ったり交際を申し込まれたこともあった。けれど、同級生達の目を考えると、とても男の人と付き合うという気にはなれなかった。

姉の婚約者だということは、十分に承知していた。綾子は元気のいい姉が多少苦手ではあったものの、嫌いというわけではなかった。

初めて強烈に恋をした相手が、姉の恋人だというのは悲しい事実ではあったが、考えようによっては、一生彼と家族同様でいられるのかと思うと、微《かす》かに嬉《うれ》しくもあった。

それでも結婚式の日が近付くと、綾子は胸の中がざわざわと波打つのを感じた。一度でいい。彼とふたりきりになってみたい。デートをしてみたい。手を握ってみたい。キスしてほしい。

そんな空気が、彼に伝わったのかもしれなかった。姉の誕生日のプレゼントを選ぶのにいっしょに来てくれないかと、彼が綾子に言った。

綾子はその日が、今まで生きてきた中で、一番素晴らしかった日だと思っている。きっとあれ以上素晴らしい日は、もう訪れることはないと思っていた。

買い物を済ませた後、ドライブに出た。冬の海でさざえの壺《つぼ》焼きを食べた。冷たい海風に煽《あお》られ、手をつないで砂浜を歩いた。そして海辺のホテル。まるで映画の主人公になったように綾子は思った。

それ一度きりだった。そういう約束だった。翌日から彼は、また温和な義兄の顔になった。綾子は歯をくいしばり笑顔を作った。姉の結婚式でも、涙を零《こぼ》したりはしなかった。

妊娠に気が付いたのは、結婚式の翌週だった。姉夫婦はまだ新婚旅行から帰って来ていなかった。綾子はひとりで遠くの産婦人科を訪ね、自分の妊娠を知った。

綾子は、その時の自分が妙に冷静だったことを覚えている。絶対産もうと心に誓った。自分の力で得た、初めてのものなのだと綾子は思った。

両親は、綾子は社会で働くよりいい人のお嫁さんになった方が幸せだろうと口癖のように言っていたので、しょっちゅう見合いの話を捜してきていた。

綾子は家に何枚かあった見合い写真の中から、一番女性にもてなさそうなタイプの男を選んだ。女性にもてる男性というのは、大抵優しさに欠けるものなのだという意識が綾子にはあった。優しい人。綾子が赤ん坊の父親に求めるものは、それだけだった。優しい男。家族の幸せを一番に考える男。

茄子田と見合いをすると、もちろんすぐにOKの返事がきた。綾子は二度目のデートでお腹の中に赤ん坊がいることを茄子田に打ち明けた。誰の子供かは言わなかった。彼はショックを受けたようだが、結局何も言わずに帰ってしまった。きっと、茄子田の両親を通じて「妊娠している女がよく見合いをした」と文句が来るだろうなと思っていた。それはそれでいいと綾子は思った。不思議なほど、恐いものはもうないという気になっていた。

何が起ころうと、誰が何と言おうと、お腹の赤ん坊は産むつもりだったし、父親は誰であるかを明かすつもりはなかった。

翌日、茄子田が綾子に会いに来た。何かを決心したような恐い顔をしていた。茄子田はそのまま綾子の両親に頭を下げたのだ。お嬢さんを必ず幸せにしますと言って。

その晩、綾子は茄子田に抱かれた。彼は綾子に「今日できた子供だと思うことにしよう。他のことは忘れよう」と何度も何度も言った。綾子は茄子田のからだを抱きしめた。この人を愛していけると心から思った。

茄子田の両親に、慎吾の父親が茄子田でないことが知れてしまったのは、血液型からだった。茄子田と綾子の子供には、絶対出ないはずの血液型の子供が産まれてしまったのだ。姑《しゅうとめ》に母子手帳を見られたのだ。

問い詰める両親に、茄子田は本当のことを話した。茄子田は綾子を庇《かば》ってくれた。誰の種であろうと、綾子が産んだのであれば俺の子供だと。どうしても許さないというのであれば、俺は綾子と家を出ると茄子田は言った。それで両親は仕方なく慎吾を孫と認めた。

その後、姑にどうしても誰が本当の父親であるか言ってくれと迫られた。それさえ教えてくれたら、その人さえまともな人ならば、ちゃんと孫として認めると姑は言った。綾子は自分の家族には絶対知らせないという約束で、本当の父親の名前を言った。

それで綾子は、二度と実家に帰れなくなったのだ。

今ではもう、義兄との恋は遠く美しい思い出になっている。ほんの時たま、親戚《しんせき》の集まりで義兄と顔を合わすこともある。けれど、当時より二十キロも太ってしまった彼に、昔の恋心はもう感じなかった。本当は慎吾の父親である、ということすら忘れかけていた。

それなのに、秀明は何故急にあんなことを言いだしたのか。誰に慎吾の父親のことを聞いたのだろうか。

姑だろうか。綾子と秀明の関係に気付いて、姑はそんなことを言ったのかもしれない。何故あの人はそんなことばかりするのだろうか。どうして人の幸せを邪魔するのだろうか。

綾子はぶるっと震えて、布団の中で丸くなった。もう一度、秀明さん、と胸の内で呟《つぶや》く。

関係があるんだ。助けてくれ。

彼の言葉が、頭の中でわんわんと鳴り響いた。

助けてあげたい。彼の力になってあげたい。そして助けてほしい。私のことも助けてほしい。

綾子はそう考えて、はっと目を開けた。

否定的なことばかり考えていたが、もしかしたら、秀明は自分を受け入れてくれる気があるのかもしれないと思った。

今の奥さんと離婚をするとなったら、きっと慰謝料や養育費にお金がかかるだろう。もしうちの契約が取れなければ、彼の給料は減ってしまうのだ。それは確かに困るだろう。

ああ、そうだ。秀明は自分と結婚してくれるのだ。きっとそうだ。

綾子はゆっくり半身を起こした。先程まで死ぬほど寒かったのに、今はからだ中から汗が吹き出すほど熱かった。綾子はパジャマの袖《そで》で汗を拭《ぬぐ》う。

貧乏でもいい。いっしょに暮らせたら幸せだろう。息子達と秀明と私。そうだ、彼の娘だって引き取って育ててもいいと思った。女の子はきっと男の子と違った可愛さがあるだろう。そうだ、そうしよう。秀明の奥さんは、家事なんか嫌いで外に出て働きたいタイプなのだと聞いている。だったら、これで万事収まるではないか。

綾子はふと、壁に貼ったカレンダーに目をやった。そういえば生理が遅れている。妊娠したのかもしれない。綾子はそう思って笑顔になった。秀明の子供だ。この子が産まれたら、子供は四人になる。きっと賑《にぎ》やかで楽しいだろう。

「パパにはたくさん働いてもらわなきゃね」

そう言って綾子は、平らな自分のお腹を撫《な》でた。

「綾子？」

突然、襖《ふすま》の向こうから男の声がした。綾子は反射的に布団をかぶる。

「熱はどうだ？　水枕持ってきたぞ」

誰だろう。この声は誰だろう。綾子はまたもや襲ってきた寒気に、がたがたと震えた。

その男の手が、布団の上から綾子の肩に触れた時、彼女は思わず大きな悲鳴を上げた。

太郎は綾子の突然の悲鳴にびっくりして水枕を落とした。隣の子供部屋で寝ていた息子達が、がたがたとやって来る。

「何？　今の声？　お母さん？」

「何でもない、何でもない。暗かったから、間違ってお母さんの足を踏んじゃったんだ」

「なーんだ。驚かさないでよ」

息子達はそう言って部屋に戻って行く。太郎は布団をひっかぶって震えている妻の枕元に、ぎくしゃくと腰を下ろした。

「綾子、どうしたんだ？」

「……あなただったの……」

布団の中からくぐもった声が聞こえた。

「そうだよ、俺だよ。恐い夢でも見てたのか？」

「……そうみたい」

「熱はどうだ？　もう一度計ってみな」

そう言って太郎は体温計を差し出す。綾子がごそごそと布団から顔を出した。顔が赤い。相当熱があるように見えた。

綾子は体温計を受け取ると、横たわったまま口にくわえた。その口許《もと》を茄子田は見る。苺《いちご》のような唇。閉じた瞼《まぶた》の下の長い睫毛《まつげ》。

太郎は綾子を抱きたいと思った。彼女が熱さえ出していなければ、彼は綾子の布団に今すぐにでも、もぐり込んだことだろう。この前妻を抱いたのはいつだったかなと彼は思った。

数ヵ月前からか、何となく避けられているような気がしていた。同じ部屋に布団を並べて寝ているので、太郎がどうしてもしたければすることはできた。けれど、ここのところ綾子は、太郎が寝入った頃部屋にやって来るのだ。何となくタイミングが摑《つか》めず、結婚してから週に一度は必ずあったセックスが、今では月に一度ぐらいになっていた。

時間をみて、太郎は綾子の口から体温計を取り上げた。三十九度近い。

「医者へ行った方がいいかな」

「大丈夫よ。そんなに苦しくないし、明日になれば治るわ」

「そうか……何か欲しいものはあるか？　蜜柑《みかん》の缶詰でも」

綾子はそこで、ゆっくりとからだを起こした。

「おい、寝てなきゃ駄目だよ」

「私、新しいお家が欲しい」

「え？」

「保険なんてやめましょうよ。それより、私新しいお家の方がいいわ。家を新築すればきっと何もかもうまくいくような気がするの」

潤んだ瞳《ひとみ》で綾子は太郎の顔をじっと見つめている。彼は当惑して、妻の顔を見た。彼女が自分の意思を、こんなにはっきりと口にしたのは初めてだったような気がした。


佐藤真弓は、その朝支部に出勤して驚いた。

新しい人が四人、入社していたのだ。朝礼で紹介された四人の女性は、下は二十代から上は五十代までばらばらだったが、いかにも呑気《のんき》な様子が〝勧誘されて何となく入社した〟という感じに見えた。

朝礼の途中で、真弓は隣にいた人をつついて、誰が彼女達を連れて来たか聞いた。

「支部長に決まってるじゃない」

彼女は小声でそう言った。

「でも、いっぺんに四人も?」

「支部長だもん。不思議じゃないわよ」

その台詞《せりふ》に真弓は一応頷《うなず》く。そうだ、支部長ならそういうこともできるかもしれない。ただ、結局ひとりも勧誘できなかったことが引っ掛かった。任せて下さいなどと大きなことを言ったのに、結局ひとりも人を連れてくることができなかった自分が恥ずかしかった。

それに、今支部長の機嫌を損ねたらまずい。彼女はいくつか契約を回してくれると言っていた。もちろん、自分でも頑張って契約を取ったけれど、それだけでは不安だった。

朝礼が済むと、新人達は本社の研修に出掛けて行った。セールスレディー達も皆外回りに出て行く。真弓はそろそろと支部長のデスクの前に立った。

「支部長、あの……」

「あら、真弓さん。なあに?」

机の上の書類を整理しながら、支部長は無邪気な笑顔を見せた。

「新人さんのことなんですけど」

「ああ、何とか頭数を揃えられたわ。いろいろ協力してくれてありがとうね」

「いえ、あの、全然お力になれなくて、すみませんでした」

「いいのよ。真弓さんは頑張ってくれたわ。これからもずっと頼りにしてるから、そんな顔しないで」

「でも」

「お金のことだったら心配ないわ」

支部長は肩をすくめてそう言った。

「真弓さんは旦那様《だんな》との勝負に絶対勝たなきゃいけないんでしょう。そうだ。先週、五千万の契約が取れたのよ。それも回してあげる。こんなもので多分大丈夫なんじゃないかしら?」

デスクに頬杖《ほおづえ》をつき、支部長は真弓の顔を見上げた。その優越感に溢《あふ》れた笑顔に、真弓は息を飲んだ。

支部長のおかげで、秀明との勝負に勝てるかもしれない。彼女から頼まれた仕事を果たせなかったのに、支部長は自分を助けてくれるのだ。彼女は恩人だ。それなのに、真弓は胸の奥の方から何か不快なものが湧き上がってくるのを感じた。

「ねえ、真弓さん」

支部長は椅子の肘《ひじ》当てにからだを預け、まるで男に媚《こび》を売るような恰好《かっこう》で真弓を見上げる。

「その馬鹿馬鹿しい勝負とやらに勝ったら、ご主人と別れちゃった方がいいんじゃないかしら」

「……え？」

「よく考えてごらんなさいな。仕事もろくにできないような男が、家のことを立派にできると思う？」

回転椅子を子供のようにくるりと回して、支部長は真弓の前に戻って来る。

「そんな無能な男を飼っててどうするの？　仕事をする上でも子供を育てる上でも、そんな男邪魔なだけだわ。自分の大切な子供が、そんな無能な男に育てられたらどうなると思う？　お子さんも真弓さんも可哀相」

支部長は歌うようにそう言った。

「慰謝料と養育費をたっぷり取って別れなさいよ。そうしたら、お子さんももっといい保育園に入れられるでしょう。私、いい所を知ってるの。少し高いけど、幼児教育の授業つきよ。そこに入れれば、レベルの高い私立幼稚園にきっと入れるわ。真弓さんもパートじゃなくてフルタイムで働けるし、こんないいことないじゃない」

少女のように小首を傾《かし》げて、支部長は真弓の顔を見た。真弓はどう返答したらいいか、まったく分からなかった。何かがちくちくと胸を刺す。不快で堪《たま》らないその痛みの正体が、咄嗟《とっさ》には言葉にならなかった。

「あ、いけない。人と約束があるんだったわ」

支部長は腕時計に目を落として立ち上がった。

「そんな思い詰めた顔しないで。いつでも相談に乗るわ。じゃあ、今日もよろしく頼みます」

コートと鞄《かばん》を持つと、支部長は真弓の肩を軽く叩《たた》いて部屋を出て行った。その背中を見送ってから、真弓は支部長の椅子にどさりと腰を下ろす。机に肘をついて髪をくしゃくしゃと掻《か》きむしった。

ものすごく不愉快だった。机の上にあるペン立てやコーヒーカップを、端から投げて壊してやりたかった。

何故だろう。真弓はゆっくり息を吸い、冷静になろうとした。

何もかも支部長の言う通りだとは思った。秀明のような男は、見限った方が自分の幸福のためなのかもしれない。

彼は駄目な男だ。確固たる意志というものがない。のらくら成り行きに任せて生きている。目標がない。方向がない。それなら一日一日の刹那《せつな》を楽しんでいるかというとそうでもない。彼には覇気というものがない。

秀明はそれを妻のせいだと思っている。

子供ができたから仕方なく結婚し、仕方なく家族のために働いているのだ。確かにそう仕向けたのは真弓だった。けれど、真弓が望んでいたのは〝仕方なくお父さんになった〟秀明ではなかった。

真弓が欲しかったのは、出会った頃のほがらかで優しい秀明だった。映画のことを話すときの熱心な様子。真弓をホテルに誘う時の照れた表情。あの頃の秀明を、真弓は確かに愛していた。

秀明は変わった。彼は駄目な男になった。いやもともと駄目な男だったのかもしれないが、秀明から生気のようなものを奪ったのは、自分なのかもしれないと思った。もしかしたら、秀明はあの茄子田の奥さんと会っている時は、あの頃の彼に戻っているのかもしれない。あのきれいな女性の前でなら、彼は生き生きと何かを語るのかもしれない。そう思うと、いても立ってもいられないほどの嫉妬《しっと》を真弓は覚えた。

夫は駄目な男だ。妻に隠れてこっそり親に金の無心をするような男だ。

けれど、その事実を他人に指摘されると、腹が煮えくり返った。

何故他人にそんなことを言われなければならないのだろう。それとも支部長は、本当に自分の幸せを考えてくれているから、あんなことを言ったのだろうか。

真弓は唇を噛《か》んだ。いや、違う。

きっと支部長は、本当に真弓に会社を辞められては困るのだ。自分が困るから、協力してくれているのだ。自分の利益のためなら、人が離婚しようとどうしようと構わないのだ。真弓にはそう感じられて仕方なかった。

そこまで考えて、真弓は小さく首を振る。それはあまりにも考えすぎではないだろうか。今まで支部長から受けた恩というのは、大変なものだ。真弓は心から彼女に感謝している。それに支部長に目をかけてもらえるからこそ、真弓はこの仕事を本気で続けていこうと思うのだ。いつかきっと、自分も支部長になるのだと。

それに、彼女の打算を責める資格は、自分にはないのではないか。打算ばかりだったのは真弓自身なのだ。

正面のドアが突然開いた。入って来た女性と真弓の目が合った。

「真弓さん、いつの間に支部長になったの？」

からかうようにその人は笑う。

「樺木さんっ」

「こんにちは、久しぶりね」

「お久しぶりです。どうしたんですか」

真弓は慌てて立ち上がる。樺木はいつかの喧嘩《けんか》以来、支部に姿を見せることはなかった。あれきり顔を合わせていないので、真弓は戸惑った。けれど樺木は笑顔だった。

「ほら、荷物が置きっ放しだったでしょう。昨日事務の人から電話があってね。新人さんが入ったから、ロッカーを空けてくれって言われて」

「そうだったんですか」

樺木は益々《ますます》太ったように見える。

「あの時は本当にすみませんでした。私、何と言ったらいいか」

「もういいわよ。ああたのせいじゃないって」

「でも」

「いいって言ってるじゃない」

樺木は真弓の肩を気さくに叩いた。

「本当にいいのよ。考えてみればね、あたしは辞める機会を待ってたのかもしれないのよ。頭のどっかでこんな仕事辞めたい辞めたいって思ってたの。だからきっと、あの時爆発しちゃったんだと思うわ」

からからと笑って樺木はロッカールームへ向かった。真弓も後から付いて行く。

「言って下されば、送って差し上げたのに」

かつて自分が使っていたロッカーを開けて、樺木は私物を取り出した。大したものはない。靴やストッキングの替えやそんなものだ。

「うん。事務の人もそう言ってくれたんだけどね。気まずい辞め方しちゃったから、誰にもちゃんと挨拶《あいさつ》してないでしょう。今更って感じだけど、挨拶ぐらいしようと思ってさ」

この人には、そういうきちんとしたところがあるのだなと真弓は思った。今更ながら樺木が支部を辞めてしまったことが残念だった。こういう先輩がずっといてくれたら、どんなに心強いだろう。

「樺木さん、もう戻って来られる気はないんですか？」

真弓はそっと聞いた。樺木が振り返る。

「そうね、もう次の仕事も決まったし」

「どこかの保険会社ですか？」

「ううん。普通の事務」

樺木はロッカーを閉めると、手の埃《ほこり》をぱんぱんと叩いた。

「セールスレディーはそれはそれで楽しかったわ。勉強になることも多かったし、給料だってよかったし。こう言っちゃなんだけど、あの支部長じゃなければ、もう少しはやったかもね」

あの支部長、と樺木は眉間《みけん》に皺《しわ》を寄せて言う。以前から樺木は支部長に対して否定的だった。余程ひどい目にあったのだろうか。

「どうしてそんなに支部長が嫌いなんですか？　支部長ってそんなにひどいことをしたんですか？」

真弓の素朴な問いに、樺木は肩をすくめて笑った。

「別にねえ。どこの支部長だって、綺麗《きれい》事ばかりじゃやっていけないでしょうからね。同じようなものよ」

「じゃあ、どうしてそんな」

樺木は真弓の顔をじっと見た。そして口を開く。

「ああた、もしかして知らないの？」

「何をですか？」

「支部長のことよ」

「支部長のことって？」

真弓と樺木は見つめ合う。樺木は真弓の瞳《ひとみ》を探るようにして言った。

「緑山グループの会長」

「それが何か？」

「愛人なのよ、あの人」

真弓は樺木の口許《もと》を見た。愛人。

「それは……あの、皆知ってることなんでしょうか」

「そうねえ、どちらかと言うと公然の秘密だわね」

「ど、どうして。どうして私だけが知らないんです？　いつから？　私が入社する前から？」

だんだん驚きがこみ上げてくる。真弓は樺木に詰め寄った。

「どうしてと言われてもねえ。もうずいぶん前からだし、秘密でも何でもないから、かえってもう誰も口にしなかったのかもね」

樺木は冷静に見解を述べた。真弓はそこにあった休憩用のソファによろよろと腰を下ろした。

「もしかしてショックを受けてる？」

真弓は床の模様に訳もなく目をやった。

「あのね、誤解のないように言っておくけど、支部長が誰の愛人だって別にいいのよ。そんなことじゃないの」

樺木はしゃがみこんで真弓の顔を見た。

「あたしが気に入らないのはね、あの人がお嬢様だってことなのよ」

「……お嬢様？」

「そうよ。愛川って家はものすごい資産家なのよ。緑山鉄道が通る前は、この辺の土地や山はみんな愛川一族のものだったのよ。で、緑山鉄道にいい値段で吹っ掛けて売ったわけだ」

樺木はふんと鼻から息を吐く。

「ああた、あの人がどういう家に住んでるか知ってる？　一回見に行きなさいよ。御殿よ、御殿。離婚して女手ひとつで子供を育てたって自慢してるけどさ、あの人の家にはお手伝いさんがふたりもいんのよ。家事なんか何もしないでいいんだもん。そりゃ仕事にも精が出るわよ」

「う、うそ」

「嘘なもんですか。いい？　あの人がまだ支部長になる前からあたしは知ってるけど、そりゃもうたくさん契約取ってくるのよ。でもそれは別にあの人が努力したからじゃないのよ。自分の親の取引先の会社を回ったりしてさ、絶対そんなの断られるわけないじゃない。自分の家のコネだけじゃなくて、緑山グループの会長のコネまでできたのよ。支部長になれなきゃ変よ。そりゃなれるわよ」

真弓は樺木の話を聞いて、耳鳴りがわんわんするような気がした。

ああ、そうだ。樺木の話が本当ならば、辻褄《つじつま》が合うではないか。グリーンビューホテルでの、あの得意客然とした様子も、あのおっとりと構えた態度も、少女のようなあどけない残酷さも。

「お嬢様だって何だって、きちんと仕事してりゃあ、そりゃ文句はないわよ。でもね、自分はほとんど何も努力してないくせに、人にはノルマを果たせ、何故契約が取れないのかってネチネチ言うわけよね。まあ、そんなの無視して自分は自分の仕事をしようって思ってたわよ。そう思ってやってたけど、やっぱりどこか我慢しきれなかったのかもしれないわ」

真弓ははっとして、樺木の肩に手を置いた。

「あの、今日新人さんがいっぺんに四人も入ったんです。全員支部長が連れて来たんだけど」

全部言い終わる前に、樺木が皮肉に笑う。

「ああ、また」

「また？」

「前にも何度かあったのよ。あの人、どうしても自分で見つけられないと、親か愛人に泣きついて誰か捜してもらうのよ。その人達は、一年でいいからとか言われてるはずよ。きっとすぐ辞めちゃうわ」

「そんな……」

真弓は言葉を失った。そんな真弓の頭を樺木の手がゆっくり撫《な》でる。

「ああた、前に支部長みたいになりたいって言ってたじゃない」

真弓の髪を、樺木が優しく弄《もてあそ》んだ。

「なれないわよ。生まれが違うんだもの」

「……そうですね」

初めて会った時から、支部長は何か人と違うものを持っていると思っていた。でもそれは仕事の才覚ではなく、大きなバックだったのだ。

「こんなことを、あたしが言うのも狡《ずる》いけど」

樺木は真弓の頰を、母親のようにそっと撫でた。

「もし、ああたがやる気なら、ばりばり仕事してあんな女、追い出してやりなさい」

「私にはそんなこと……だって、私には資産家の親も大物の愛人もいないもの」

「大丈夫。世の中はそんなに甘くないわ。仕事っていうのはね、やった分だけ必ず自分に返ってくるものよ」

「本当に？」

「たぶんね」

樺木はそう言って真弓から手を離した。鞄《かばん》をよいこらしょという掛け声と共に肩にかける。

「辞めたくなった？」

樺木はロッカールームの扉を開けて、呆然《ぼうぜん》としたままの真弓に聞いた。真弓は答えることができなかった。

秀明はその日曜日、風邪で仕事を休んだ。

正月前からずっと風邪気味ではあったが、今朝あまりのだるさに熱を計ってみたら、七度五分ほどあったのだ。

今日は休むと言うと、真弓は露骨に嫌な顔をした。むっとした秀明は、朝からずっと寝室の戸を締め切り、ベッドの中から出なかった。

先程まで真弓は、掃除機をかけたり洗濯機を回したりしていたようだ。その音が止むと、玄関を出て行く音がした。麗奈と買い物にでも行ったようだった。

秀明はさすがに空腹を感じて起き上がった。パジャマのままリビングに出て行く。厭《いや》味《み》なほどきちんと片付けられたリビングを見て、秀明はぼりぼりと胸元を掻《か》いた。

キッチンのテーブルの上もきれいに片付けられている。秀明は冷蔵庫を開けてみた。あいかわらずガラガラな冷蔵庫だ。冷凍庫を開けてみると、肉まんを見つけた。秀明はそれをひとつ取り出すと、ラップでくるんで電子レンジに入れた。

キッチンの椅子に腰を下ろし、秀明は肉まんがぐるぐる回るのをぼんやり見ながら、新婚の頃を思い出した。

結婚して初めて秀明が熱を出して寝込んだ時、真弓は甲斐甲斐《かいがい》しく秀明の世話をしてくれた。ミルク粥《がゆ》を作り、新しいパジャマを出し、二時間毎に熱を計りにきた。同じ人間が何故こんなにも変わってしまうのだろうと秀明は思った。そうだ、あのミルク粥はおいしかった。どうやって作るのだろう。

電子レンジで温めた肉まんは、手で持てないほど熱かった。秀明は自分でお茶をいれ、肉まんが少し冷めるのを待って食べた。

秀明は壁に掛けたカレンダーをぼんやり見た。もう二月も半ばだ。今月中に茄子田家の契約を取らないと、来月の給料に手当が支給されない。真弓との勝負は、来月末に出る給料までだった。

秀明は、先日自分が綾子に言ったことを思い出して、深く後悔した。どうしてあんなことを言ってしまったのだろう。まだ綾子には何も連絡を取っていないし、向こうからも何も言ってこない。

助けてくれ。契約が欲しい。

動揺していたとはいえ、あれはひどかった。取りようによっては、秀明からの別れの言葉にも取れただろう。綾子はあの言葉をどう受け止めただろうか。呆《あき》れただろうか。幻滅しただろうか。だから連絡をしてこないのかもしれない。

それにしても、真弓も茄子田のところにセールスに行っていたとは。茄子田が秀明の客であることを真弓は知っているのだろうか。

たぶん、知っているのだろう。秀明は何となくそう思った。茄子田のことを真弓に話した覚えはないが、きっと真弓は同じ男に夫と妻がセールスに来ていることに、先に気が付いたのだ。気が付いて、そして邪魔をしようとした。

秀明は湯飲みをテーブルの上に置いた。

来月末の給料が出たら、勝負は決まる。今や秀明は妻に勝つ自信は最初の半分もなかった。もしかしたら負けるかもしれない。

負けたら、自分はどうするのだろうと秀明は思った。約束通り、家にいて主夫をするのか。本当にするのか。

しかし、もし本当に秀明が会社を辞めたら、真弓はどうするつもりなのだろうと思った。真弓の今の給料で、人間三人が食べられるとは思えなかった。真弓はどうするつもりなのだろう。本当に大黒柱になって働くつもりなのだろうか。

秀明はパジャマの裾《すそ》から出た、自分の素足を見つめた。爪が伸びている。切らなくてはと思っても、そんな事さえ面倒で堪《たま》らなかった。第一爪切りがどこにしまってあるのかさえ、秀明は知らなかった。

何もかも億劫《おっくう》だった。綾子のことも、真弓のことも、仕事のことも何も考えたくなかった。

「……仕事かあ」

秀明は呟《つぶや》いた。仕事など、辞められるものなら辞めてしまいたかった。そういえば後輩の森永祐子は、あんなに世話をしてやったのに、ろくに挨拶《あいさつ》もせず辞めていった。彼女は僕が好きだったのではなかったのか。

　自分も、会社を辞められたらどんなにいいだろうと思った。ローンの払いや生活費や女房の文句から逃げられたら、どんなに楽だろう。

　秀明は食器棚のガラスに映る自分の姿をちらりと見た。髪はぼさぼさで肩が落ちている。まったく力がなかった。いつの間に俺はこんなに老けたのだろうと秀明は思う。けれどそれは、自らを叱咤《しった》する材料にはならなかった。もう、どうでもよかった。いっそのこと妻との勝負に負けて、家で主夫をした方がいいのではないかと思った。

「俺も妊娠してぇよ」

　思わずそう呟いて、秀明はひとりで笑った。女はいい。妊娠すれば、誰かが責任を取ってくれる。いや、そうでもないな。責任を取らない男もいるのだから、真弓は運が良かったのだ。

　秀明は自嘲《じちょう》気味にくすくすと笑う。笑っていると、少し自分が救われるようだった。

　肉まんひとつでは、腹はいっぱいにならなかった。ミルク粥を作ってみよう。秀明はそう思って立ち上がった。


　買い物から戻ると、秀明が台所で料理をしていたので真弓は驚いた。台所に彼が立っている姿を見たのは、新婚の時以来だと思った。

「やあ、お帰り」

秀明がそう言ってにっこり笑ったので、真弓はもっとびっくりした。麗奈がパーパと言って秀明に抱きつく。彼は機嫌良さそうに麗奈を抱き上げた。

「どうしたの？」

真弓は思わず彼に聞いた。秀明の笑顔を見たのは久しぶりだった。

「別に。昼飯まだだろう？　ミルク粥作ったんだけど食う？」

「え、ええ？」

「そんなに驚くことかよ。でも、作り方分かんなくて適当だから、あんまりうまくないよ」

そう言いながらも、秀明は茶碗《ちゃわん》にお粥をよそっている。真弓は首を傾《かし》げながら、買ってきた物を冷蔵庫に入れた。

どうしたというのだろう。いくら文句を言っても、自分で何か食べるものを作るような人ではなかったのに。

それに今朝、たかが七度少しの熱で今にも死にそうなことを言うから、真弓は頭にきてまるで構ってやらなかったのだ。いつだか真弓が八度以上の熱を出した時も、秀明は全然同情してくれなかった。それどころか、仕事から帰って来て「飯は？」と聞いたのだ。

そのことを根に持っている真弓は、今日は絶対一言も口をきいてやるもんかと思っていたのに、秀明の態度に出端《でばな》をくじかれたような気がした。

久しぶりに、真弓達は親子三人で食卓を囲んだ。秀明の作ったミルク粥は、確かにおいしくはなかった。

「これ、出汁《だし》かコンソメ入れたの？」

「あ、そういうの入れないといけないの？」

真弓の問いに、秀明は聞き返す。

「そうねえ、塩こしょうだけじゃちょっとね」

「ふうん。じゃあ次は入れてみる」

次、と秀明が言ったので、真弓は思わず麗奈の口に入れようとしていたスプーンを止めた。

どうしたのだろう、この人は。さっきまで不貞腐《ふてくさ》れて寝ていた人が、何故急にそんなことを言うのだろう。真弓がそう思っているうちに、秀明は食べ終わった自分の皿を流しへ持って行った。それだけでも驚きなのに、その皿を洗おうとスポンジを持ったのだ。

「ねえ、熱があるんでしょう。お皿なんかいいから寝てなさいよ」

秀明はゆっくり真弓の顔を見る。そして黙って寝室の方へ歩いて行った。真弓はそのパジャマの背中を見送る。いつの間にかずいぶん痩《や》せたように見えた。

真弓はそこでぷるんと首を振った。夫に同情してしまいそうな自分が嫌だった。

あの人は、他の女を抱いているのだ。茄子田の奥さんを抱いているのだ。真弓が仕事をしている間、彼は他の女を抱いていたのだ。

聞いた時は、許さないと思った。すぐにでも離婚しようと思った。けれど、何故だか秀明に本当のことを問い質《ただ》すことができず、今まできてしまった。

「ママ。ミニーちゃん」

麗奈がテレビを指さす。娘の好きなディズニーのビデオを真弓はかけてあげた。娘と並んで座って真弓もそれを見る。

何気なくカレンダーに目をやった。もう少しで二月が終わってしまう。二月中に茄子田から契約を取らないと、三月のお給料に手当が入らない。

寝ないとならないのだろうか。真弓はぼんやりとそう思った。茄子田ははっきりと保険に入ると言った。本来なら、すぐにでも契約書を持って行くべきなのに、真弓はためらっていた。

冗談じゃないと突っぱねることも、冗談でしょうと笑ってやんわりかわすこともできるだろう。けれど、何故か真弓は契約と引き換えに、茄子田と寝なければいけないような気になっていた。

何故だろう。真弓は考えた。寝たいわけではもちろんない。あんな男と誰が寝たいと思うだろうか。

秀明が茄子田の奥さんと寝ているからだろうか。茄子田と寝ることによって、そのことを許せるような気がするからか。

許す？　真弓は麗奈の小さな背中を見ながら思った。自分は誰かを許せるような人間か。人に許しを与えられるようなご立派な人間だろうか。

真弓は以前、茄子田から見せられた写真のことを思った。家族と奥さんの写真。きれいな人だった。何故あんなきれいな人が、秀明なんかと寝るのだろう。

秀明なんか。そう考えてしまった自分に、真弓は少し驚いた。茄子田なんか、ではなくて、秀明なんか、と思ったのだ。

自分は彼のどこが好きなのだろうと真弓は思った。娘の麗奈は、目許《もと》が秀明に似ている。優しそうな曲線を描いた瞳《ひとみ》の輪郭。そうだ、優しそうなところが好きだった。下品なものの言い方をしないのが好きだった。親しくなっても「お前」ではなく「君」と言うところが好きだった。

いや過去形ではない。今この瞬間も、真弓は秀明が好きだった。こんなことになっても、何故自分は夫が好きなのだろうと真弓は思った。

好きなのに、何故嫌いなのだろう。矛盾した問いが浮かぶ。好きだけれど、大嫌いだった。離婚してやりたいぐらい嫌いなのに、やはり大好きなのだ。

人が人を好きになるということは、どういうことなのだろう。考えれば考える程、訳が分からなくなる。

来月の給料が出たら決着がつく。自分が勝つのか秀明が勝つのか、真弓には予想できなかった。秀明は茄子田家以外の仕事もしているかもしれない。

茄子田家の保険の契約を、今月ではなく来月にすれば、真弓の収入はかなり減るだろた。

う。もしかしたら、それによって秀明の方が勝つかもしれない。それによって、自分の人生が変わるのだ。真弓は迷っていた。もちろん勝負には勝ちたかった。それによって、自分の人生が変わるのだ。けれど、本当に自分は秀明と娘を養っていけるのだろうかという不安があった。

支部長の顔を思い出してしまい、真弓はそれを追い払うように首を振った。

彼女は真弓を騙《だま》したわけでも何でもない。それどころか、いろいろと助けてくれた。自分のお金では食べられないようなご馳走《ちそう》も食べさせてくれた。けれど真弓は、支部長にひどく騙されていたようなそんな気がして仕方なかった。

しかし、ひとつだけ分かったことがある。自分も努力すれば彼女のようになれるのだと思っていたけれど、それは思い違いだったのだ。自分は支部長になどなれないかもしれない。一家を支えていけるような収入が得られることはないのかもしれない。

その前に、秀明がこの勝負を本気にしているかどうかもよく分からなかった。こんな馬鹿馬鹿しい勝負で（馬鹿馬鹿しいと言ったのは支部長だった）秀明が会社を辞めて主夫をするとは思えない。

何故こんなにまでして、自分達はいっしょに住んでいるのだろうと真弓は思った。娘のためだろうか。ふたりの間にできた、ひとりの小さな人間。子はかすがいと言うが、つまらない夫婦のかすがいにされてしまったら、子供もたまらないだろうと思った。

麗奈の柔らかい髪が、午後の日差しに光っている。娘のために、一番いいことは何なのだろう。分からなかった。真弓には分からなかった。

そのうち麗奈は真弓のそばに寄って来て、顔をすりよせた。眠い時に娘はそのしぐさをする。ソファに寄り掛かって、真弓は娘を抱いた。そうしているうちに、自分も眠くなってきた。

ビデオの音が、遠くなってくる。娘はもう寝息をたてはじめた。ああ、そろそろ洗濯物を入れなくちゃと思ったが、からだも瞼《まぶた》も重くて持ち上がらない。

とろりと眠りがやって来た時のことだった。チャイムがひとつ、ピンポンと鳴った。

最初のチャイムは無視した。誰が来たのか知らないが、どうせ大した用事ではないだろうと、真弓は目をつぶったまま思った。

二度目のチャイムが鳴る。そして続けて三度目が鳴らされた。真弓は仕方なく目を開けて、抱きついて眠っていた娘をソファに寝かせて昼寝用の毛布を掛けた。

「どちら様ですか？」

真弓は薄く玄関のドアを開けた。そこには髪の長いきれいな女性が立っていた。見たことがあると思った時、彼女が口を開いた。

「茄子田綾子と申します。突然お邪魔してすみません」

「は？」

「お願いがあって参りました」

真弓は目を見開いて、彼女の姿を見た。コートの上に大きめのショルダーバッグをたすき掛けにしていた。足元には大きなスーツケースが置いてある。

「あ、あの」

「失礼します」

彼女はぺこんと頭を下げてから、玄関の中に入って来た。止める間もなかった。

「はじめまして。秀明さんの奥様ですね」

真弓は彼女の大真面目な顔を、唖然《あぜん》として見た。茄子田綾子と名乗ったし、この顔は確かに以前茄子田から見せられた写真の女性だ。けれど、あまりにも突然訪問されて、真弓は驚き以外の感情が湧いてこなかった。いったい、何が起こったのだろう。

「お邪魔します」

そう言って彼女が靴を脱ぎ始めたところで、真弓は我に返った。

「ちょ、ちょっと待って下さい」

「はい」

真正面から見つめられて、真弓は一瞬気後れする。何故この人はこんなにも堂々としているのだろうか。

「何の御用でしょうか」

真弓は咎《とが》めるようにそう聞いた。

「ですから、お願いがあって参りました」

「お願い、ですか？」

「はい。奥様のことは秀明さんから伺っております。秀明さんは私と結婚して下さるそうなので、もしよろしかったら、お宅の娘さんも引き取らせて頂こうかと」

「ま、待って。あなた何言ってるの？」

「ですから、奥様は秀明さんも娘さんも、いらないのでしょう？　私が貰《もら》って差し上げようと思いまして」

「あなた、正気？」

真弓はもう一度、彼女の姿を頭の先から爪先《つまさき》まで眺めてみた。明らかに荷物をまとめて家を出て来たという恰好《かっこう》だ。だが、よく見ると髪はもつれているし、目つきもどこか変だった。

急に真弓は寒気を覚えた。真弓はじりじりと後ずさりをする。この人、頭が変だと思ったとたん、麗奈が心配になったのだ。

「帰って下さい。あなた非常識ですよ」

真弓は辛うじてそう言った。

「私は子供が大好きなんです。誰の子供だって関係なく可愛がるわ。だから心配しないで」

「帰ってよ」

「お腹の子供が産まれたら、全部で子供は四人ね。きっと賑《にぎ》やかで楽しいわ」

彼女がうふふと笑う。真弓は背筋がぞっとして、思わず叫ぶ。

「ヒデ！　起きてよ！　変な人が来てるのよ！」

叫んだとたん、恐怖が押し寄せてきた。真弓は転がるように走って、寝ていた娘を抱きしめる。

「……なんだあ？」

寝室からのっそり秀明が現れた。娘を抱きしめている真弓を見てから、リビングの入口に視線をやる。秀明の顔が驚きで強張《こわば》った。

「な」

なんで、と秀明は口の中で呟《つぶや》いた。

「秀明さん、私もう我慢できなかったの。今日からいっしょに暮らしましょう」

彼女は微笑みを浮かべて言った。

「あ、綾子さん……」

秀明は驚きのあまり、口をぱくぱく開けている。言葉が出てこないようだ。

「慎吾と朗は後から連れて来るわ。とりあえず身のまわりの物を持って来たの」

「ま、真弓。これは、違うんだ。どうしてこんなことを、いや、あの」

戸惑って混乱している夫を見ているうちに、真弓は少し冷静さを取り戻した。

「ヒデ、その人追い出して。何か変よ」

「だから、その」

「その人と浮気してたんでしょう。そんなの知ってるわよ。それより早く出てってもらってよ」

秀明はおたおたと真弓と綾子を交互に見た。綾子はゆっくり首を振る。

「私と結婚してくれるって言ったじゃない」

「い、言ってないぞ」

「嘘よ。言ったわ。それに、お腹に秀明さんの子供がいるのよ」

秀明はそれを聞いて、啞然と口を開けた。

「そんな馬鹿な」

「どうして？　秀明さんの子供よ」

「俺はずっと避妊してたよっ」

「でも、秀明さんの子供なんだもの。しょうがないじゃないっ」

「何を言ってるんだ。帰ってくれよっ」

秀明の声が涙声になる。言い争いの声に腕の中の麗奈が目を覚ます。異様な雰囲気を感じ取ったのか、ふにゃあと泣き顔になった。

「綾子さん、どうしちゃったんだよ。何でこんなことをするんだ」

「どうして私を責めるの？　私そんなにいけないことしてる？　秀明さん、私のこと愛してるって言ったじゃない」

「ここをどこだと思ってるんだよ。やめてくれよ。頼むよ」

「みんなで楽しく暮らしましょうよ。私の方がきっといい奥さんだわ。秀明さんのために何でもするわ」

「やめてくれっ」

真弓はふたりの痴話喧嘩《ちわげんか》を見ているうちに、気持ちが冷え冷えとしていくのを感じた。なんなの、この人達は。

真弓はパジャマ姿でうろたえる秀明を、哀れに思って眺めた。こんな人が自分の夫だと思うと情けなかった。いっそのこと、このまま麗奈を連れて実家に帰ろうかとも思ったが、それはあまりにも悔しかった。

「ねえ、いっしょに暮らしましょうよ。奥様だって分かってくれるわ。茄子田だって分かってくれるわ」

彼女は涙を零《こぼ》しながら秀明にすがった。

「おい、ちょっと待て」

秀明がそれを聞いて、顔を上げる。

「茄子田さんに何か言って来たのか？」

「手紙を書いて来たわ。秀明さんといっしょに暮らすって」

それを聞いて秀明の顔が真っ白になるのが見えた。綾子の腕を取って玄関の方へ押しやる。

「帰ってくれ、頼む」

「後でちゃんと話し合おう。送るから、今日は帰ってくれよ」

「いやよ。帰らないわ」

「いや。私は秀明さんと暮らすの」

秀明の手を振りほどこうと、綾子がもがく。廊下の棚に置いてあった花瓶が弾みで倒れ、大きな音をたてて割れた。そのとたん、麗奈が一層大きな泣き声をあげた。

その時だった。

またチャイムが鳴った。一度ではなく、何度も何度も苛《いら》ついた様子で鳴らされる。全員が固唾《かたず》を呑《の》んだ時、玄関のドアが外から開かれた。

「綾子！」

真弓はもはや驚かなかった。来るべき人が来たと、微《かす》かに安堵《あんど》さえ覚えた。

「なんだ、これは！　てめえ、佐藤！　どういうことなんだ、これはっ」

茄子田は靴も脱がず、ずかずかと家の中に入って来る。

「な、茄子田さん、違うんです」

「何が違うか。これは何だ。よくも、人の女房に手え出しやがったなっ」

綾子が残してきたのであろう置き手紙を、茄子田は床に叩《たた》きつける。そして秀明のパジャマの胸ぐらを摑《つか》み上げた。

「てめえ、外に出ろ」

「落ちついて下さい。誤解です。茄子田さん」

「うるせえ。殺してやる」

もみあう茄子田と秀明に、綾子が「やめて、やめて」とすがりつく。茄子田は綾子の方を見もしなかった。怒りに燃えた目は、秀明だけを見つめている。真弓は泣いている娘を抱いたまま、じりじりと部屋の隅に移動した。茄子田の目がふと真弓に注がれる。

「……おい」

茄子田が秀明の襟元を放した。

「どういうこった。あれは誰だ」

真弓の顔を、茄子田は食い入るように見た。真弓は娘を覆い隠すように抱きしめる。

「離婚して、ひとりで子供を育ててるって言わなかったか」

茄子田は秀明の方を振り返る。

「何で、真弓ちゃんがここにいるんだよ。てめえの女房なのかっ」

秀明は訳が分からないままに、ぎくしゃくと頷《うなず》く。茄子田はそれを見て、両手で頭を抱え、床にがくっと膝《ひざ》をついた。その芝居じみたショックの受け方を、真弓は白けた気持ちで見ていた。

とにかく逃げなくては。真弓は冷静にそう思った。この男は何をするか分からない。自分だけならまだしも、娘だけは何としても守らなくては。

そう思った時だった。茄子田がうおーっと吠《ほ》えた。秀明も綾子も、びくっと肩を震わせる。茄子田は真っ直ぐ秀明にくってかかった。

「よくも騙《だま》しやがったな。俺達に何の恨みがあんだよ」

「な、茄子田さん」

「許さねえぞ。俺は絶対許さねえぞ」

茄子田の頬にぼろぼろと涙が零れ落ちる。茄子田は拳《こぶし》を秀明に振り上げた。危ういところで秀明はそれをかわす。

「ま、真弓、警察に電話しろ」

おろおろとそう言って、秀明は茄子田の拳から逃げ回る。ふたりは玄関の外へと転がり出て行く。綾子がふたりの後を追い、真弓もこの隙に逃げようと娘を抱えて玄関を出た。

廊下へ出ると、秀明は非常階段の方まで茄子田に追い詰められていた。茄子田が秀明に襲いかかる。秀明がよろけて転び、茄子田がその上に馬乗りになった。綾子は廊下に転がり「やめてよう」と泣き叫ぶだけだ。

真弓は娘を抱いたまま、素足で廊下に立っていた。

頭を抱えて床に縮こまる秀明を、茄子田がぽかぽかと殴りつける。それはまるで、小学生同士の喧嘩のように見えた。

映画と違って、実際の喧嘩の場面というのは滑稽《こっけい》なものなんだなと真弓は思った。笑っている場合ではないのに、何だか可笑《おか》しくなってくる。

近所の人達が騒ぎを聞きつけ、そろそろとドアから顔を出していた。エレベーターから下りて来た人達が、廊下に転がって喧嘩をしている男ふたりにぎょっとして立ち止まる。

このまま娘を連れて逃げようか、それとも夫を助けようか、迷った時だった。

わーっと大きな声がして、ふたりの姿が視界から消えた。真弓は思わず廊下を駆けだす。

鉄の非常階段を、茄子田と秀明がもつれあって転がり落ちて行くのが見えた。踊り場までふたりは落ちて行った。そして茄子田の方が先に起き上がる。彼は秀明の頭を両手で摑むと、階段の鉄柵《てっさく》に秀明の頭を打ちつけた。

そこで真弓は初めて危険を感じた。

「やめて!」

野次馬のひとりに娘を押しつけて、真弓は階段を駆け下りる。

秀明の頭を何度も柵に打ちつける茄子田に、真弓は飛びかかった。渾身《こんしん》の力を込めて、茄子田を突き飛ばす。

「ヒデ、ヒデ。しっかりして」

血が流れはじめた夫の頭を、真弓は抱きしめた。

その横で茄子田が「ちくしょう、ちくしょう」と天を仰いで泣き叫んでいた。

茄子田太郎様

突然のことで驚かれるかと思いますが、今日私は家を出ます。

結婚して十年、私はとても幸せでした。つらいことも悲しいこともありましたが、やはり太郎さんのおかげでとても幸せだったと思います。

他の男性の子供がいる私を、お嫁に貰《もら》ってくれて本当に感謝しています。それは言葉では表せないほどです。何のためらいもなく、慎吾を自分の息子として育ててくれた太郎さんは心優しい人です。太郎さんほど優しい人に、私は会ったことがありません。

なのに、こんな形で家を出る私は、何と恩知らずなのでしょうか。

けれど、もう自分を抑えることができないのです。

私はグリーンハウジングの佐藤秀明さんと恋をしています。秀明さんは、とても私を愛してくれています。

けれど、彼にも私にも家庭があります。だから彼は私を強引にさらうことはできないのです。

諦《あきら》めようと思っていました。諦められるものなら、諦めようと思っていました。でも駄目でした。私は秀明さんが好きなのです。まるで高校生のように、その感情だけが私を動かしています。太郎さんは、優しい人です。心の大きな人です。だからきっと、分かって下さると信じています。

私は、幸せになりたいのです。

太郎さんとの十年の結婚生活が、幸せではなかったと言うわけでは決してないのです。

このことを言うのは、やめた方がいいのではないかと迷いましたが、やはり打ち明けなくてはなりません。

私が太郎さんを選んだのは打算でした。幸せになるために、打算的に太郎さんを選んだのです。でも、やはりそういうあくどい考えには報いがくるものなのですね。

本当の幸せは、打算に満ちた生活では得られませんでした。どうか、私の身勝手な行動を許して下さい。あれは馬鹿な女だったと、忘れて下さい。

私のお腹の中には、秀明さんの子供がいます。慎吾と朗、それから秀明さんの娘さんと、産まれてくる赤ちゃん。これから生活は苦しいでしょうが、でもきっと幸せになれると思います。

太郎さん、本当にごめんなさい。

そして今までありがとうございました。

お義父《とう》さんとお義母《かあ》さんにも、どうかよろしくお伝えください。

決して、これからはご迷惑はおかけしませんので。

さようなら。

綾子

真弓はその手紙をみどりヶ丘病院の廊下で読んだ。

日曜日の病院は、空気がしんと沈んでいる。窓の外はもう薄暗い。真弓は外科の廊下に置いてある、綻《ほころ》びかけたソファに座っていた。

綾子が茄子田に宛てた置き手紙を、真弓は何度も繰り返し読んだ。

高校生のように、という彼女の言葉が哀しかった。彼女はそのぐらいの年齢から、きっと大人になっていなかったのだ。少女のように恋をして、少女のように追い詰められた。

彼女が恋した相手は、王子様ではなかった。ただのハウジングメーカーの営業マンだ。人妻をさらって逃げたりはできない、ただのしがないセールスマンだ。

秀明の怪我は思ったよりもひどかった。側頭部がざっくり切れ、右足を骨折していた。

打ち身もひどい。しばらくは入院することになった。

秀明は注射を打たれて眠っている。入院の手続きも済ませたし、家では母が麗奈を見てくれているので、もう帰らなくてはと真弓は思った。

けれど、真弓は病院の廊下に腰を下ろしたままだ。どうしても立ち上がる気になれず、頭の上の、今にも切れそうな蛍光灯を見上げていた。

廊下の先から、靴音が聞こえてきた。真弓はその瞬間に、自分は彼を待っていたのだと気が付いた。

「……真弓ちゃん」

ちかちかと瞬く蛍光灯の下に、疲れた顔の茄子田が立っていた。手首に包帯を巻いている。階段から落ちた時に怪我をしたのだろう。

「すまなかった。旦那《だんな》さんに大怪我をさせて」

彼は小さく頭を下げる。

「警察には届けたのかい？」

「いいのよ。ヒデの自業自得なんだから」

「でも」

「優しいのね、茄子田先生」

真弓は微笑んで、自分の隣を手で示した。茄子田は少しためらってから、のろのろと腰を下ろす。

「奥さんは？　大丈夫なの？」

「ああ……とりあえず実家に帰した。そうだ、妊娠なんかしてなかったよ。さっきの騒ぎで生理がはじまったらしい」

「そう」

そこで話が途切れる。言いたいことも聞きたいこともいっぱいあったはずなのに、何もかもどうでもいいような気がしてきた。

「真弓ちゃんは、知ってたのかい？」

前かがみになって肩を落とし、茄子田はぼそりと聞いた。

「ヒデと奥さんのこと？」

「ああ」

「知ってたわ」

「俺に家の新築をやめて、保険に入れって勧誘したのは、旦那への嫌がらせだったのか？」

真弓は息を吐く。

「違うわ。その時はヒデの浮気の相手が、先生の奥さんだなんて知らなかったんだもの」

「じゃあ、どうしてなんだ？」

「まあ、ちょっと家庭の事情がありまして」

いたずらっぽく真弓は笑った。

「俺には分からないよ」

茄子田は両方の掌で、だるそうに顔をこすった。そのまま手で顔を覆い、しばらく何か考えているようだった。

「俺には、分からん」

もう一度彼は呟《つぶや》く。真弓は掌で覆われた茄子田の顔を見た。

「どうしてなんだ。何で離婚して女手ひとつで子供を育ててるなんて嘘をついた」

「……ごめんなさい」

「なんで旦那の仕事の邪魔なんかするんだ。そんなことをして何の得がある。佐藤の奴もそうだ。あんたみたいな可愛い奥さんがいるのに、どうして浮気なんかする」

そこで彼は唸《うな》り声を上げた。

「茄子田先生？」

彼は泣いていた。背中を丸め、腕の間に顔を埋めて震えている。

「綾子は、佐藤なんかのどこがよかったんだ。女房に保険の外交をやらせる男のどこがいいんだ。あんな甲斐性《かいしょう》なしのどこが」

真弓は茄子田の髪に手を伸ばした。そっと彼の頭を撫《な》でると、茄子田は顔を上げた。涙でぐしゃぐしゃになった顔。

「何故だ。俺には分からんことばっかりだ」

茄子田は真弓の両腕を摑《つか》んだ。目の前に彼の肉の付いた顔が迫ってくる。

「俺は女房を愛してんだよ。家族を愛してんだよ。できる限りのことはしてきたさ。言っとくけどな、俺は風俗の女にしか手を出したことがねえんだぞ。そりゃ、真弓ちゃんみたいな素人さんにも、何人かちょっかい出したこともあるさ。けどな、俺だって自分を知ってるよ。あんたみたいな人が、俺みたいな男に本気になるわけないってな」

摑まれた腕に爪が食い込んでくる。

「女はみんな、あんたの旦那みたいな男が好きだよ。脂ぎってなくて、痩《や》せてて、スーツに金かけて、デートコースにばっかり詳しい男が好きだよ。俺みたいなのは、もてねえよ。知ってんだよ。俺は知ってんだよ」

彼の両目から、涙がじゃあじゃあ流れ出る。涙と洟《はな》が二重顎《あご》に流れて落ちた。

「でもなあ、そういう優男はいざとなったら冷たいよ。人間のできてる女はそれ知ってるよ。そうだろう。あんた、そう思うだろう？」

茄子田は真弓のからだを激しく揺さぶる。

「綾子はできた女だと思ってたよ。結婚した時、奴のお腹には義理の兄貴の子供が入ってたけど、俺にはそんなことはどうでもよかったんだよ」

「……そうなの？」

「そうだよ。綾子の子供なら、誰の子供でも俺の子供だ。どんな種だろうと、子供はみんな可愛いもんだよ。俺が育てりゃ俺の子だよ。何故みんなそんなことにこだわるんだ。

どうでもいいんだよ、そんなことはっ」

茄子田は大声を出すと、真弓を突き飛ばすようにして放した。そして拳《こぶし》を膝《ひざ》の上で握って唸った。

「綾子だけは俺を愛してくれると思ってたんだ。なあ、俺が何をした？　俺が悪いのか？　言ってくれよ。俺のどこが悪かったんだよ。俺はどうすりゃいいんだよ。綾子を放したくないんだよ。幸せにしてやりたいんだよ」

子供のように、茄子田は泣きじゃくった。真弓は手を伸ばし、茄子田の頭をそっと抱き寄せる。両腕に力がこもった。彼の涙が真弓のセーターを濡《ぬ》らした。

同情ではなかった。この人を抱きしめたいと思った。

真弓はかつて一度も、男の人にこんな気持ちになったことはなかった。茄子田の髪に、真弓はそっと唇を埋めた。


秀明は看護師に起こされて目が覚めた。若い看護師が、気分はどうか、朝食は食べられるかと聞いた。秀明は黙って頷《うなず》いた。

昨日、茄子田と喧嘩《けんか》をして怪我をし、病院に運ばれたところまでは覚えている。どこが痛いのか分からないぐらい全身が痛かった記憶があるが、今は痛いのは頭の左側と右足だった。あちこちに包帯が巻いてある自分のからだを、秀明は不思議な気分で眺めた。

ベッドの上にからだを起こし、四人部屋の窓際だったので、秀明はぼんやりとガラスの向こうの空を眺めていた。

「おはよう」

声をかけられて、秀明はそちらを見た。真弓がうっすら微笑んで立っていた。手には大きな紙袋を持っている。自分のパジャマが入っているのが見えた。

「よく眠れた？」

「うん」

「痛みはどう？」

「痛いけど、まあじっとしてれば平気だよ」

「足と頭とどっちが痛い？」

「足かなあ」

真弓の顔は、何故か穏やかだった。アイボリーのセーターが日差しの中で白く光っている。

「会社は？」

「今日は休んだわ」

そう言いながら、真弓は持って来た物をベッド脇の棚に移していく。

「二ヵ月は入院しないと駄目だって」

真弓の言葉に秀明は小さく頷き、そして尋ねた。

「怒ってないのか？」

秀明の問いに、真弓は小首を傾《かし》げて笑った。スチール椅子を持って来て、ベッドの脇に座る。

「何を?」

「いろんなことだよ。浮気のこととか、他にもいろいろあるだろ」

「……浮気ね」

「謝っても仕方ないだろうけど謝るよ」

「謝らなくてもいいわよ」

話をしながら、秀明はやはり綾子とのことは、自分の中で〝浮気〟だったのだと静かに思った。では、真弓に対する思いは〝本気〟なのだろうか。そうとは思えない。自分は誰かを本気で好きになったことはきっと一度もないのだろう。自分のことすら、本気で好きになったことがないのだ。

「綾子さんのこと、どうするつもりなの?」

真弓の質問に、秀明は少しだけ考えた。けれど、ゆっくり首を振る。

「どうにもできないよ」

「妊娠してなかったそうよ」

彼女に言われて、秀明は綾子が子供ができたと言っていたことをやっと思い出した。

「そうか。それならよかった」

心から安心して、秀明はそう言った。もし本当に綾子が妊娠していても、自分には何もしてあげることはできなかっただろうと思った。そこで真弓が急に立ち上がる。何か癇《かん》に障ったような顔をしていた。

「警察には行ってないわよ。茄子田先生は入院費を出してくれるって言ってたけど、ヒデは保険にも入ってるし、断っておいたわ」

「それでいいよ。僕が悪いんだから」

秀明は睫毛《まつげ》を伏せた。真弓はシーツの上で組まれた彼の手を強く握ってくる。

「あなたこそ、怒ってないの？」

秀明は目を開ける。

「何を？」

「何をって……」

「僕には何も怒る権利はないよ。真弓が正しかった。僕が間違ってた」

「そんなことを言ってほしかったんじゃないわっ」

真弓は大きな声を出した。他のベッドの患者とそこにいた看護師が、ちらりとこちらを見た。真弓は秀明の手を握ったまま、彼の顔を見つめた。秀明は視線をそらす。

「もっと他に言うことはないの？　ヒデは私にどうしてほしかったの？　綾子さんにどうしてほしかったの？　ヒデはどうしたかったのよ。何でしなかったのよ。悔しくないの？　いくら自業自得だって、こんな大怪我させられて悔しくないの？」

真弓は秀明の手を揺さぶる。

「あれから綾子さんがどうしたかって心配じゃなかったの？　もし本当に子供ができてたらどうするつもりだったの？　私がこれからヒデのことをどうするか気にならないの？　麗奈のことは気にならないの？　会社のことは？　契約のことは？　ねえ、どうしてそんな腑《ふ》抜けた顔をしてるのよ」

秀明は真弓の手を、そっと静かに外した。

「もう、何も質問しないでくれ」

「どうしてよ。私が悪いならそう言って」

「さっきも言ったけど、君は正しい。僕が間違ってるんだ」

秀明は自分の中から、何かがなくなってしまったのを感じた。子供の頃には、大きな塊だったもの。それは大きな氷のようなものだ。時間とともに少しずつ、それは溶けていった。なくならないように、全部溶けてしまわないように、気を付けていたはずだった。けれど、それはもう跡形もなく姿を消し、どこかへ流れていってしまったように感じた。

哀しくはあったが、なくしてしまったことで逆に楽になったようにも感じた。一度なくしたものは、もう二度となくさなくて済むからだ。

「群馬に帰るよ」

「え？」

「君の勝ちだ。僕は茄子田さんの契約が取れなかったから、ここ三ヵ月一件も契約が取れなかった。きっと君の給料の方が多いだろう」

真弓は何も言わない。黙って秀明の顔を見ている。

「君は勝負に勝ったら、僕と麗奈を養うって言ったけど」

秀明は大きく息を吐く。

「もう僕には愛想が尽きただろう。僕みたいな男を養うことはないよ。麗奈だけでも、手一杯だろう。実家に帰ったら、すぐ仕事を捜すから、そうしたら養育費ぐらいは送るよ。それは約束する」

そこで左頰に痛みが走った。真弓に叩《たた》かれたのだ。

「卑怯《ひきょう》者」

真弓は言った。瞳《ひとみ》に涙はない。

「ずるいわ。私が勝ったら、ヒデが主夫をするって約束だったじゃない。どうして逃げるのよ」

「でも、真弓」

「愛想なんかとっくに尽きてるわよ。でも私、ヒデを許さない。あなたは主夫をするのよ。私が働いてお金を稼いでくるから、あなたは家で家事をするのよ。麗奈の面倒をみるのよ」

秀明は何か言おうと言葉を捜した。けれど何も言うことはなかった。妻は正しいのだ。間違っているのは自分だ。

けれど、ひとつだけ質問を見つけることができた。

「それで、君は幸せなのか？」

真弓の顔がそこで歪《ゆが》んだ。けれど、涙は瞳をうっすら覆っただけで、零《こぼ》れなかった。

真弓はくるりと後ろを向く。

「することもないし、もう帰るね。雑誌でも買って夕方また来るわ」

コートを持って、真弓は歩きだした。そして、ふと足を止める。

「ねえ、ヒデ」

「何？」

「私、茄子田さんと寝たよ」

そう言い残して、真弓は病室を出て行った。

秀明は最後に残された言葉の意味を考えた。本当なのだろうか。どうしてなのだろうか。契約のためなのだろうか。

けれどその疑問も、どうでもいいような気がしてきて、秀明は考えるのをやめた。本当だとしても、嫉妬《しっと》さえ湧かなかった。

昨日の茄子田の、怒りに燃えた顔が浮かんだ。泣いていた茄子田。泣いていた綾子。ふたりの結婚式の写真を、見せてもらえばよかったと秀明は思った。きっと、綾子は天女のようにきれいだったことだろう。

ああ、そうだ。秀明は思った。

僕も言ったのだ。真弓の両親に頭を下げて、お嬢さんを必ず幸せにしますと。

愛川由紀は、ほろ酔い気分で支部に戻った。父親が紹介してくれた、新しい客の家で夕飯をご馳走《ちそう》になったのだ。少し飲んでしまったので、できれば直接家に帰りたかったが、明日の朝一番で出さなければならない書類がある。仕方なく由紀は支部に戻った。

飲んだ後に仕事をするのは面倒だったが、気分は良かった。新しい客は中小企業だがとりあえず社長だ。これでまた人脈が増えた。

ビルの下から見上げると、支部にはまだ明かりが点《つ》いていた。誰が残っているのだろうと思いながら、事務所のドアを開ける。びくっとして振り返ったのは、佐藤真弓だった。

「あら、真弓さん。残業？」

真弓は返事をしないで、じっとこちらを見ていた。何よ、変な子ねと彼女は思う。

「昨日は、すみませんでした」

「いいのよ。旦那《だんな》様の具合はどう？　大丈夫なの？」

「ええ。でも二ヵ月ほど入院しなくっちゃならないみたいです」

書類を片付けながら、真弓はそう言った。由紀は真弓の暗い横顔を見て、馬鹿な子ねと思った。

昨日真弓から、夫が入院したから一日休ませてくれと連絡があった。人と喧嘩《けんか》をして大怪我をしたそうだ。誰が喧嘩をしようが、怪我をしようが自分には関係ないけれど、それによって真弓の仕事に支障が出るのは困る。

何だか知らないけれど、真弓の家庭はごたごたがありすぎる。これから先も、こんな調子が続くようでは困るなと由紀は思った。ちょっと釘《くぎ》を刺しておいた方がいいかもしれない。

「ねえ、真弓さん。今日はこの後予定があるの?」

「……いえ、別に」

「三十分ぐらい待ってもらえるかしら。私、大急ぎでひとつ書類を書いちゃうから。食事でもしない?」

それを聞いて、真弓は返事をせず、またこちらをじっと見つめる。さっきから、何となく様子が変だ。

「真弓さん?」

「申し訳ありませんけど、行きません」

「あら、そう」

断られるとは思っていなかったので、由紀は言葉に詰まった。

「そうね、ご主人が入院したんじゃきっといろいろお疲れよね。娘さんも待ってるんでしょうし」

「支部長」

「なあに？」

「支部の経費で払うなら、これから、私のことを食事に誘わないで下さい」

真弓はゆっくりと、言葉を区切ってそう言った。由紀はきょとんとする。

「どうしたの？　真弓さん、今日は変よ」

「経費の無駄遣いはやめて下さい」

明らかに敵意を含んだ真弓の視線に、由紀はむっとする。

「それはどういう意味？」

「経理の人に頼んで、帳簿を見せてもらったんです」

真弓は先程片づけた書類の中から、パソコンからプリントアウトしたらしい用紙を出した。

「まだ半年分しか見てないですけど、経費はほとんど支部長が使ってるんですね」

そう言いながら、真弓は領収書の束を出した。ゆっくりとめくって見せる。

「私にご馳走して下さったものもありますし、そうじゃないものもありました。今日、支部の人達に、半年の間に支部長に何かご馳走になったことがあるかって聞いて回ったんですけど、誰もいませんでした」

由紀は眉間《みけん》に皺《しわ》を寄せた。この子は何を言っているんだろう。

「それがどうしたの？　それはあなたが、支部に貢献してくれたからでしょう。何が不満でそんなこと」

「他の支部に電話をして聞いたんですけど」

真弓は、由紀の話の腰を折る。

「よそでは、経費は忘年会や慰労会に使ったりしてるそうです。残りは、ビール券や図書券にして、その月の功労者に贈っているそうですよ」

真弓と由紀は、見つめ合った。夜のオフィスは物音ひとつ聞こえない。

「それで？」

由紀は腕組みをして、机に寄り掛かる。

「私にもそうしろって言うの？」

「それは支部長が決めることです」

真弓はそう言うと、椅子に掛けてあったコートを取って着はじめた。由紀はせっかくのいい気分を台無しにされて、むかむかと腹がたっていた。

「あなたね、こんなことを言うのは何だけど、私にそんな口をきいていいと思ってるの？」

コートの上から、真弓はマフラーを巻く。そしてくすりと笑った。

「私が辞めたら、困るのは支部長でしょう？」

「別に困らないわ。辞めたければ辞めなさい」

「辞めません」

真弓はきっぱり言って、鞄《かばん》を持った。そして入口近くにいる支部長のところまで歩く。

「経費の使い方が間違ってると思ったから、言ったまでです。よそと同じにした方が、みんなも喜びます。その方が数字も挙がると思いますよ」

「真弓さん？」

「支部の人達は不満だらけなんです。気が付いてないのは支部長だけなんですよ。私がみんなを煽《あお》って、セールスレディー全員が辞めてしまったら、困るのは支部長でしょう？」

由紀は目を丸くして、真弓の顔を見た。以前はこんな顔ではなかったのに、と由紀は見当違いのことを思った。

「そんなこと、あなたにできるとでも思ってるの？」

「さあ。やってみなくっちゃ分かりませんけど」

由紀は組んでいた腕を解《ほど》いて、茶化すように笑ってみせた。

「恐いわねえ」

「可愛い子ぶったり媚《こび》売ったりして通じるのは、男の人だけですよ」

その一言に、由紀はかっとした。その表情を見て真弓はいたずらっぽく笑う。

「お金持ちほどケチだって、本当なんですね。今度、ご馳走して下さる時は、自腹を切って下さい」

由紀が返す言葉を捜しているうちに、真弓はドアを出て行った。

エピローグ

秀明が会社を辞めたことを聞いて、真弓の父親は烈火のごとく怒りだした。退院してすぐ、秀明は会社に辞表を出した。その足で真弓の実家に行き、これからは真弓が一家の大黒柱として働き、秀明が主夫になるということを宣言したのだ。

真弓は、父が暴力を振るうのを初めて見た。殴られた秀明は、ただじっと正座をしていた。

父の剣幕に、さすがの母親も口を出すことができず、ただおろおろと三人の顔を見渡すだけだった。

お前みたいな男に大事な娘と孫は任せられない、今すぐにでも別れろと父は怒鳴り散らした。真弓はぐずる麗奈を抱いたまま立ち上がった。

「心配をかけたのは悪いと思うけど、お父さんにそこまで指図されるいわれはないわ」

真弓の言葉に、父と母はぽかんと口を開けた。

「ヒデ、帰りましょう」

秀明はうつむいたまま立ち上がる。ぺこんと頭を下げて、部屋を出ていく秀明に真弓も続いた。背中に父親の怒鳴り声が聞こえたけれど、真弓は振り返らなかった。

玄関で靴を履いたところで、母親が廊下を駆けて来た。真弓は麗奈を秀明に渡し、先に帰っていてと言った。

「あなた、自分の父親に何を言ったか分かってるの？」

母親の顔は、怒りと戸惑いで高揚していた。真弓は唇を噛《か》む。

「お母さん、ごめんなさい」

「謝るぐらいなら、どうしてお父さんにあんなことを言ったの？　それに、あなた、本当に秀明さんと麗奈を養うつもりなの？　そんなことできると思ってるの？」

母の目が真弓を覗《のぞ》き込む。真弓は泣きだして母親にすがりつきたい衝動を堪《こら》えた。

「お父さんには、本当に悪いことしたと思ってる」

「それなら、どうして」

「結婚式の費用も、マンションの頭金も出してくれたのに、こんなことになってごめんね」

「どうしてなの？　何があったの？　お母さんには全然分からないわ」

母親の目に涙が滲《にじ》んでいる。その顔を見て、年を取ったなと真弓は思った。生まれて初めて、母が自分よりも弱い存在に見えた。そう思うと、余計哀しかった。

「秀明さんの怪我はもう治ったんでしょう？　健康なのにどうして働かないの？　どうしてあなたが健康な男の人を養わないとならないの？」

真弓はサンダルを履いた母の足元に目を落とした。涙が零《こぼ》れないように、大きく目を開く。

「そんなことをしなきゃ、あなた達は夫婦でいられないの？　そんなに秀明さんが好きなの？」

母の質問に、真弓は顔を上げた。

「好きなのかどうか、分からない」

「じゃあ、どうしてなの」

「お母さん、私にも分からないの」

「意地を張ってるだけならやめなさい。あなた達だけの問題じゃないのよ。麗奈の幸せを考えなさい」

真弓は母に摑《つか》まれた腕をそっと外した。

「もう帰るね」

何か言いかけた母親に、真弓は首を振った。もうこれ以上何も聞かれたくなかった。自分にも分からないことが、両親に分かるはずがない。分かってもらおうと思って来たわけではなかったのだ。では、何をしに自分は実家に来たのだろうと真弓は思った。

玄関を出て、生まれ育った家の屋根を見上げた。

ああ、そうか。真弓は息を吐いた。

さようならを言いに来たのだ。お嫁に行く時に言いそびれた、さようならを。

大した額ではないが秀明の退職金と貯金があった。最初の一年はそれで乗り切るにしても、大変なのは来年からだろう。

真弓は支部のデスクに座り、預金通帳を見ながらそう思った。

今月はいやに電気代が高い。肌寒くなってきたから、秀明がエアコンを入れているのだろう。石油ストーブでも買った方が節約になるかもしれない。

秀明が会社を辞めて主夫になり、真弓がフルタイムで働くようになって半年がたった。最初はぎくしゃくしていた生活のリズムも、だいぶ安定したように思えた。最初何をやらせても下手だった秀明も、最近は真弓が口を出さなくても一通りの家事はできるようになった。

一番の頭痛の種は、やはりマンションのローンだった。売ってしまってアパートにでも移ろうかと思ったけれど、月々の払いは賃貸になってもさほど変わらないのだ。ボーナス時の払いさえ何とかなれば、このままマンションにいた方がどう考えても得だった。

真弓は秀明に、ボーナス時だけ何かして働いてくれないかと切りだしてみた。何か言うかと思ったら、秀明は簡単に頷《うなず》いた。ちょうど御中元と御歳暮の時期に当たるので、その時期だけ麗奈を保育園に預けて、配送のバイトに出ることにした。

「真弓さん、お昼に行かない？」

声をかけられて真弓は顔を上げた。支部長がにっこり笑って立っている。

「すみません。私、お客様の電話を待ってるところなんですよ」

「あら、そうなの」

「留守番してますから。向井さんと行って来て下さい」

真弓は事務所に残っていたもうひとりのセールスレディーに声をかける。彼女は「じゃあ行って来ます」と立ち上がった。

ふたりがドアを出て行くと、真弓はやれやれと自分の肩を叩《たた》いた。

お客の電話を待っているというのは嘘だ。支部長とはなるべく昼食を取らないようにしているのだ。彼女と気まずいわけではない。お昼代が一日千円なので、高いランチを食べたがる支部長とはそうそう付き合えないのだ。あれ以来、支部長は真弓に食事を奢《おご》ったりはしない。自分でそうしてくれと言ったのだから仕方ない。

支部長は、あれから特に態度を変えたりはしなかった。以前に比べて確かによそよそしくはなったけれど、仕事上で意地悪をするというようなことはない。

彼女とて、真弓にへそを曲げられたらやはり困るのだろう。それに支部長はいい意味でも悪い意味でも本物の〝お嬢さん〟だった。彼女は基本的に意地悪ではない。ただ、恵まれすぎて無神経なだけなのだ。

「……まったく、うらやましいわよね」

そう呟《つぶや》いて、真弓は苦笑いをする。

今更ながら、秀明がいろいろなことを我慢していたのだと真弓は実感していた。

お昼代が一日千円というのは、確かにきつい。もし本当にその千円を昼食のみに使えるのならいいが、月々の真弓の小遣いは悲しいほど少ないのだ。口紅一本買うのも、お昼代を節約して買わなければならない。

しかし、どこにも文句の持っていきようがなかった。稼いでいるのは自分なのだ。自分の給料が安いからいけないのだ。

頭ではそうと分かっていても、つい真弓は秀明に当たってしまうことがあった。材料費ばかりかかって、大しておいしいものを作るわけでもないし、それこそ一日中家にいるくせに出来合いの惣菜《そうざい》を買ってくる。かつては自分もそうだったのだが、つい文句が口をついて出てしまった。もっと上手にやり繰りしなさいよと。

秀明は真弓に何を言われても、反論らしい反論はしなかった。ただ黙って真弓の小言が終わるのを待っている。

彼が家にいるようになって半年がたつ。真弓の目には、彼が特に楽しそうにもつらそうにも、どちらにも見えなかった。

配送のバイトに出た時もそうだった。働くのが楽しいわけでも嫌なわけでもなさそうだった。ただ一ヵ月分の給料を、黙って真弓に渡しただけだ。

けれど、まったく元気がないというわけでもなかった。口数も会社を辞めた頃に比べて増えてきた。話題がスーパーの特売や、昼間に見たテレビの話だったりするので、真弓は複雑な気分で秀明の話を聞いた。

秀明は娘とも、よく話をする。麗奈はだいぶ人間らしい会話ができるようになってきた。休みの日の朝、真弓が朝寝坊をして起きだすと、リビングの日溜《だ》まりで秀明と麗奈が幼児番組を見ながら、いっしょに歌を歌ったりしている。よく似ている夫の笑顔と娘の笑顔。真弓はそれを見て胸が締めつけられた。不幸なのか、幸福なのか、よく分からなかった。

その風景を守るのは自分なのだ。自分しか彼らを守る人間はいないのだ。そう思うと、真弓は恐《こわ》かった。本当にできるのだろうかと不安が押し寄せる。開けてはいけない扉を開けてしまった気がして、たまらなく不安だった。

真弓はここのところ、月のノルマを果たすのがつらくなってきていた。思ったように新しいお客を開拓することができない。樺木に電話で相談をすると、長くやっていれば、契約も取れる時と取れない時があるから、あまり気にするなと言われた。

気にするなと言われても、その一件の契約で給料が違うのだ。新しい靴だって欲しいし、たまには秀明にも何か買ってあげたい。彼はずいぶん長い間、ロードショーの一本も見ていないのだ。たまには好きな映画を見せてあげたい。ああ、でも麗奈の将来のために、少しでもお金を貯めておかなければ。

秀明は本当にもう、一生働く気はないのだろうか。やはり僕が外で働くよ、と彼が言う日は二度と来ないのだろうか。

いくら不安でも、秀明に「働いてほしい」とは言えないのだ。真弓が深く大きい溜め息をついた時だった。デスクの上の電話が鳴った。

「リーフ生命みどりヶ丘支部でございます」

口が勝手に愛想のよい声を出す。

「吉川と申しますけれど、佐藤真弓さんはいらっしゃいますでしょうか」

「ああ、一美」

友人の一美だ。最近よく電話が掛かってくる。

「今、お仕事中？」

「ううん、お昼休みだからいいよ」

「ねえ、ちょっと聞いてくれる」

「なあに、また喧嘩《けんか》したの？」

一美も結婚をして、あと少しで一年になる。惚気《のろけ》ていたのは最初の数ヵ月で、最近は喧嘩ばかりしているようだ。それでも、真弓から見れば、それも惚気のひとつのように聞こえる。

「今度はどうしたのよ」

「聞いてよ。ケンちゃんのお母さんが先週泊まりに来たんだけどさ。孫はまだかまだかってしつこく言うのよ。私のこと、孫の製造機だとでも思ってんのかしら。さすがに嫌な顔したら、ケンちゃんまでお袋の気持ちも考えてくれなんて言うの」

ふんふんと真弓は気がない相槌《あいづち》を打つ。

「なーんかクサクサしちゃってさあ。ねえ、たまにはパーッと飲みに行かない？」

真弓はそこにあったメモに、ボールペンで悪戯《いたずら》書きをしながら返事を考える。たまには友達とパーッと飲みに行きたいから仕事をはじめたはずだったのに、今では彼女が行くような店の勘定を、真弓は払うことはできなかった。

「悪いけど、一美」

真弓は机の上にペンをころりと転がした。

「早く帰って、麗奈をお風呂《ふろ》に入れないとならないのよ」

「え？」

友達の訝《いぶか》しげな声に、真弓は天井を見上げて笑った。

秀明は国道沿いに最近できた、巨大なディスカウント・ストアーに麗奈を連れてやって来た。

新聞の折り込み広告に、石油ストーブの特売を見つけたのだ。暖房がエアコンだけでは電気代がかかりすぎるので、ストーブを買おうと真弓が言いだしたのだ。マンションのそばのスーパーでも石油ストーブぐらい売っているし、いくらディスカウント・ストアーといっても、大して値段は違わない。けれど、今のところ秀明の唯一の楽しみは買い物だった。たまにはバスにでも乗って遠出するのもいいと思った。

石油ストーブを買って配送を頼むと、店を一通り見て回った。台所用品がスーパーより安い。けれど車でもなければ買いには来られないなと秀明は思う。

麗奈に小さなぬいぐるみをひとつ買ってやって、秀明は店を出た。時間はもうすぐ三時になるところだった。店の前のバス停に立ち、秀明はゆっくり辺りを見渡した。

この店の裏手に、茄子田の家がある。秀明は朝からずっと、家を見ていこうかどうしようか迷っていた。

あれから綾子には会っていない。こちらから連絡もしていないし、向こうからも何も連絡がない。真弓も、茄子田のことや秀明の浮気のことを口にすることはなかった。あの茄子田のことだから、慰謝料か何かを請求してくるかと思ったのに、彼も何も言ってはこなかった。

秀明は二度と綾子に会わないつもりだった。会っても傷つけることしかできないのだ。縒《よ》りを戻すつもりなど毛頭ない。けれど、どうしているのだろうという気持ちはあった。

「麗奈、少しお散歩しないか？」

「おさんぽ？」

「パパ、ちょっと行きたい所があるんだ」

娘は生意気な訳知り顔をして、うんと大きく頷《うなず》き、秀明と手をつないで歩きだした。

買ってもらったぬいぐるみを抱いて、お気に入りの歌を何度も口ずさんでいる。

子供というのは、面白いものだな。会社を辞め、毎日を娘と過ごすようになって秀明は強くそう思っていた。

以前は愛情が薄かったというわけではない。ただ、やはりこれほど親密ではなかった。こうしてべったり毎日をいっしょに過ごすと、娘がどうしようもなく可愛い時と、置き去りにしてしまいたいほど腹が立つ時がある。それも意外な発見だった。

最初の頃新鮮だった家事は、半年もたつとただのルーティンワークになった。ただ真弓があまり節約節約と言うので、秀明はそれには自分でも笑ってしまうぐらい工夫を凝らしているつもりだ。

以前は何も考えずにクリーニングに出していた服も、なるべく自分で洗うようにしている。真弓のブラウスにも、秀明はアイロンをあてた。アイロンの掛け方など知らなかったので、主婦向けの雑誌を買って来て見よう見まねでやってみた。

料理も、それを作ることよりも、毎日献立を考えることが一番面倒だということに気が付いた。きっちり献立をたてて買い物に行くのが一番無駄遣いにならないと思っていたのに、いざやってみると特売を見逃したり、野菜を余らせて腐らせたりする。

近所の人達は、秀明が何故毎日家にいて買い物や洗濯をしているのか分からないようで、彼が歩いていると、こちらを見ては内緒話をしている。出向いて行って説明してやった方が親切かな、と秀明はひとりで笑った。

家での主夫生活は、想像していたよりも退屈だった。楽でいいとは思う。けれど、公園に集まる主婦達の仲間に入れるわけでもなく、昔の友人に連絡をする気にもなれず、秀明は孤独だった。

そばにはいつも娘がいる。娘は可愛いけれど、話し相手にはならない。夏に一ヵ月だけ宅配便のバイトをしたが、それも気晴らしにはなったが楽しいわけではなかった。

孤独ではある。けれど、楽でもあった。

このまま自分は、一生こういう生活を続けていくのだろうか。いつか、働きたいと熱望する日が来るのだろうか。真弓が専業主婦の座を捨てた時のように。

住宅地の中を十月の風が吹いていく。見覚えのある酒屋を曲がり、秀明は歩いた。次の角を曲がると、茄子田家が見えるだろう。

茄子田家の誰かに見つかったらどうしようかと、秀明は緊張していた。娘の手を握りしめ、彼は角を曲がった。

古い家が立ち並ぶその通りの、小さな美容院の隣に茄子田家があるはずだった。けれど、そこには何もなかった。ぽこんと何か抜け落ちたように、茄子田家のあった場所は空き地になっていた。

「……どうしたんだろう」

思わず呟《つぶや》いた秀明を、娘が不思議そうに見上げる。秀明はその空き地の前に立ち五分ほど眺めていた。ぐるぐるといろいろな理由が頭に浮かぶ。引っ越したのか。やはり建て直すことにしたのか。家庭が崩壊したか。

「パーパ、帰ろうよー」

しばらく空き地の中を探検していた娘が、飽きて秀明の所にやって来る。彼は頷いた。そうだ。自分が何か思い悩んだところで仕方ない。帰って夕飯の支度でもしよう。

そう思って歩きだした時だった。後ろからオン、と犬の吠《ほ》える声がした。

「あー、お家の会社のお兄ちゃんだ」

犬を連れて、こちらに向かって歩いて来た子供は、茄子田の次男だった。秀明はごくりと息を飲む。人見知りをする麗奈が、さっと秀明の後ろに隠れた。

「こんにちは、お兄ちゃん」

屈託なくその子は挨拶《あいさつ》する。確か朗という名前だった。背丈が少し伸びたようだ。

「……やあ。こんにちは」

「ねえ、お兄ちゃん。会社辞めちゃったんだって?」

いっぱしの口ぶりで朗が聞いてきた。秀明はぎくしゃくと笑う。

「まあね。それより君の家はどうしたの?」

「やっと建て替えるんだって」

足元に座った犬の頭を撫《な》でながら、朗が言った。

「でも、それは」

保険に入るから新築はやめたはずではなかったのか。そう聞きたかったが秀明はやめた。子供に聞いても分からないだろう。

「なんかねー、白蟻がいたんだって」

「え？」

「ちょっとしかいなかったらしいんだけど、お父さん大騒ぎしちゃってさあ。でもいいや、僕早く新しい家に住みたいから」

朗はにこにこ笑う。秀明は何をどう言ったらいいか分からなかった。聞きたいことは山ほどある。けれど、聞かないでおいた方がいいのかもしれない。

「今は、どこに住んでるの？」

それでも何とか秀明はそう聞いた。

「児童公園のそばの家。僕んちも古かったけど、そのお家もすごく古いの。でも二ヵ月ぐらいの我慢だからって」

「そうか……ねえ、朗君。変なこと聞くようだけど、君んち、家族のみんなで生命保険に入ったかどうか知ってる？」

「ホケン？」

「うん」

朗は肩をすくめる。

「入ってないと思うよ」

「どうしてそう思うの？」

「お父さんとおじいちゃんが、それで喧嘩《けんか》してるの聞いたもん」

秀明は鼓動が速くなるのを感じた。もしかしたら、真弓は契約を取ってないのか。

「お兄ちゃん。僕、塾だからもう帰らなきゃ」

言われて秀明は我に返る。

「ああ、ごめん。僕ももう帰るよ。お母さんは元気？」

「うん。ちょっと前に具合が悪くて、おばあちゃんのところに帰ってたんだけど」

「……元気になったの？」

「なったよ。ねえ、新しい家が建ったら見に来てよ」

秀明はその大きな瞳《ひとみ》を見つめた。綾子によく似ている。

「朗君、悪いんだけど、ひとつ約束してくれないか」

朗は犬の引き綱を持ち直し、怪訝《けげん》な顔をした。

「僕と会ったこと、お母さんに言わないでほしいんだ」

「どうして？」

「なんていうか、その、君のご両親と僕は喧嘩をしちゃってね」

「なーんだ」

そこで朗はあははと笑った。

「それで会社辞めちゃったの？」

「うん、まあ、そういうところだ」

「分かった、言わないよ。じゃあね、お兄ちゃん」

ばいばいと手を振って、朗は犬を連れて道を駆けて行く。その後ろ姿を見送ってから、秀明は不機嫌になった娘を抱き上げた。

真弓は茄子田から契約を取らなかったのだろうか。そうならば、もしかしたら秀明は勝負に勝っていたのかもしれない。給料明細など見ずに秀明は負けを宣言していたが、もしかしたら結果は違ったのかもしれなかった。

「もう帰ろうよー」

麗奈が秀明の腕の中でぐずる。彼は笑って頷《うなず》いた。

そうだ、もう帰ろう。自分には帰る家があるのだから。

茄子田慎吾は、葉山夏彦と将棋を指していた。

夏彦は、彼の友達の秋由の兄だ。彼らの家に遊びに行くようになってもうずいぶんたつ。遊びに行くと、兄の夏彦はいれば必ず顔を出す。夏彦は慎吾のことを本当の弟のように可愛がってくれた。慎吾も夏彦が嫌いではなかった。

彼らの家に、両親がいることは少なかった。最初、共働きと言うのを真に受けていたけれど、彼らの母親は働いているのではなさそうだった。毎日のように、着飾って車で出掛けて行く。それがママの仕事なんだよ、と夏彦は笑って言っていた。

彼らの祖父が、緑山鉄道の会長であることを知ったのは最近だった。それがどういうことであるか、慎吾にはまだピンときていなかった。要するにすごい金持ちなんだろうと慎吾は思った。

大人の目のない、彼らの家は居心地がよかった。子供部屋も、夏彦と秋由それぞれに十畳ほどの大きな部屋が与えられている。それ以外にオーディオだけが置いてある部屋や、図書館のような書庫もあり、子供達はそこも自由に使っていいことになっていた。

彼らの家で、慎吾は初めて〝お手伝いさん〟という人を見た。年配の優しそうな人だった。けれど、夏彦が煙草をふかすと、怒るどころかさっと灰皿を出したりするのだ。

夏彦は、将棋盤を挟んで正面に横たわっている。慎吾は毛足の長い絨毯《じゅうたん》の上で、膝《ひざ》を抱えて座っていた。夏彦はじっと次の手を考えていた。

「成田君、遅いな。来るって言ってたのに」

何となく空気が重苦しくて、慎吾はゲームをしている秋由の背中に言った。

「成田は来ないよ」

画面に映った戦闘機を、撃ち落としながら秋由が言う。

「なんで？」

「あいつ、この前カンニングしたんだって」

憎々しげに秋由は言う。

「そういうせこいことする奴って、嫌いなんだよな」

秋由の横顔が冷たく画面に向けられている。

「まあまあ、アキ。誰にでも魔が差すってことがあんだからさ」

夏彦が笑って弟を宥《なだ》めた。

「嫌いな奴は、家に上げたくないんだ」

「そんなんだから、アキは友達ができないんだよ」

慎吾はぽかんとして、兄弟の会話を聞いていた。慎吾がこの家に遊びに来始めた頃は、この部屋に何人も友達が来ていた。そして、ひとりふたりと減っていき、これでとうとう慎吾だけになってしまった。

「慎吾は頭がいいから、好きさ」

戦闘機を全部撃ち落としてから、秋由は笑顔でこちらを見る。

「俺も」

夏彦が片手を上げて賛成した。

「俺が将来社長になったら、慎吾にどっかの部門を任せてやるよ。何がいい？　鉄道は俺のもんだから、百貨店がいいか？」

「そんなこと言ってると、今に慎吾に会社を乗っ取られるぞ」

兄弟はそこでわっと笑う。慎吾は将棋の駒を握りしめて返答に困っていた。

「よし、これでどうだ」

夏彦が慎吾の飛車の前に桂馬《けいま》を置いた。それは慎吾がはなから予想していた手だった。慎吾は将棋盤を見つめる。七手先には、詰んでいることが分かった。

どうしようか。

このまま一気に勝つべきか、少し退いて相手にチャンスを与えるべきか慎吾は迷った。

そして迷っている自分に、改めて驚いていた。以前は、わざと負けてやるという発想などなかったからだ。

勝ってもいいのだろうか。

それは、慎吾が生まれて初めて感じた、大きな葛藤《かっとう》だった。

あとがき

信じてはもらえないかもしれないが、私は人の結婚披露宴に出るのが結構好きである。披露宴の招待状が届くと、私はここぞとばかりに服と靴を新調してその日を待つ。

先日も、大学時代の同級生の結婚式があった。新郎新婦とも人気者だったせいか、披露宴にも二次会にも大勢の人が集まって盛り上がった。私も久しぶりに会う友達や、知らない人達とお酒を飲んで、とても楽しい時間を過ごした。何より、友人の幸せそうな顔を見るのはいいものである。

だから〝うかんむりに女と書いて「安心の安」、女偏に子供と書いて「好まれる」〟なんてフェミニストの人にぶっとばされそうなスピーチをしたおじさんも、私は笑って許してあげようと思った。

どんな形であれ、誰でもが誰でもの幸福を祈っているのだ。私はそう信じている。

書き終わってから気がついたのだが、この本は私の二十冊目の本となるようだ。ひとつの区切りとなる本が、自分の作品の中で一番長いものになったのは嬉《うれ》しい偶然だった。
この原稿を書くにあたって、快く取材に協力して下さった岩本留美子さんと松沼由美さん、そして編集して下さった小森収さんに、深く感謝いたします。

一九九四年　　　　　　　　　山本文緒

二十年後のあとがき

この小説は、私が約二十年前に書いたものです。
今回二次文庫として新装丁にして頂くにあたり、数年ぶりに読み返し手を加えました。といっても、表現と語尾を少しと、ポケットベルを携帯電話に変えたくらいで物語自体は改稿していません。

この小説は私の作品の中では珍しく三人称で書かれています。『眠れるラプンツェル』という作品と登場人物が重なっており、そちらは一人称で書いています。この頃、自分はこの先小説を一人称で書くべきなのか三人称で書くべきなのか決められず、同じマンションの隣同士に住む女性を、片方は三人称で、片方は一人称で書いてみたのです。

少女小説から一般文芸に転向して、四作目の作品です。

その頃まったくの無名で仕事の注文もなく、経済的にとても苦しかったのですが、とにかく書くことが楽しくて仕方がなかったのを覚えています。

私は一般文芸に転向した時、三十五歳までに小説の仕事で食べることができなかったら、就職しようと決めていました。とにかく自分で自分を養えなければ大人ではないとその頃は思っていたからです。この小説を書いていた頃、アルバイトをしていた会社で契約社員にならないかと声をかけて頂いて、とても迷っていました。三十五歳までにはまだもう少し時間があって、でもせっかくのよいお話を断っていいものかどうか何日も考え込みました。この本が全然売れなかったら契約社員になろうか、そう思いはじめていた矢先に重版がかかりました。もう少しだけ小説の道で頑張ってみようと心に決めるきっかけになった本になりました。

二十年たってもまだこうして読んで頂けるのは本当に嬉《うれ》しいことです。古くからの読者の方、そして新しい読者の方、ありがとうございました。

まだまだこれからもこの道で頑張りたいと思います。よろしくお願い申し上げます。

二〇一三年　春

山本文緒

本書は一九九四年八月に集英社より単行本、
九八年一月に文庫として刊行されたものです。

あなたには帰《かえ》る家《いえ》がある

山本文緒《やまもとふみお》

角川文庫 18013

平成二十五年六月二十日　初版発行

発行者―井上伸一郎
発行所―株式会社角川書店
東京都千代田区富士見二―十三―三
電話・編集（〇三）三二三八―八五五五
〒一〇二―八〇七八
発売元―株式会社角川グループホールディングス
東京都千代田区富士見二―十三―三
電話・営業（〇三）三二三八―八五二一
〒一〇二―八一七七
http://www.kadokawa.co.jp
印刷所―暁印刷　製本所―BBC
装幀者―杉浦康平

本書の無断複製（コピー、スキャン、デジタル化等）並びに無断複製物の譲渡及び配信は、著作権法上での例外を除き禁じられています。また、本書を代行業者等の第三者に依頼して複製する行為は、たとえ個人や家庭内での利用であっても一切認められておりません。
落丁・乱丁本は角川グループ受注センター読者係にお送りください。送料は小社負担でお取り替えいたします。

©Fumio YAMAMOTO 1998, 2013　Printed in Japan

定価はカバーに明記してあります。

や 28-13　ISBN978-4-04-100872-0　C0193

角川文庫発刊に際して

角　川　源　義

第二次世界大戦の敗北は、軍事力の敗北であった以上に、私たちの若い文化力の敗退であった。私たちの文化が戦争に対して如何に無力であり、単なるあだ花に過ぎなかったかを、私たちは身を以て体験し痛感した。西洋近代文化の摂取にとって、明治以後八十年の歳月は決して短かすぎたとは言えない。にもかかわらず、近代文化の伝統を確立し、自由な批判と柔軟な良識に富む文化層として自らを形成することに私たちは失敗して来た。そしてこれは、各層への文化の普及滲透を任務とする出版人の責任でもあった。

一九四五年以来、私たちは再び振出しに戻り、第一歩から踏み出すことを余儀なくされた。これは大きな不幸ではあるが、反面、これまでの混沌・未熟・歪曲の中にあった我が国の文化に秩序と確たる基礎を齎らすためには絶好の機会でもある。角川書店は、このような祖国の文化的危機にあたり、微力をも顧みず再建の礎石たるべき抱負と決意とをもって出発したが、ここに創立以来の念願を果すべく角川文庫を発刊する。これまで刊行されたあらゆる全集叢書文庫類の長所と短所とを検討し、古今東西の不朽の典籍を、良心的編集のもとに、廉価に、そして書架にふさわしい美本として、多くのひとびとに提供しようとする。しかし私たちは徒らに百科全書的な知識のジレッタントを作ることを目的とせず、あくまで祖国の文化に秩序と再建への道を示し、この文庫を角川書店の栄ある事業として、今後永久に継続発展せしめ、学芸と教養との殿堂として大成せんことを期したい。多くの読書子の愛情ある忠言と支持とによって、この希望と抱負とを完遂せしめられんことを願う。

一九四九年五月三日

角川文庫ベストセラー

パイナップルの彼方　山本文緒

堅い会社勤めでひとり暮らし、居心地のいい生活を送っていた深文。凪いだ空気が、一人の新人女性の登場でゆっくりと波を立て始めた。深文の思いはハワイに暮らす月子のもとへと飛ぶが。心に染み通る長編小説。

ブルーもしくはブルー　山本文緒

派手で男性経験豊富な蒼子A、地味な蒼子B。互いにそっくりな二人はある日、入れ替わることを決意した。誰もが夢見る〈もうひとつの人生〉の苦悩と歓びを描いた切ないいとしいファンタジー。

きっと君は泣く　山本文緒

美しく生まれた女は怖いものなし、何でも思い通りのはずだった。しかし祖母はボケ、父は倒産、職場でも心の歯車が嚙み合わなくなっていく。美人も泣きをみることに気づいた椿。本当に美しい心は何かを問う。

ブラック・ティー　山本文緒

結婚して子どももいるはずだった。皆と同じように生きてきたつもりだった、なのにどこで歯車が狂ったのか。賢くもなく善良でもない、心に問題を抱えた寂しがりたちが、懸命に生きるさまを綴った短篇集。

絶対泣かない　山本文緒

あなたの夢はなんですか。仕事に満足してますか、誇りを持っていますか？　専業主婦から看護婦、秘書、エステティシャン。自立と夢を追い求める15の職業の女たちの心の闘いを描いた、元気の出る小説集。

角川文庫ベストセラー

みんないってしまう　山本文緒

恋人が出て行く、母が亡くなる。永久に続くかと思ったものは、みんな過去になった。物事はどんどん流れていく——数々の喪失を越え、人が本当の自分と出会う瞬間を鮮やかにすくいとった珠玉の短篇集。

紙婚式　山本文緒

一緒に暮らして十年、こぎれいなマンションに住み、互いの生活に干渉せず、家計も別々。傍目には羨ましがられる夫婦関係は、夫の何気ない一言で砕けた。結婚のなかで手探りしあう男女の機微を描いた短篇集。

恋愛中毒　山本文緒

世界の一部にすぎないはずの恋が私のすべてをしばりつけるのはどうしてなんだろう。もう他人を愛さないと決めた水無月の心に、小説家創路は強引に踏み込んで——吉川英治文学新人賞受賞、恋愛小説の最高傑作。

ファースト・プライオリティー　山本文緒

31歳、31通りの人生。変わりばえのない日々の中で、自分にとって一番大事なものを意識する一瞬。恋だけでも家庭だけでも、仕事だけでもない、はじめて気付くゆずれないことの大きさ。珠玉の掌編小説集。

眠れるラプンツェル　山本文緒

主婦というよろいをまとい、ラプンツェルのように塔に閉じこめられた私。28歳・汐美の平凡な主婦生活。子供はなく、夫は不在。ある日、ゲームセンターで助けた隣の12歳の少年と突然、恋に落ちた——。

角川文庫ベストセラー

結婚願望　山本文緒

せっぱ詰まってはいない。今すぐ誰かと結婚したいとは思わない。でも、人は人を好きになると「結婚したい」と願う。心の奥底に巣くう「結婚」をまっすぐに見つめたビタースウィートなエッセイ集。

そして私は一人になった　山本文緒

「六月七日、一人で暮らすようになってからは、私は私の食べたいものしか作らなくなった。」夫と別れ、はじめて一人暮らしをはじめた著者が味わう解放感と不安。心の揺れをありのままに綴った日記文学。

かなえられない恋のために　山本文緒

誰かを思いきり好きになって、誰かから思いきり好かれたい。かなえられない思いも、本当の自分も、せいいっぱい表現してみよう。すべての恋する人たちへ、思わずうなずく等身大の恋愛エッセイ。

再婚生活　私のうつ闘病日記　山本文緒

「仕事で賞をもらい、山手線の円の中にマンションを買い、再婚までした。恵まれすぎだと人はいう。人にはそう見えるんだろうな。」仕事、夫婦、鬱病。病んだ心と身体が少しずつ再生していくさまを日記形式で。

そんなはずない　朝倉かすみ

30歳の誕生日を挟んで、ふたつの大災難に見舞われた鳩子。婚約者に逃げられ、勤め先が破綻。変わりものの妹を介して年下の男と知り合った頃から、探偵にもつきまとわれる。果たして依頼人は？　目的は？

角川文庫ベストセラー

ニート 絲山秋子

どうでもいいって言ったら、この世の中本当に何もかもどうでもいいわけで、それがキミの思想そのものでもあった――(「ニート」)現代人の孤独と寂寥、人間関係の揺らぎを描き出す傑作短篇集。

刺繍する少女 小川洋子

寄生虫図鑑を前に、捨てたドレスの中に、ホスピスの一室に、もう一人の私が立っている――。記憶の奥深くにささった小さな棘から始まる、震えるほどに美しい愛の物語。

薄闇シルエット 角田光代

「結婚してやる」と恋人に得意げに言われ、ハナは反発する。結婚を「幸せ」と信じにくいが、自分なりの何かも見つからず、もう37歳。そんな自分に苛立ち、戸惑うが……ひたむきに生きる女性の心情を描く。

ミュージック・ブレス・ユー!! 津村記久子

「音楽について考えることは将来について考えることよりずっと大事」な高校3年生のアザミ。進路は何一つ決まらない「ぐだぐだ」の日常を支えるのはパンクロックだった! 野間文芸新人賞受賞の話題作!

月魚 三浦しをん

『無窮堂』は古書業界では名の知れた老舗。その三代目に当たる真志喜と「せどり屋」と呼ばれるやくざ者の父を持つ太一は幼い頃から兄弟のように育つ。ある夏の午後に起きた事件が二人の関係を変えてしまう。